U0827535

铁葫芦 | 文艺馆

铁 葫 芦

涂昕 著

采绿

追寻自然的灵光

中國華僑出版社

目录

自序

“我歌唱草药，歌唱苹果，但是心灵的创伤，我不想说。”据说这是比约克在接受她主演的电影《黑暗中的舞者》采访时说的一句话，我很多年前在某篇随笔里看到，至今不忘。这句子用在那部残酷的电影上恰当极了，但假如用来比附我写《采绿》的心境，则显得夸张了些。我在一个算得上幸福的环境中长大，虽然也不可避免地遭遇成长的种种烦恼，但过后看来都是些微不足道的小事，是我们每个普通人都可能要经历和面对的，所以实在也谈不上有多少“心灵的创伤”。之所以开头就写下这句话，是因为从中感受到了一种豁达健朗的精神——不将心力和情感局限于对自我的过分关注中，而能放眼一己之外那些开阔旷远的存在，这是我喜欢的人生态度。当年读冯至的诗，印象最深的就是那句“给我狭窄的心／一个大的宇宙”，在我的理解里，歌唱草药和苹果，是心灵通向“大的宇宙”的途径之一。

我原本计划用一年的时间，记录春夏秋冬四个季节在大自然里遇见的各色生灵，但实际的过程持续了两年多。头一年遗漏的细节，第二年补充；头一年拍下的照片不够满意，第二年重拍；遇到不认识的植物和小动物，就回来查找五花八门的图谱，上论坛请教各路高人。我常常怀着类似于福尔摩斯探案的心情，细细观察蝴蝶翅膀上精美繁复的斑纹，分辨鸟儿一雌一雄在羽毛的色泽上有着怎样微妙的区别，或是比照同科属的几种外貌接近的植物在花序、叶形、茎干走向上的特点。

有朋友对我说，爱好自然应当不求甚解，过于较真反而没有趣味且有损文章韵味，这或许有道理。然而当我开始提笔描述身边的花草树木、飞鸟虫鱼，一个越来越强烈的体会是，大自然之美妙的核心，就在于它的多样性。正是在大自然的多样性当中，我感受到了无限的诗意；或者准确地说应该是，生命的诗意，蕴藏在多样性之中，生命，蕴藏在多样性之中。这就是我愿意不厌其繁地絮叨自己所见的每一种生物、每一处细节的原因——细辨万物差异，是在领会大自然的千姿百态，也就是在领会生命的诗意以及生命本身。

刚开始下笔的时候，常常对自己的文字充满怀疑，不知该用怎样的语言来呈现自己的所见所感。参照名家的草木文字，更是加剧懊丧的心情，一会儿觉得自己的文字情感太浓、语速太快，远远达不到冷静克制、清雅淡远的境界；一会儿又嫌弃自己用词呆板、想象平淡，为何不能拥有冲破规范的"越轨"笔致？这里面当然有一个才华和火候的问题。

但我想说另一层意思：当意识到大自然的精髓之一正在于"多样性"之后，我醒悟过来自己的纠结弄错了方向——假如我们相信文学与大自然是同构的，就会懂得文学的生命也在于多样性；认定只有某一种特定的风格才是"好"的、"高"的、"雅"的，实在是不懂文学也不理解大自然之本质的偏见啊。每个人只能根据自己内心的纹路去寻找属于自己的表达方式，而心与心本该各各不同。这也就是鲁迅先生所谓"盖惟声发自心，朕归于我，而人始自有己；人各有己，而群之大觉近矣"。当然并不是说，我现在就对自己的表达方式感到满意。在天地万象的丰美面前，我只是一个谦卑的初学者，漫漫长路才刚刚开了一个头。但我明白，对于语言的探求，首要的并非左顾右盼求之于外，它是一个向内的过程，不必为这个过程感到焦灼。既然对语言的探求正是对心声的探求，我相信心灵本身会不断地成长蜕变。

除了记录自己的观察，我也在文中引用了一些别人的文字，它们来自那些我喜欢的、对大自然有自己独特感受的作家。有人劝我少引用或者最好不引用，因为引文往往与自己的文字风格不一，也会分散读者对作者本人文字的注意力。但抛去限于篇幅不得不删掉的一部分，其他的引文我坚持要保留。大自然容纳斑驳万物，并不区分高下美丑，自己的一点小文章，又何须搞得纯净统一？我从不觉得自己有成为一个作家的才华，写这么一本书，本意只是探索一种与大自然相沟通的方式，而挑选出来的这些引文，大多包含了在我看来非常重要的关于人与自然的思考，不忍舍去，当然有我的用意。同时，我也想通过这种方式，向那些曾经给予我心灵以深切滋养的文字和作家致敬，谢谢你们。

另外，我还要谢谢这本书的策划，我的好友沈书枝。我们最初在豆瓣上相识，我一直喜欢读她的文章；她领我去看南大校园里的郁香忍冬和梧桐树，第一次去中山植物园也是她带的路。我想象不出还有谁比她更适合成为这本书的策划，而她为这本书所付出的辛劳恐怕也一言难尽。

最后我想说，这本书是献给我妈妈的。假如我还算拥有那么一点对大自然和文学艺术的感受力，这多半来自她的馈赠；更重要的，是她的担当与宽容，让我一直过得自由自在、天马行空。多年以来，她为我这个多少有些叛逆的女儿操碎了心。我想借着这个机会对她说一句：请相信女儿一直在为自己的幸福认真地努力着，即使我们对幸福的理解并不完全相同。

三月采绿

春的消息

如期而至的春风

今年第一次感受到春风，是在麦冬果子成熟的二月底。那天和老妈去小区的峡谷散步，石板路上接连滚落出蓝紫色滴溜溜的果子。那颜色让我心生喜爱，圆果子伶俐地蹦下石板路，我就一路追着，拾来捧在手心。老妈见我如获至宝的样子，说这就是麦冬的果子啊，喏，路边密密栽着的都是。翻开路边那些繁密细长的叶子，果然看见在根部结着一串串可爱的果子，即使半埋在泥土里，也掩不住润泽饱满的蓝紫色给人的悦目之感。

柔和的风穿过峡谷的密林吹在脸上。重庆地处盆地，即便深冬也不大有风。记得第一年到上海读大学，冬天狂风肆虐、铺天盖地，刺击到人身上似乎会直接穿过你的衣服和皮肤，在胸腔里打一个旋儿，再从后背穿出去。我和来自昆明的咪咪都没有见过这样的“大阵势”，大惊小怪的方式各有不同。我是风一来就从五音不全变成“花腔女高音”，似乎非得咿咿呀呀叫嚷两下才能让身体适应这般蛮横霸道的酷寒；咪咪呢，则整个人缩作一团，矮了半截。而严冬过去春风拂面，她就喜上眉梢，身体也像复苏的枝叶舒展了开来：“终于又可以‘堂堂正正’做人啦！”

然而即便是盆地里的重庆，春风也会如期而至。老妈说自己还是四五岁小姑娘的时候，尤其喜爱春风，那可真是甜丝丝的啊。在小院子里玩耍，玩累了趴在石桌子上就睡着了，过一会儿被春风吹醒，小脸儿睡得红扑扑的。那时候小院子里也栽了这种结蓝紫色果子的麦冬，老妈总爱把它们茂密修长的叶子编成一股一股的小辫子，然后又蹦到别处去玩。过一阵再回来看，咦，谁把我的辫子给拆了？！次数多了，终于发现，原来是被春风给吹散了。老妈对我叹息一声：“小姑娘时代是特别能感受到自然的，趴在窗前，会注意到大雁飞过。后来心里就被柴米油盐啊，职称啊，跟你爸吵架啊这些东西给堵住了——但是那些宁静的时刻，是嵌在我心里的。”

那天我捧回一手心麦冬的蓝紫色果子和吉祥草的红果子，还有一颗从桂树上摘下的青色果子。

早春的花儿爬藤上树

最初迎接春天的那一拨花儿当中，当算蔷薇科最声势浩大且夺人眼球吧。早在二月初爬山时就发现已有山莓率先开出了小小的乳白色花，迫不及待捎来春的消息。到了五六月，山莓会结出由许多小核果组成的娇艳欲滴的红果实。据说这红果子味甜，可直接食用，也可制果酱或者酿酒；此前未敢尝试，今年决计摘来一尝。

二月将尽，小区上环的樱花树几乎在一夜之间“嘭”的一声开了个满树缤纷。一冬的枯寂色调被这一簇簇剔透的白色点亮，令人顿生赏心悦目之感。大约两周的光景，明媚的白色一朵朵黯淡、消隐、熄灭，直至最终从枝头飘落，换上一树嫩绿。

叫它“樱花”，其实只是泛泛的名称。实际上蔷薇科樱属有无数长得相像的品种，我从来没有学会将其细细分辨；我一直简单地通过每一片椭圆形花瓣中间那个下凹的刻缺来将樱花和其他蔷薇科的小白花区别开来。一道道小小的刻痕，仿佛是上天故意

山莓

让这好看得令人屏息的花树带上一些缺陷，不至于完美得不似在人间；这或许出自造物主的公平，又仿佛更像是造物主的偏心。

当人们对春风的触手感到熟稔，就会有更多的蔷薇科树木开花了。小区中环的杏树开纷密的白色小花，花瓣较樱花显得短圆，也没有樱花那样修长的花梗，乍一看像是直接贴在花枝上的。它们五枚红褐的花萼会在花朵绽开的时候向后反折，仅凭这一点，就不会把它们认错。

峡谷几棵李树也点缀上了小白朵。这种花树的最美之处，就在于新叶、花梗和花萼翠嫩的碧色与洁白花瓣的相互映衬，这是初春时节最青涩动人的色彩搭配。紫叶李叶片红褐，虽没有李树那样葱翠的配色，全株的形状却是蔷薇科花树中最美的：它们慷慨地垂下枝条，将白得几近透明的、轻柔简净的单瓣花送到我们眼前，姿态是那么轻轻松松、任性随意；然而细看之下，竟找不出一丝笨拙的线条，每一株都舒展得恰到好处——直到月末花落，结出细小的果实，枝叶的美妙走向依然会保存得十分完好。

蔷薇科所有白色花朵中，我最爱的是梨花。汪曾祺《葡萄月令》这样描绘："都说梨花像雪，其实苹果花才像雪。雪是厚重的，不是透明的。梨花像什么呢？——梨花的瓣子是月亮做的。"初读很是惊艳。后来见清代画家恽寿平《杨柳梨花图》，梨树花枝横逸而出，黄融融的月亮从杨柳上升起，正好停留在花枝中央，映得花叶分外温柔。春夜的微风拂得柳枝几欲触碰到月亮。画上题曰"杨柳昏黄晓西月，梨花明白夜东风"。

同代后生邹一桂颇得恽氏真传，其《小山画谱》中说梨："三月尽花开，五出，色纯白，心初黄，开足后赭墨色，长柄丛生，叶嫩绿，亦有柄，随风而舞，花之流逸者也。写此花者，必兼风月，或飞燕宿鸟，以淡墨青烘之，则花显云气亦出；其干柔曲，老干苍黑，以浓淡墨画之，不用赭。"手上有山东画报出版社出版的该书，所配邹一桂花卉图册之五正是月下梨花，花瓣的颜色当真与月色相溶。汪曾祺爱画擅画，想来自然是极懂写梨"必兼风月"的。

沉静一旦被这些白色花朵打破，其他色彩便纷纷苏醒。重瓣棣棠黄得浓郁，繁密的花瓣更添加了重量，沉沉地坠在枝头，拖曳出大弧度的曲线，随风微微弹跳。

美人梅由紫叶李和重瓣宫粉梅杂交而来，调和了两者的优点。层叠的花瓣错落生动，又不至于过于繁复；一如轻轻淡淡的粉红花色，不落于俗艳，也不会寡淡乏味。或许因

樱花

杏花

李花

紫叶李

梨花

重瓣棣棠

美人梅

桃花

垂丝海棠

木瓜

为跟凌霜开放的梅花沾亲带故，它们花枝的形态较之妩媚柔韧的紫叶李多一些直率简练。

桃花常见淡红和水红两种，花瓣比美人梅长得潦草一些，单看貌不惊人；待到繁花满树，才明白如果少了它们，你感受到的春之气象一定是不完整的。苹果属的垂丝海棠妙在一个“垂”字，初花时最好看，修长的暗红花柄坠着淡粉的花朵或者玫红的花苞，显得尤其轻柔温存；其叶比桃叶翠绿一些，边缘微微泛出一线红。

木瓜五片花瓣，质地厚嘟嘟的，粉底飞红晕。仿佛为了更好地护花，它的叶子生得大大长长，把小巧好看的花朵掩映在繁茂的碧色之间，引得人伸头踮脚、东寻西找才能一窥芳容。同为木瓜属的日本木瓜，有桃红色、西瓜红，还有浓得化不开的正红色；省却了花梗，花朵们一枚一枚爽利干脆地贴在花枝上，像一个个简单明朗的短句，与硬朗直截的枝条气质相投。

蔷薇科之外的培植花卉，云南黄素馨最闹人。它的枝条柔软随和，把满树的花朵瀑布般铺开，明黄的一大片，十分耀眼夺目。它的众多别名中，“金铃花”最恰切——那样的灿烂如金，真让人恍然产生“铃铃”之音的通感。同为木樨科的金钟花，花冠逸笔草草，不似黄素馨生得圆润细致，倒是长椭圆的叶片挺括簇新，叶缘的锯齿都长得一丝不苟。

紫荆每年新生的嫩枝幼株花叶同时开放，稚弱谨慎、相互扶持。而老枝和主干上的花则会先于叶开放，花型并不张扬，但每一枝都十余朵簇生成束，再加上花色是浓厚的紫红，遥遥一望流光四溢；待花意阑珊，才看到胖圆的新叶衬上枝条。

玉兰二月底就打上了花苞，春风轻易就能将它们吹开。紫玉兰红得比紫荆更郁热，

日本木瓜

黄素馨

紫荆

金钟花

白玉兰

二乔玉兰

花朵满覆之时，直叫人担心那纤弱的枝条能不能承受这般的轰轰烈烈。白色的玉兰清洁无瑕，夜幕四合之时，它们微微放出荧光，虽不足以为走夜路的人照明，却也能够安抚人心。二乔玉兰是紫玉兰和白玉兰的杂交品种，花被白色作底，外面从基部泛出由深至浅的玫瑰红。不管哪一种玉兰，它们从打苞、开放直至凋谢前夕，都始终是挺拔向上、眺望天空的姿势——所以玉兰开放的日子，要有晴空蓝天相衬才好啊，否则真是辜负花朵们的拳拳心意。

野地花信

园林花卉春意喧闹，然而春之精灵同样会毫无偏私地化身为田间地头、荒山野地里不易为人所察的小花小朵。

住家对面有座山，山下是一个村落。村中田地里，金光闪闪的油菜花正在大片开放。我们家乡喊的“胡豆”按照《中国植物志》应该是“蚕豆”，我喜欢它们白色花冠上的紫色脉纹和圆眼睛一样的斑晕。萝卜花因其常见而多被忽视，其实它们生得极美——在我心目中，它们开成花海的模样，丝毫不比江浙地区五月时成片的二月蓝逊色。含苞时花瓣隐隐现出醇正的紫色，待十字形的四片花瓣舒展开来，这抹紫色就从倒卵形的边缘渐渐过渡成藕荷色，最终沁进花蕊的部分归于洁白。全株看上去那么干净轻盈，孕育的果实又这般朴素日常，真令人加倍喜爱。

小小的荠菜也是十字花科的，在田边闲地随处可见。这是一种很有名的野菜，无数作家为它写过文章，其中周作人《故乡的野菜》大概流传最广。他说浙东人喜欢用其做菜或炒年糕，又引《西湖游览志》，“三月三日男女皆戴荠菜花。谚云：三春戴荠花，桃李羞繁华……顾禄的《清嘉录》上亦说，‘荠菜花俗呼野菜花，因谚有三月三蚂蚁上

油菜花

蚕豆花

灶山之语，三日人家皆以野菜花置灶陉上，以厌虫蚁。侵晨村童叫卖不绝。或妇女簪髻上以祈清目，俗号眼亮花。'”

说荠菜花清雅，戴在头上令桃李都为自身的繁华俗艳而羞愧，未免夸张了一点。在我看来，天然之物不论花繁色艳或清淡简洁，都自有其理、各具其美，谈不上高下之分，也就不应有骄羞之别——花开自在，实在不劳我们以己度之。

同样花小色简的还有天葵。纤细的花梗遍覆柔毛，靠近花朵的部分会呈现出新鲜的紫红。或许为了配合羞答答的白色花朵，它们弯出优美好看的弧度，仿佛一个个小小的问号。繁缕也开小白花，本来只有五片花瓣，但每瓣各自深裂成两半，给人十片花瓣的错觉。它们繁殖力旺盛，常常一开就是一大片，如同无数星星坠落。漫坡的救荒野豌豆，正是《诗经》里采的那个“薇”。花型是豆科植物典型的模样，像一张噘着嘴的小脸。

阿拉伯婆婆纳眨着湛蓝色的眼睛，我猜它们是大地派出的使者，怀揣着察看春天步伐的任务。一开始只是零零星星冒出几株，不出几日，它们就越来越多，蓝眼睛此起彼伏地扑闪，仿佛是春天的万象太引人贪恋，大地的好奇心一发不可收拾，争先恐后地张望这个世界来了。

记得曾经在上海见过玄参科婆婆纳属的另一种野花，名叫直立婆婆纳。它的花茎直立挺拔，没有分支，花朵从繁密的叶子中间艰难地钻出来，花型比阿拉伯婆婆纳更小一些，颜色较后者蓝得更深，似乎还添加了一点紫。它们性情低调，不管生在哪里，

荠菜花

天葵

繁缕

救荒野豌豆

阿拉伯婆婆纳

都只有少量的几株，不太有铺张成势的野心，倒也惹人垂爱。

到了初夏时节，还能看到一种穗花婆婆纳。它们花序长穗状，向上长个儿时会自然弯出好看的弧度，像风的痕迹，更像成长本身的姿态。细长的雄蕊从蓝紫色的花冠里伸出来，像敏感的小探头，随着外面世界的变化机灵地一动一动。

一处农家院落里，蔓长春花开得正好：它有一个小小的漏斗状花冠筒，浅黄的花蕊就藏在里面。花朵是一种幽邃的蓝与白色调和而成，像一口清凉的深井偶尔泛出光泽。进山之后，在好几个地方看见野生的芫花。这原本是一种能长到一米多高的落叶灌木，但山中所见这几株，不知是遭受过人为破坏还是野物袭击，只剩下低矮残破的几根小木桩。然而就在这样的断枝上，开出了玲珑繁盛的花朵——花冠是好看的淡紫色，衬上一个橘红色的花柱，实在是别出心裁的惊艳搭配。

万物复苏的季节，其实不需要专门去山中寻花，就在小区的野地里，便能遇到很多心爱之物。午后散步，我最喜欢的一条路是峡谷石板铺就的小径，一直通往湖边。峡谷有块花地，每年此时都铺天盖地开着鸢尾科的扁竹根。它们花色有淡紫和蓝紫两种，花被上浓紫和深黄的豹纹斑点是最出彩的地方。远远望去，花开朵朵宛若蝶翅，有翩然欲飞的姿态，难怪又名蝴蝶花。

一段石板路上开出几丛七星莲。它们卵形的基生叶密密丛生成一个个莲座的形

直立婆婆纳

穗花婆婆纳

芫花

扁竹根

七星莲

早开堇菜

状——想来就是取名“莲”的原因吧——几乎要把整面阶梯都覆盖住了，仿佛想为花朵的到来铺好舒适的地毯。这样周致的安排，迎来的花朵是什么模样呢？我一直觉得堇菜科的花朵很难用语言呈现，查询专业书籍以供参考，也总不能满意。我平日喜欢翻看各种各样的花谱，除却增长知识，用科学的术语精练准确地描述一种植物，这样的语言本身有一种黑白分明的质朴美感，读来也是一种享受。然而面对堇菜科这类有特出之美的植物，此种表述方法就有些枯燥局促、力不从心了：花朵有太多轻盈俏皮的细节，越想用学术化的语言去坐实，就越显出沉滞笨拙来，仿佛它们的灵心慧质早就从一板一眼的繁琐措辞中溜走了。

如果换用文学化的语言呢？每当我们看到某种植物有不同凡俗的形貌，总爱说它们像蝴蝶，比如鸭跖草科鸭跖草属的鸭跖草、饭包草，还有刚刚提到的扁竹根……似乎花朵的多姿多彩,也只有蝴蝶能与之媲美。眼前这几丛七星莲,花心微微洇出润黄色,花瓣从淡紫到粉紫的渐变，还有深紫的斑纹——这一切确实跟大自然用在蝴蝶翅膀上的甜美心意相接近；但更多的巧思还凝结在花朵的形态上，仿佛用蝴蝶的振翅之姿来比喻都远远不够。它们就像从天而降的仙草，似乎人间的话语无论怎样变换，都无法将其深致幽微的形色婉转处一一捕捉。我想，就此承认语言天然的限制，是更加明智的做法。

以前在上海读大学的时候，很喜欢去共青森林公园。每年三月中旬，森林里的野地上就会冒出一簇簇早开堇菜的花朵来。它们的花型比七星莲大了近一倍，蓝汪汪的花瓣像俯身凝神的小耳朵，时刻倾听着地底的秘密——我猜它们是想知道同科属的好姐妹紫花地丁什么时候到来吧！

此时我家对面的山中，已经开出了少许的紫花地丁。它们的花朵和早开堇菜基本上看不出区别,但紫花地丁的叶片是长圆形或者披针形,而后者的叶子却是宽圆的心形，

紫花地丁

白花地丁

地锦苗

伏生紫堇

边缘还有细致的圆齿。或许是水土有异，在家乡遇到的紫花地丁都很稚弱细瘦，跟我在江浙地区的所见颇有不同。记得在上海时，最初的早开堇菜开放一两周后，紫花地丁就接踵而来，花叶丰美，除了蓝紫色，还见过深紫添加几笔酒红的品种，十分华丽奢侈。

稍晚还会有白花地丁，叶形似紫花地丁，花瓣除却几抹蓝紫色斑纹，就是一色的洁白，阳光下尤显通透无瑕。还有一种堇菜的白色则要厚实一些，花瓣的轮廓也更圆润舒展，叶片的模样跟早开堇菜接近，只是分不清到底是哪一种。

湖边阴湿处，两三步就能遇到心爱的地锦苗。这种罂粟科紫堇属的植物花序很特别，像成群的小鱼儿穿梭而过。每条“小鱼儿”的顶端是明丽的天蓝色或紫红色，如同一滴浓墨在宣纸上晕染开来一般，顺着长势逐步变淡，收束处成了白色。每次细看都要暗自惊叹其色泽的层次，揣想最初民间的扎染工艺，灵感应该就来源于这些大自然的妙手所得吧。这野花还是一种草药，全草入药可治瘀血，根部疗效最好。四川地区有用来泡酒治跌打损伤的民俗。

回想在上海那几年，识得的紫堇属野花还有好几种。三月的森林公园里，生得最多的是伏生紫堇和刻叶紫堇。伏生紫堇又名夏天无，因其地上部分会在酷暑时枯萎，故而得名。花色以粉红和粉紫居多，偶尔能见到淡蓝色，花型比地锦苗要胖圆一些，收束处又短又钝，不像后者是一个细锐的小尖尖——我觉得从花朵的正面看，模样有点像个紫胡子老爷爷。

刻叶紫堇有个好听的别名“紫花鱼灯草”，在我们四川则有俗名“羊不吃”。它的颜色比伏生紫堇更多变一些，淡粉、紫红、深紫、天蓝都有，最好看的一种是蓝紫色中微微泛出点荧光。通过叶片来辨认它们是最容易的：三深裂的形态，裂片上还具有缺刻状小齿，正是“刻叶”的由来吧。

在森林公园里差不多同时开花，但不太多见的是延胡索。听这名字这么板正肃穆，原来它的块茎是著名的常用中药。仿佛为了与其身份相称，它的花色也比较严谨低调，我只见过暗紫红色一种。小叶三裂成全缘的披针形，跟前面几种紫堇截然不同。还曾

刻叶紫堇

延胡索

在杭州见过小花黄堇，从花色上就能区分出来。

到了四月，还会开一种单名就叫“紫堇”的野花，在我的家乡四川和江浙地区都很常见。这种紫堇开的花颜色比较单纯，底色介于乳白和粉红之间（有点像刚刚成熟的水蜜桃削皮之后呈现的色泽），花瓣顶端有一抹紫红。之前写到的几种都有着精致爽朗的线条，唯独它花型轮廓混沌，仿佛跟周遭的世界没有很清楚的边界，是随时会融进自己所置身的背景里面去的。

湖边的别墅多半空着，附赠的花园也就年久失修成了一个个小荒园，正适宜野花野草蓬勃生长。这天下午我在其中一个“小荒园”里流连，发现几大丛多苞斑种草。它们花苞呈粉紫色，而开放的花朵那种蓝，我该如何形容呢？——比蔓长春花的蓝色更开阔一些，像一个万里无云的好天气；或者如果依然用水来作比喻，也许像树影斑驳处涌出的山泉，深的，清冽的，宁静的，然而因着跳动的阳光，同时又是活泼的。

如果沿着来路反方向走，在靠近瀑布的地方，会看到多苞斑种草的近亲、同为紫草科斑种草属的柔弱斑种草。它们个头比多苞斑种草小一些，花色也浅淡一点；花茎和叶片边缘只覆盖着小而柔软的细毛，不像后者全身毛发旺盛，连叶面上都密密麻麻犹如布满刺针。还见过一种就叫斑种草的紫草科小花，花瓣的蓝色像被雨水反复刷洗过，

小花黄堇

紫堇

多苞斑种草

柔弱斑种草

斑种草

梓木草

狭长的叶片毛刺刺的，边缘皱成了波浪状，以此与前面两种斑种草相区分。

附地菜属的附地菜则是紫草科更常见的早春野花，花比斑种草更小，干干净净的天蓝色，配上花冠中心那一圈“小齿轮”的嫩黄，十分天真好看。“小齿轮”学名喉部附属物，斑种草的喉部附属物是白色的。

爬山时在林中野地看到很多梓木草。见多了斑种草和附地菜的精致小巧，看到这花大大的一朵，花冠还皱皱巴巴多有破损，确实产生过片刻的犹豫；然而再细看那一

附地菜

勿忘草

枚枚紫红色的小花苞，独特的喉部结构，尤其是花冠那种无论有多少乱草障目都会跳脱而出的蓝色，一定是紫草科无疑啦。

我见过的所有紫草科植物中，最美的是勿忘草——这令人一见倾心的蓝精灵，实在无须“勿忘”之嘱啊！它们的花型比斑种草稍大一些，花也开得勤勉慷慨，三五成簇、热热闹闹地聚在枝头，更加清楚地呈现出多变的细节：喉部的“小齿轮”即便在同一株上也有的嫩黄、有的纯白，花冠则有的裂作五瓣，有的偏要调皮生成六瓣，仿佛是随着心情收放自如。而我很后悔刚才把最高的赞美送给了多苞斑种草，现在又怎么来描述勿忘草的蓝色呢？正踌躇着，转头瞥见一只翠鸟停在湖边栅栏上，翅膀像蓝色绿松石一般幽幽放光，正与勿忘草如出一辙。

小生灵的动静

春风一吹，就送来了最早的蝴蝶。今年首先遇到的是一只黄纹长标弄蝶。弄蝶科的蝴蝶个头通常比较小，外观也朴素，没有其他科蝴蝶那样华丽耀眼的花衣裳。不过眼前这只雌蝶深褐的底色上有金色的块状斑纹，配上一双黑溜溜的大眼睛，阳光下格外俊俏，我猜它应该是弄蝶中姿色不凡的一种吧。

那天在山下的油菜花田里流连，看见一只橙灰蝶。灰蝶也属小型蝶种，但它们的翅膀常常泛出带金属质感的紫色、蓝色、绿色，所以即便小巧也依然引人注目。眼前这只灰蝶的双翅底色橘红如霞，从正面看，前翅生点点黑斑，后翅则有大片的黑色块斑——由此可知这是一只雌蝶，而雄蝶的正面前后翅都是爽净的一片橘色，没有丝毫瑕疵或装饰。

过一会儿又飞来一只粉蝶，白底上的黑色脉纹楚楚清晰；只是金色的油菜花璀璨耀眼，将这蝴蝶照得几近透明，看不清翅膀上究竟有没有黄斑，于是无从确认它究竟是哪一种粉蝶。后来在海棠花上细细观察过一只小檗绢粉蝶，它后翅反面轻轻覆盖着一层黄色，基部有一块鲜亮的橙色斑点。这是一种喜爱群聚的蝴蝶。记得曾经见过一

黄纹长标弄蝶

橙灰蝶

张摄影作品，一个山里的孩子流着鼻涕，以梦一般的神情观看着环绕在自己身边的上百只小檗绢粉蝶,睁大的双眼被蝴蝶的翅膀映照得晶晶发亮。可惜如今城市的生态环境，大概是不太可能遇上这犹如神启的盛况了。

我一向偏爱眼蝶，它们翅膀上神秘的眼斑总像泛着智慧的光芒，让我相信它们是最有灵性的。爬山的时候碰上了一只雄性的曲纹黛眼蝶，它的后翅反面有一条向外尖出的红褐色曲线（也就是所谓的“曲纹”吧），并在外侧伴有淡淡的黄色斑块，以此可以与其他的黛眼蝶区分开来。雌蝶的前翅反面多出一条宽宽的白色斜带，也是很好辨认的。无论雌雄，它们的眼斑都长得含含混混、睡眼惺忪，不是我心仪的模样，相信随着温度的渐渐升高，还会见到其他“大眼睛”的眼蝶吧!

三月所见蝴蝶中最美的，就是碧凤蝶了。可喜的是今年春天我见过不止一次。最早邂逅的是一只飞舞在云南黄素馨花枝上的雌性碧凤蝶。初看之下，你首先会被它双翅的形状之美所吸引：前翅线条从容宽展，拓出一个大的格局来，后翅的外缘则是优美的波浪形，到尾部凝成一对飘逸圆润的尾突，飞舞起来仿佛余音袅袅。如果还能看上第二眼，你会发现它们双翅的色彩也斑斓多姿。可惜这种蝴蝶有很强的飞行能力，起起落落果决干脆，来不及细窥芳容就飞得无影无踪了。假如有足够的耐心和幸运，

粉蝶

小檗绢粉蝶

曲纹黛眼蝶（雄）

曲纹黛眼蝶（雌）

碧凤蝶（雌）

碧凤蝶（雄）

总会有一些天赐良机恰好飘落在你的头顶——我就曾在一次散步的时候，尾随一只碧凤蝶从峡谷到了湖边，终于等到它长时间停落在我喜欢的那几丛地锦苗花串上。这次我看清它黑色翅底上闪闪的亮鳞有银白色的、金色的、蓝色的和绿色的，犹如彩虹映入水中泛出的光点；后翅外缘还有六对像月牙又像飞鸟的赤红小弯，转念间小弯又变作一个个眉开眼笑的喜悦神情。它的雄蝶跟雌蝶斑纹接近，但前翅正面有微微的绒毛，以此可以区分开来。

湖边的各色水鸟渐渐多起来。前面说到的翠鸟，就是湖边的常客。这种鸟儿短短的尾巴、长长的喙，头顶、翅膀和背部翠蓝发亮，腹部和眼睛那一绺则是橘黄色，还有一双赤红的爪子。这种俗名“打鱼雀”的漂亮家伙是捉鱼高手，它们喜欢贴着湖面轻捷地飞过，像一抹蓝色闪电。

更会捉鱼的是小䴙䴘。它们喜欢在湖里成群地游来游去，钓鱼的人通常称它们水鸭子。它们还有个名字叫水葫芦，据说是因体形短圆、在水上浮沉宛如葫芦而得名。这是一种很欢快的水鸟，在水面上自如地游玩，不时发出省略号一般成串的叫声，尖尖细细颇为悦耳。一眨眼工夫就钻进水里，过一会儿小脑袋从别处冒出来，嘴里或许就叼了一只小鱼。

比较难得一见的是苍鹭。这大概是最帅的水鸟了吧，体形舒展，神态自负，羽毛黑灰白的配色显得雅致端庄。它们在水边走走停停，有时候单腿站立也能持续数小时之久；一旦起飞，翅膀鼓动得从容有力，脖颈缩成 Z 字形，两脚长甩甩地向后伸直，有时伴以粗犷的“刮刮”叫声；飞累了则在对岸高大的树上栖息，停下的时刻，肥厚的树冠会被它庞大的身躯震得摇摇晃晃、久不止息——这家伙的一言一行、一举一动，可都是一副帝王派头啊！

翠鸟

苍鹭

夜鹭喜欢晨昏和夜间活动，白天不太能见到它们飞翔，但如果拿望远镜观看，就会发现其实有很多只隐蔽在湖对岸的繁茂树林中，一整天缩着脖子一动不动。只有一次下午三点多，我从湖边经过，恰好一只夜鹭停在湖中离我很近的一块乱石上。我看到它头顶和翅膀的羽毛呈灰蓝色，脸颊、肚腹和尾巴则是纯白的，后颈生出几根长长的白色冠羽，仿佛猎人负在背上的箭簇。眼睛又圆又大，眼仁很黑，“眼白”换作了灼人的大红色，看上去眼神凌厉而热烈，别有一种奇俊的动人之处。

白鹭与苍鹭习性相近，但外形极温柔。白天湖边白鹭很多，最壮观的时候能看到二十多只一齐在湖中央的桥上闲庭信步，偶尔有几只潇洒从容地绕湖飞一圈，又在桥上落下。

到了傍晚，所有的鸟儿都会归巢，白鹭自然也不例外。然而有一只白鹭却极其特立独行，夜幕笼罩四野了依然喜欢在外面游荡——记不清从何时开始，每晚散步经过

白腰文鸟

湖畔浅水区那片菖蒲丛，都有一只白鹭腾然飞起，洁白的羽毛在夜幕下仿佛泛着荧光。老爸说大概这是一只心特别野、特别贪玩的鸟儿吧，我们的脚步声会吓坏人家。于是每次快走到那片区域，我跟老爸就不约而同屏住呼吸、蹑手蹑脚，一心想不惊扰它，只偷偷看它究竟躲在丛中做啥。然而无论我们如何小心，它总是会在我们快要挨近的时候敏慧地展翅飞走，扑棱出一片水声。

这样的情形持续了近一个月。

后来接连好几日都有琐事缠身，傍晚没能去湖边走走。我心里惦记那只白鹭如何了，老爸说，没有我们的干扰和惊吓，它会更自由自在吧。我心里却偷偷想，也许那只鸟儿很寂寞呢，说不定它倒乐意每天晚上等着我们跟它这样游戏一番。

再一次去湖边散步的时候，我们如故小心翼翼靠近，不料却扑了个空，不甘心地打开电筒来回照，看见的除了菖蒲修长的叶子，则是空空荡荡的一片水域。如此一来我越发猜测那只白鹭是愿意我们去的，我们几日不出现，它落落寡欢，甚感无趣，于是也不来了。

又几日后，还未走到菖蒲丛，就看到有白鹭从某处一跃而起。我们在岸边观望良久，未再见到它飞回，颇有些失落地走了。走到湖水尽头，我们踏上石板路准备离开，刚一回头——啊！那只白鹭竟然尾随我们飞到尽头，再绕着两岸飞了三圈，停在湖边围栏的最后一根木桩上。过了一两分钟，它才起身飞走了。看着那个远去的背影，我几乎确定地觉出它的寂寞了。

喜爱群聚的白腰文鸟也是爱水的，它们成群结队在水畔玩耍，扑腾翅膀扇起水花给自己冲澡、互相梳理羽毛或者喂食；有时候什么也不干，就这么挨挨擦擦地挤作一堆发呆，一团和气的样子真让人羡慕。

还有些鸟儿虽然不涉水，却也喜欢在湖边出没。散步时见过红胁蓝尾鸲的雄鸟，灰蓝和绒黄的配色娇嫩可爱，叫声也极为灵巧活泼。棕背伯劳也遇到过好几次。它们眼睛一带有几绺黑色羽毛，像戴了一副时髦的墨镜。这鸟儿的叫声尖锐高亢，激健有力；还能模仿其他鸟儿的鸣声。它们喜欢停栖在空旷地的突枝上，昂首挺胸四处张望，一旦有猎物出现便会迅猛地扑过去，再重新返回原来的树枝上啄食。

湖边除了鸟儿的动静，还有一种奇妙的水声。最初发现这声音是在去年冬天，开

红胁蓝尾鸲（雄）

棕背伯劳

春以来则越发明晰和频繁。那声音咕嘟咕嘟的，每一颗都转瞬即逝，却是成串地发出，有时一连能蹦出十几个，顽皮得如同迎着太阳吹出的肥皂泡。有时是孤零零“咚”的一大声，让人遐想是水妖见了人赶紧跳回水里去。时间长了，发现那是鱼儿在跳水。路过的一片水域点着大大的探照灯，如果恰好这咕嘟声响起，就能看见跃起的鱼儿在夜灯反射下银光闪闪的鳞片，像投过来的一个个机灵的眼锋，让人心上一跳。

水中有鱼儿蹦，岸上还有青蛙跳。普里什文在《大自然的日历》中说，“青蛙苏醒了，仿佛这是雷促成的：青蛙的生活同雷息息相关，一打雷，青蛙就苏醒了。瞧它们双双对对蹦跳着，湿漉漉的背在艳阳下闪闪发光，全都往那儿，往大水洼里跳去。”我记不清是否真是几场春雷之后青蛙开始蹦进视野的，只记得在最初的一棵樱花开放的同时，就看见它们跳动的脊背了。那么，它们该算动物世界里最早感应到春天的一帮家伙吧！随着春天的脚步逐渐深入，大大小小的青蛙可没有像普里什文所说的那样往水洼里跳去——无论晴雨，只要夜幕降临，它们就在散步的路人脚边蹿跳个不停。我不愿踩着它们，可这帮小胖墩真是耳不聪目不明，有时就这么趾高气扬地横在路中，你用脚跺、用竹棍挥，它们依然腆着个大肚子慢条斯理地踱小碎步。如果用电筒照住它们，它们就会一动不动，害怕似的缩紧了肌肉。不知道乡下娃捉青蛙，是不是就用这种方法。

普里什文是我很喜欢的作家，最早读他的文字，是辽宁教育出版社薄薄的一小本《梅花鹿》，后来又收藏了长江文艺出版社厚厚的五卷本文集：《大自然的日历》《鸟儿不惊的地方》《恶老头的锁链》《人参》《大地的眼睛》。

这位“具有宇宙感觉的”“俄国北方自然和民间文化的发现者和再现者”有着异常丰富的生物学知识，他“认识那么多的树木花草、飞禽走兽，能够轻而易举地道出它们的名称和习性，他熟悉自然界的一切，对每一件物什都如数家珍，信手拈来……”为了观察一只鸟，他有时竟匍匐前进，一连爬上一二里地。

普里什文不仅有丰富的自然知识，更可喜的是他面对自然的态度——“大自然和人一样是有生命的，不仅动物和植物有生命，甚至连自然界中的每一个存在和每一个现象都是有生命的……具有思考能力的不仅有人，还有各种各样的生物，甚至连沼泽也在‘按自己的方式思考’”。他要我们学会去理解“每一朵小花在谈到自己时的那种动人的简朴：每一朵小花都是一轮小太阳，都在叙述阳光和大地相会的历史”。

正因为有此信念，普里什文看待万汇百物的眼光是一种“亲人般的关注”：

今天我感受到的是自然界生命的整体，无须知道单个的名称。我感到同所有这些能飞、善游、会跑的生物都有着血缘关系。每个生命都在我心中留有记忆的底片，数百万年后才骤然从我的血液里浮出：只要看看，就会明白，这一切都曾是我生命中的存在……我们和整个世界都有着血脉亲缘，如今我们正凭借亲人般关注的力量恢复这种关联，并藉此在别样生活的人中，甚至是在动物和植物中，发现属于自己的东西。

一切生物皆血脉相连的感觉，派生出了作为这一联系之一分子的我的作品。一棵树倒下了，去滋养另外一棵树。生命在死亡中诞生，这就是万物相连的规律。这些作品也不再是我自己的作品，我此刻看着它们，就像是看着回声的反映。我不把它们当作傲慢的创作，而将其视为渺小的我所捕捉到的那些先我而去的万物所递送来的回声。

这位“遵从大自然的‘口授’”“根据四季的更替来安排自己作品结构”的作家对自己的文字颇为谦虚，然而有人感受到了其文字的美——当然这美，也是自然式的美——帕乌斯托夫斯基在他那本绝妙的《金蔷薇》里说：“普里什文的辞藻开着花，发着光。它们时而像草叶一样簌簌低语，时而像泉水一样淙淙有声，时而像飞鸟一般啼啭，时而像最初的冰一样发出细碎的声音，也像星移一般，排成缓缓的行列，落在我们的记忆里。”

帕乌斯托夫斯基特别提到普里什文的一段话。前者很早以前就注意到在奥卡河的草地上，有的地方会突然出现一条由同一种野花构成的曲折逶迤的花带。他以为这只是偶然现象，并未在意，直到有一天他在普里什文《花朵的河》里读到这么一句：“在春洪奔流过的地方，现在到处是花朵的洪流。”

——帕乌斯托夫斯基这才明白了：“野花繁茂的地带，正是春汛的地方，春汛过后，留下了肥沃的淤泥。这好像用花来标志的春洪的地图。”

这个小段子，真是让我迷恋。此时抬头望望青蓝的天——春天的傍晚，颜色比冬天的蓝黑浅了一层，再过几天，就会有燕子从头顶飞过了吧。

四月采绿

虎耳草及其他

清明爬了一整天山

清明那天天气意外放晴，一家人准备去爬山。小姨摊了饼，我们切了香肠腊肉，备了凉拌豆芽，打算到山顶野餐。上山途经大片农田，我一路兴奋地学习指认各种农作物。生平第一次见到大葱开的花，从未料想这般朴素日常的田间小菜，所开之花竟如此玲珑剔透，高兴得冲着一行人大叫大嚷，老妈鄙夷地说我四体不勤五谷不分。碰巧同行的一位化着大浓妆、穿红着绿的农村妇女对我妈说："你家丫头算不错咧，这年头我们农村的娃儿都睁眼瞎啦，你让他去扯窝蒜苗，他给你拔一把火葱（土话，就是小葱）回来！"

我凑近葱花细看，一只放踵珂弄蝶也过来凑热闹。它将自己又细又长的口器深入花心，不慌不忙地吸食花蜜。这种弄蝶其貌不扬，全身深棕色，只有前翅生了零散的几点白斑。再走几步，看到另一株葱花上停着一只漂亮的拟彩虎蛾，前翅黑色作底，饰以米白色的不规则圆斑，后翅杏黄底上配黑斑两对，与末端扫出的几抹黑相互呼应。

路边野地开满金色的蒲公英，花朵低伏在地面，却把结出的果实高高地送向蓝天。这洁白得近乎透明的小绒球圆润精致，四面辐射的线条，像钻石在放射光芒。虽然知道它们的心意所钟正是远行，但我还是希望这个完美的小球能多保留一段时间，所以

放踵珂弄蝶

拟彩虎蛾

棕头鸦雀

黄臀鹎

走过时都轻手轻脚、凝神屏息。

一只棕头鸦雀在刚刚发芽的柳枝上跳来跳去，发出“喳喳喳”的叫声。这鸟儿小头小脑，一身浅棕色的羽毛，小豆眼黑溜溜的。别看它身个儿细巧，胆量还挺大，人走得很近了都不急着飞远，顶多从一个树枝换到临近的另一个树枝。

对面绿树上飞来一只黄臀鹎，在密叶缝隙中东张西望。它头顶黑色，脸颊和肚腹米白，背脊和翅膀则是浅棕色。至于“黄臀”，应该指的是尾巴下面那一片金黄的羽毛。它个头比棕头鸦雀大不少，性情却羞怯异常，稍有动静就躲得飞快。高兴的时候，头顶的羽冠会耸成一个尖尖，像戴了顶顽皮的小帽子。

路过田坎里一段豌豆花架，看青翠的藤蔓顺着竹竿蹿成了一片绿墙，粉红色的豌豆花轻盈快活地点缀其间，无端让我想起废名关于“拣柴”的一段奇异文字，乡间日常生活到了他笔下就诗意横出：

……小时喜欢乡间塘里看打鱼，天旱时塘里的水干了，鱼便俯首即是，但其欢喜不及拣柴。喜欢看落叶，风吹落叶成阵，但其欢喜不及拣柴。喜欢看河水，大雨后小河里急流初至，但其欢喜不及拣柴。喜欢看雨线，便是现在教纯读国语读本，见书上有画，有“一条线，一条线，到河里，都不见”的文句，也还是情不自禁，如身临其境，

但其欢喜不及拣柴。喜欢看果落，这个机会很少，后来在北平常常看见树上枣子落地了，但其欢喜不及拣柴。明月之夜，树影子都在地下，“只知解道春来瘦，不道春来独自多”，见着许多影子真个独自多起来了，但其欢喜不及拣柴。（废名《莫须有先生坐飞机以后》）

——每次抒情冲动一涌上来，第一反应便是克制。我并不愿意把乡村生活概念化、理想化，流于文人式的空想；尽管我没有真切的乡村生活经验，但常识还是有的。对过分渲染田园牧歌情调所可能包含的偏见，我并非没有警惕，所以赶紧打住。虽然内心深处亦认同——“‘人生如梦’，不是说人生如梦一样是假的，是说人生如梦一样是真的，正如深山回响同你亲口说话的声音一样是物理学的真实。镜花水月你以为是假的，其实镜花水月同你拿来有功用的火一样是光学上的焦点，为什么是假的呢？”（废名《莫须有先生坐飞机以后》）

山脚下看到一树野花椒正含苞待放。进山之后首先注意到松树开花了，用手轻轻一碰，就有黄色的花粉扑簌簌掉落，沾得满手都是。曾经看到一文，作者家乡有清明节吃一种叫青蓬馍粢的点心之风俗。据说青蓬馍粢用松花粉做馅尤为香甜。“松树花刚开时，采摘其花穗，晒干，收集花粉，除去杂质，放锅里蒸熟，然后馅进青蓬馍粢再蒸熟就可食用了。我们土语叫它‘松花点心’。”我的家乡没有这样美妙的民俗流传，徒生羡慕而已。

这座山几乎就是一座野山，除了极少数痴人会来光顾，其余也就是山下村民打柴，山中村民放羊。丰厚的植被吸纳了浊气和噪音，空气鲜凉，使人呼吸间心定神闲。鸟儿啼啭不息，偶尔能听到山羊咩咩的叫声，更衬出四野谜一般的宁静。它自然不像那些时常有园丁修剪整饬的公园那样精致整洁，山中野草丛生，新生的嫩叶娇花与衰颓的枯桠朽枝交错并置，道路被松针和落叶覆盖，常有被雷电击倒或因树冠过重而倾倒的断木老树挡住去路——然而原生态的粗野无序中自有一股生生不息的大美、大力量。

山莓的小花纷纷凋谢，再过不久果实就甜啦。在上海那几年，每年都惦记森林公园里的蓬蘽：单薄的白色五瓣花，倒是没有不凡的姿色，但它结出的果实又大又红，比山莓果子更加解馋。可惜在家乡这座山里找了个遍，都没有看到一朵蓬蘽花。倒是见到另一种蔷薇科植物白鹃梅，白色的五片花瓣又大又薄，风一吹就乱糟糟没了形状。

野花椒

松树花

蓬蘽

白鹃梅

泽珍珠菜

白花鬼针草

泽珍珠菜开成簇的洁白小花，阳光下仿佛真的泛着珍珠的光泽。遍地都是菊科的白花鬼针草，白色舌状花配金黄的管状花，看着乖巧可爱；要等到它们结出“鬼针”了，你才晓得它的厉害！

野老鹳草又开了；它们花期挺长，能源源不绝绽放到盛夏。一直觉得“野老鹳草”这名字仙逸出尘，后来见到花朵本身，觉得实物比名字更好。初看之下渺小平凡，没有什么出奇之处；蹲下来细看，五片花瓣是浅淡的藕荷色，配以紫红的线斑，每瓣边缘又微微裂进一个圆润的小缺口，让花瓣的线条更活泛生动。无论晴雨，它们总显得干净新鲜，一副不事张扬而能自得其乐的模样。

半山腰看到几丛四籽野豌豆，开极小极小的花，要趴在地上才能看个仔细：花冠白底上有湛蓝的花纹，质地看上去像青花瓷，又像某种天然的宝石，让人很想摘下来穿成一串挂在脖子上。另有一种同为豆科的小苜蓿，匆匆一瞥就是个黄色的小不点儿，仔细看却是一个皱着眉苦大仇深的表情！紫苜蓿就十分显眼了，高高爽爽地一开一大

野老鹳草

四籽野豌豆

小苜蓿

紫苜蓿

片，蓝紫色的花冠随风摆荡，能一直这么欢笑到九月。

我所见过的豆科野豌豆属植物里，最好看的是广布野豌豆。花一开就是一长溜，花冠有深紫、蓝紫、紫红、粉紫到粉白的渐变，被阳光照透的时刻、厚云将强光收走的瞬间，它们又会呈现出更多微妙的光色转换——我们早已知道不同色彩传递的冷热或情绪感觉判然有别，却原来同一种色彩本身也是会呼吸、有喜怒的。而那些万千色彩集于一身的花朵，一定是特别多情善感的吧？

此次在山中认得了清明菜，折了一大袋回去烙饼，比放葱花更美味。下山的时候看到一棵树上垂下一串串小果实，大部分是脆硬的青绿色，偶尔有几枚红了，我问名字，主人家答说这就是樱桃啊。我嚷嚷着要记住这里，等到五月来偷吃好果。主人家笑说哪里还有你吃的，刚成熟就会被小雀子们啄光啦。

返回时换了另一条小道，田间一株泡桐，开了满树紫色的花。跑到树下捡起一朵喇叭一样的花儿，凑近闻闻它的香气，老妈赶紧阻止，说是有传说泡桐花闻了鼻子会越来越塌。想起小学操场上有好几棵高大的泡桐树。在它们的花期，我总是非常乐意上体育课，老师大嗓门喊着立正稍息、叽里哇啦训斥什么，我统统充耳不闻，只呆呆地看着泡桐花儿从枝头飘落的样子，一朵又一朵，心绪就被牵一下、又牵一下。只等老师喊解散，立马奔过去拾起落花，觉得花朵上毛茸茸的紫色质感细腻，捧在手心不忍破坏；恐怕也少不了凑近了闻香，所以鼻子是早就塌了的。

广布野豌豆

泡桐

四月的植物园

除了常去住家对面这座野山，还有喜欢的去处，就是照母山植物园。一个是少有剪裁的荒山野坡，一个是精心整饬的大花园，两相对照倒也别有情趣。这植物园虽说是人工经营之地，但因选在一座蜿蜒起伏、植被丰茂的小山之上，很多地方借势天然，少一些刻意的雕琢，格局也比纯粹的人工造园大一些。

进门就看见培植成绿篱的锦带花。这种忍冬科锦带花属的植物有很多近似种，除了"锦带花"之外，我所知的还有"水马桑""海仙花"等，相互之间的区别实在难以辨清，我只好一并以属名统称了。眼前的锦带花有漂亮的卵状椭圆形绿叶，漏斗状钟形的花冠有浅玫、粉白、纯白各种，最好看就是同一簇上各色凑在一起，叫人说不出哪一朵更惹人喜爱。

想起过去在上海，锦带花是常见的行道绿化植物，校园北区后门出去就有一排。初春一抱葱黄的新叶，我心疼它们被修剪得矮矮胖胖、方方正正，没有了绰约的姿态；但是一旦到了花季，累累的深玫色花朵似乎用自身的重量将花枝牵引出了生动的表情——往上生长的力量屡屡被扼杀，那就往下垂曳吧！

锦带花

小檗

红花檵木

山茱萸

菊花桃

重瓣麦李

小檗的叶子有尖利的小刺，保护嫩黄的小花。红花檵木四处蓬松着紫红的“毽子”。有一处栽了几株山茱萸，远远望去正开着黄灿灿的花球；走近细看，才发现原来花期已过，花瓣都凋落得所剩无几了。之所以误认为还在开花，是因为它们呈伞形花序，四枚总苞片守护下，向四面八方喷射而出的金色花梗本身构成了一个很美的姿态，就如绽放的鲜花一般。

蔷薇科的红叶石楠开细碎的白花，革质的叶子新生时枣红色，盛夏高温烘烤下则变成清爽的亮绿，秋来会结像山楂一样的红果子。同为蔷薇科的菊花桃第一次看见，据说这是从日本引进的桃花品种，枝叶形态和玫红的花色接近桃花，花型又有点菊花的风采。还见到一种重瓣麦李，粉嘟嘟的花苞，花开之后成了白色，花很小巧，层叠的花瓣生得细致。

木香开花真美。汪曾祺曾说昆明的木香花很多，“有的小河沿岸都是木香”。有一回躲雨：“一棵木香，爬在架上，把院子遮得严严的。密匝匝的细碎的绿叶，数不清的半开的白花和饱涨的花骨朵，都被雨水淋得湿透了。我们走不了，就这样一直坐到午后。”四十多年过去，汪老依然忘不了那天的情味，写了一首诗：“莲花池外少行人，野店苔痕一寸深。浊酒一杯天过午，木香花湿雨沉沉。”（汪曾祺《昆明的雨》）

此时没有雨，阳光通透、天空湛蓝。眼前的木香爬满凉亭，又流水般倾泻而下，在地上投下晃动的碎影。站在亭外，看到暖黄的繁花顺着“流水”滚滚涌来，叫人忍不住想伸手去接；更喜欢钻入亭中偷看花朵的后脑勺，风把花瓣上的光斑送来又吹走，四周的空气安安静静。

我猜园里一定有很多大树也正在开花，只是它们要么生得太高，要么离得太远，令人难以亲近。只看见湖畔几丛杨柳打上了花苞，临水摆摆荡荡。一排麻栎树纷纷垂下黄绿色的葇荑花序，小鸟在枝头跳来跳去。

麻栎

白花车轴草

木香

快到山顶的地方有大片花地种植着各种草本植物，此时植物园重点推出的是各色郁金香。这种花之所以成为世界知名的园艺品种，最初当然因其有过人的美丽。如今它早已集万千宠爱于一身，我的关注对其而言自是无足轻重，所以只稍稍看了两眼，就去寻找那些相对来说冷僻一点的培植花卉了。

最先看到大片白花车轴草，它们的米色花冠偶尔沾点淡红。据说这种原产欧洲和北非的植物是很好的牧草，已经被我国广泛种植。以前在共青森林公园常常看到大片的白花车轴草，我一直以为它们是常见而普通的野花，并不特别珍惜，碰上白中带粉的品种，就伸手一摘想带回去插瓶，然而大部分时候半路就丢下了。

白及是一种兰科植物，紫红的花朵舒卷开合无不带着鸟儿的姿态：含苞的时候像鸟儿敛翅安息；同株上每朵的花瓣和萼片绽开弧度各有不同，就仿佛将鸟儿飞动的不同瞬间凝结在了枝头。

不远处几丛绿茵茵的叶子，很像过去常在共青森林公园看见的泽漆。泽漆有很多

白及

大戟

羽叶薰衣草

聚合草

好玩的别名，比如“巨朵云”“肿巴巴”“羊奶奶”“猫眼草”。它们总跟好看的阿拉伯婆婆纳、紫花地丁、地锦苗混生一处，一直被我当作最好的绿叶配衬。此物貌不惊人花不开的，为啥要特意种在培植区里？询问园丁，才知眼前这几株并非泽漆，而是同科属的大戟。称其是一堆叶子也属误会，其实它们正在开花，只因花朵跟叶片一样翠色如碧，才错认它们无花可开。

羽叶薰衣草的蓝紫色是我喜欢的，然而寥寥几丛渲染不出它们的醺然醉意，还是要开成花海才好。向来偏爱紫草科植物，花圃里这几大丛聚合草依然不出意料地合我心意：花色有玫红、水红和粉白多种，最好看的是清清凉凉、不掺红色的纯紫。假如花瓣的绽放是植物在开口说话，那么聚合草三五成簇地垂着头，将花冠闭合成小水滴一般的形状，其间的心绪究竟是执意不言还是欲说还休呢？

终于识得虎耳草

汪曾祺回忆沈从文的文章不少，其中一篇《星斗其文，赤子其人》——篇名来自张充和用小楷为沈从文写的挽辞："不折不从，亦慈亦让；星斗其文，赤子其人"——写沈从文少数民族血统里的蛮劲，写他凡事的"耐烦"，写他对家乡的感情，他的交游，他对文物的痴心，他日常生活的朴素，最后写到他极为简单的丧事，"我看他一眼，又看一眼，我哭了。"末了话锋一转，思绪似乎很突兀地跳到一种草上："沈先生家有一盘虎耳草，种在一个椭圆形的小小钧窑盘里。很多人不认识这种草。这就是《边城》里翠翠在梦里采摘的那种草，沈先生喜欢的草。"

梦里，翠翠听到二老傩送的歌声，被这种"美妙歌声浮起来了，仿佛轻轻的各处飘着"。"飞窜过对山悬崖半腰——去作什么呢？摘虎耳草！白日里拉船时，她仰头望着崖上那些肥大虎耳草已极熟悉。崖壁三五丈高，平时攀折不到手，这时节却可以选顶大的叶子作伞。"梦外，翠翠大清早提着篮子去小山后掘竹鞭笋，带回的除却十来根小小鞭笋，还有一大把虎耳草。

沈从文对虎耳草情有独钟，田时烈《家乡人迎葬沈从文》一文中提到沈从文一九八二年回家乡凤凰，小船在杜田的凉水井旁边靠岸后，沈从文上岸去看了虎耳草，"井旁岩壁上长满了茸茸的'虎耳草'，沈先生告诉我们'虎耳草'很能适应各种土质，开小白花，是消炎去毒的一种好药。看！它们每片叶子都很完整，虫子是不敢去咬它的。农民常用它消除一些无名肿毒。我以前没注意过这种小草，这时便走近岩壁上细看'虎耳草'叶子，真的每片叶子都很完好，没有一点虫咬的痕迹"。沈从文去世后，亲友们特意采了虎耳草来，"小心翼翼地把它栽在墓碑石下的周围"。

此前从未见过虎耳草的实物，只在翻一些花谱时留意过。有一天家里恰巧没有蔬菜吃了，想起楼下那家花园里有野生的折耳根，决计摘来凉拌了吃。这家人不常来住，园子里野花荒草肆虐，我常常偷溜进去寻找喜爱的植物。刚走到摘折耳根的地方，就发现其间冒出许多开小白花的植物来，定睛一看，大喜过望——虎耳草！我几乎是扑了过去，细细端详这种既熟悉又陌生的花儿。花瓣有五枚，上方的三瓣是小小的卵形，上面有很细致的紫红色斑纹，基部还有鹅黄色的小圆点；下方的两瓣长长的，纯白色，

虎耳草

像倒挂着的小白兔耳朵；雄蕊有十根，向四面八方张开形成一个圆周。花型看上去既精致又俏皮，让人感叹造物的巧妙；整个植株又显得极为朴素简洁，野气生生。

回来查资料，《本草纲目》上有："虎耳，生阴湿处，人亦栽于石山上。茎高五六寸，有细毛。一茎一叶，如荷叶盖状，人呼为石荷叶，叶大如钱，状似初生小葵叶及虎之耳形。夏开小花，淡红色。"看来得名"虎耳"是因其叶形，本来我觉得它的花瓣颇似张着的小耳朵。多年生草本，生命力旺盛，能适应各种土质，据说汪曾祺提到的那盘虎耳草，就是沈从文从家乡带回的，在北京的家里长得很好；即使被埋在雪下也不会枯萎，因此又称为雪下草。全草入药，有消炎消肿、止咳止血、去毒去火的功效。

向来对所谓"花语"没有太大兴趣，嫌其颇小资情调，不过虎耳草的花语"持续"（continue）倒是让我心上一动，愿意录在这里。据说虎耳草属的学名从拉丁语直译过来是"割岩者"，因为它喜欢生长在岩石裂缝处，日积月累、持之以恒地积蓄能量，也许有一天能将岩石割开。这意思，正是汪曾祺写沈从文特别写到的一点，"沈先生很爱用一个别人不常用的词：'耐烦'。他说自己不是天才，只是耐烦。他对别人的称赞，也常说'要算耐烦'。"

我并不想把虎耳草的种种特性跟沈从文本人的禀赋和他的文学作什么牵强的攀附，但是虎耳草精美细致又质朴野性的模样、它旺盛的生命力、它强大的抗腐蚀能力和耐力，都让我满心欢喜，我多么愿意沈从文最爱的虎耳草是这样的！汪曾祺在文末专门提到虎耳草，其实竟是毫不突兀的。

每天的陪伴

四月春盛，并非只有专程去爬山、逛园才能赏花，仅在自家小区里转悠，就开花开朵随你一路。它们当然不会是什么名贵品种、稀罕之物，然而因其每日的陪伴，更令人生出特别的情感来。

下环、中环好几处都有日本晚樱。春来花繁花谢太匆忙，仿佛为体恤人们的失落情绪，这种樱花比早春常见的染井吉野樱之类要晚开一个多月，这番心意有多殷切，看四月以来它们粉红的花朵如何盈盈满树便会有所感念。到了月末，花儿一朵一朵完整地从枝头沉甸甸跌落，会敲得大地的心都怦怦作响吧？此时走过晚樱树下，看落花满路，每每不忍下脚。

蔷薇科的花树总是这样，花开泼辣大胆，花落也要自成风景。你看那些临水的樱花、李花、梨花，花瓣洒落水面形成好看的图案，遥遥望去又像光斑点点。曾在一个拐角处看到几网蛛丝将随风飘散的花瓣轻盈地兜住，如同一个屏住的呼吸，时间定格在了花落的瞬间；那一整天，我都因窥见了造物惜春的巧思而心怀感激。

火棘油绿的叶子，叶缘圆钝的锯齿如镶上了一层花边；白色的五瓣花集成复伞房花序。不过无论花盛几何，在我眼中都还属于它们韬光养晦的阶段，真正的大放光芒，

日本晚樱

火棘

还要等到秋来果熟之时。

小区高低错落处大片种植了蔷薇，三月末陆续打上花苞；到了四月中旬就开得无法无天，几乎每到一处都有从上端铺排而下的蔷薇花墙，深绿滋润的叶片上红花簇簇，把这春意深浓的季节叫嚣得愈发热闹。

蔷薇属植物的园艺变种无数，我识得的种类很少，有时在别人家的花园里瞥见好看的品种，心上一喜，想开口却唤不出芳名，似乎多少有点歉意。它们有的纯白无瑕，有的紫红、洋红、酒红浓烈逼人；有的是大朵的单瓣，有的是层叠繁密的重瓣，花开热闹，花落则一瓣一瓣将流逝的时间细细记录。

有一种蔷薇含苞的时候是个细巧的粉色小尖尖；花开一小朵，却能变幻出泛小波浪的层层重瓣，看上去很有立体感，难怪园丁称之为“钻石蔷薇”。“七姊妹”是我很小就认识的，它们开粉色或玫瑰色重瓣花，常常七到十朵密集成一个花球，花盛时从棚上蹿到棚下、从墙内开到墙外，不把你搅得心绪不宁绝不罢休。

蔷薇

七姊妹

鱼腥草

黄菖蒲

无人看管的荒地里还生着白色的单瓣野蔷薇、浅紫红的粉团蔷薇（红刺玫）。少女时代我不会喜欢这两种蔷薇，嫌它们花太小、不起眼，花瓣又那么简净，实在不能满足自己繁华多姿的青春之梦。那时心中理想的形象是大花大朵、枝繁叶茂，生在哪里都引人注目才好。年纪渐长，心情收敛，口味也就慢慢素净下来，现在倒反而更喜欢这种小小的、简单干脆的花了。然而虽有自己的偏好，我却是极不喜欢古人把花儿分为三六九等的，香花恶草、雅俗贵贱之分，体现的不过是人类思维的狭隘局限，草木世界自在天然，何苦用人间那一套拙劣的东西去框定宰制？想想自己口味的变化，便不难悟出草木各有其美，人各有所爱，只不过是自身审美局限的一种结果，却自以为天然之物有高下雅俗之分，岂不可笑。

遇见虎耳草那天采回的折耳根，又叫鱼腥草，花瓣是厚阔的白色，花蕊青中带黄，根叶散发阵阵清冽的野香，我们四川人喜欢摘来凉拌。虽说还未开花时采摘更相宜，但是这次带回的都是已经开花的根叶，倒也并不觉得味道就怎样打了折扣，入口一样的鲜嫩清凉、爽脆可口。整个四月里，这种美味我吃了五回。

峡谷有一股活水从高处流下，终年不断，汇入湖边的途中就形成了几个小水潭，正是水生植物的理想之地。这时节黄菖蒲成片开了。有一天路过，刚好看见一只卓鹰眼蝶飞来停在黄色花瓣上。这蝴蝶的翅膀茶褐色作底，正面前翅上有一对眼斑，后翅有两对。待我从湖边返回，再次靠近这里，发现卓矍眼蝶由一只变成了一对，正停在菖蒲叶子上交配。它们双双收拢翅膀，让我把翅膀反面也看了个清楚：前翅有一对又大又圆的眼斑，黑底黄圈，中间还有蓝色的小点，仿佛是眼睛泛出的光泽；后翅上则有六对小眼斑，两两靠近，臀角上的两个几乎连在一起了。我喜欢它们的模样，想要多看一阵，然而那炯炯的眼斑仿佛正怒目圆睁，警告外人不要打扰它们的好事，于是只好蹑手蹑脚离开了。

峡谷石板路畔三月遍生繁缕，如今则是通泉草与红花酢浆草的天下。玄参科的通泉草小小的紫色花冠，下唇上有金色的豹纹斑点。红花酢浆草是喜爱阳光的花儿，上午十点左右开始绽放，下午大约五点半就慢慢闭合。如果下雨，就整日缩作一团。它的叶子是三枚翠绿的心形，很多饰品都爱做成这样的形态；花朵则是玲珑的五瓣，姿态轻巧活泼。记得以前在学校的时候，每次从北区骑车到东区，都觉得那条路怎么那么长，心上急切，脚下无论怎么使劲都觉得慢。然而到了酢浆草的花期就不同了，银杏树下密密地蹿出紫红色的小花朵，这时节即便步行，也丝毫不会觉得这条路漫长寂寞。

菊科的中华小苦荬有黄、白两色，我喜欢白色的。蒲儿根金光灿灿，像一朵一朵

卓矍眼蝶

红花酢浆草

中华小苦荬

蒲儿根

的小太阳。老妈说，小时候最喜欢这种野花，总是用它做小金鱼玩：拿一颗嫩胡豆做身体，用刷把签戳三个小洞，摘下两朵蒲儿根的花朵做眼睛，叶子当尾巴，然后用竹签支起来，走到哪里都带着。

龙葵开小白花，有时花冠略微呈现一点紫。茄科的花模样都挺接近，比如珊瑚豆开花简直就是大了几个号的龙葵；不过叶片形状是截然不同的，龙葵叶子呈卵圆形，珊瑚豆则是大大的椭圆状披针形。土豆花稍有变化，不似前两者花冠深裂成清晰的五角形，而是含含混混，没有很清晰的轮廓。番茄开花换作了明黄色，花型更大一点。最好看的是茄子花，淡淡的紫色，花冠有点皱皱的纸质感。

花朵长得那么相似，结出的果子却大相径庭。番茄和茄子不必说。龙葵的果实三四颗一提，最初是又小又圆的青绿色，成熟之后会转成黑色，摘来尝一尝，味道酸酸的。而珊瑚豆的果实橘红诱人，其实是有毒的。

这时节所有湖边野花中，我最喜欢的是活血丹。这种唇形科的小花淡蓝、淡紫或粉紫作底，下唇上配以深蓝、深紫或玫紫的点点斑纹。更有趣的是花型，很像戴着圣诞帽的小熊宝宝，它们常常两朵并生在一处，仿佛两只小熊手拉着手。

同为唇形科的筋骨草，一朵朵小蓝花也是熊宝宝的模样（不过没有戴小帽子！），它们凑在一起生成穗状聚伞花序，简直就像组成了一个其乐融融的小熊之家，每个成员都跃跃欲舞，很是欢快。记得曾在杭州郊外见过一种白色的筋骨草，花朵生得修长一些，这回看着不像熊宝宝，像动画片《聪明的一休》里面的晴天娃娃，又像披着白褂子的小幽灵！老妈说我从小就是“花痴”，走到哪里都喜欢掐花。翻看自己三四岁的照片，好几张手里都紧紧攥着筋骨草，不知道那时候的我，有没有细细端详过花朵那古怪又可爱的形状呢？在孩童的眼睛里，它们又长得像什么呢？

龙葵花

龙葵果

活血丹

紫花筋骨草

空气里香气渐浓

暮春的各色叶子是我顶喜欢的，脱去了最初的清纯稚嫩，又还未被夏天的能量烘烤而凝结出沉着的色调，正是肥瘦适中的润绿。春深了，银杏的新叶慢慢打开它的小扇子，绿色的纹路明晰动人；南天竹的叶子是小小的卵形，四月阳光映照下的颜色，像浸在水中的翡翠；最爱的是水杉，交互对生的细叶轻盈柳秀，然而其树皮粗糙坎坷、树干苍劲挺拔，显得那么有力量。这一天我站在一棵水杉底下听了很长时间的鸟叫，一片黄桷树叶飘下来落在我头上，那一刻内心的宁静真是无与伦比。

春末夏初的过渡，一个特征大概要算气味的变化。进入四月中旬，空气就渐渐不再青涩，各种花朵和成熟的叶子特有的某种香气混在一起，提醒人们物候的转换。汪曾祺说"一个作家应该有个好的鼻子"(《与友人谈沈从文》)，沈从文就有这样的好鼻子——"薄暮的空气极其温柔，微风摇荡大气中，有稻草香味，有烂熟了山果香味，有甲虫类气味，有泥土气味"，嘿，你知道甲虫类的气味吗，沈从文笑眯眯地回答汪曾祺那是"甲虫的分泌物"，"天牛是香的，金龟子也有气味"。我没有那样天才的鼻子，一只秃笔不知要如何描摹出空气在这时节发生的微妙变化。

仔细回想，最早的香气来自紫藤。今年小区的紫藤是在清明前两天开的。2 日晚上跟老爸在小区散步，走到往年紫藤开放的地方，特意打了电筒察看，灯光照亮的还只是张牙舞爪的一堆枯枝。没想到第二天中午再度路过，远远地就有几串紫色倏忽间攫住眼球——紫藤一直是我的心头爱，它总是从众多植物中脱颖而出，在整个四月里成为我注目的焦点。这些蝴蝶形状的紫花串串颜色姿态俱美，且气息芬芳。以藤本植物特有的柔韧随性沿棚架攀缘而上，繁盛地舒展开来，再从高处悬垂流泻。站在棚架下就不难感受到，蜿蜒而下的不仅仅是花枝，还有一串串紫色的、清淡温柔的香气——是的，花香当然也是有色彩的！紫藤的味道正如其花色一样不寡淡也不艳丽，一切都刚刚好。随着花事渐盛，便无须走近，只借着春风就能远远嗅到那股俊逸好闻的味道。

汪曾祺画过一幅紫藤，"满纸淋漓，水气很足，几乎不辨花形"，画上配文："后园有紫藤一架，无人管理，任其恣意攀盘而极旺茂，花盛时仰卧架下使人醺然有醉意。"

据说北方人常采紫藤花蒸食，"紫萝饼""紫藤糕""紫藤粥"等，都是加入紫藤花做成的。身为南方人，未曾领略过个中滋味，妄猜以紫藤花作食材，未必因其怎样美味，多半是贪恋它入口唇齿留芳的感受吧。

二十日左右，这种“使人醺然有醉意”的香气就随着花朵掉落净尽，只留满藤叶子覆盖在棚架上。

湖边生了一棵姿态优美的洋槐树；紫藤花刚走，洋槐就开了。跟紫藤同为豆科的洋槐，所开之花真像紫藤花换了一身白衣裳。它临水垂下饱鼓鼓的花串，配上翠绿的羽状复叶，映得水色分外好看。洋槐的香气是有名的，比紫藤更甜美丰腴，沉沉地颇有点重量。有风的时候，凝结的浓香吹散了、轻盈了，糅进湖水青涩的腥气，又是另一番滋味。

农田里闻过芫荽花，也就是香菜花，是青色的脆香。路旁的含笑那一缘紫是点睛之笔，其香是一种深香，与花朵的质地相类，不是软而薄，而是厚而润的。海桐开白色小花，味道却是当仁不让的甜香。而广柑花的香味最是诱人，比成熟的广柑味更轻

紫藤

洋槐

含笑

金银花

朗俏皮一些，多嗅一会儿还直流口水。金叶女贞和女贞的味道接近，其香略微有点急切，阳光浓烈时闻了会冲得人头脑发晕，而金银花的味道则是柔缓的、慢悠悠的，一如花形的清丽低调。

这时节各种香味虽有浓有淡，整体却都还是湿气楚楚，如朝露般晶莹，不似真正入夏后浓香中隐约的萎靡，好比这一季结出的最初成果，都带着初来乍到的矜持和自律。荒坡上野生的油菜花四月中旬就结出一些细溜的油菜籽；扁竹根的果实呆头愣脑；桃树枝干上冒出毛茸茸的幼桃；而毛莨的青果是宽卵形核果聚合而成的球形，总是润泽饱满，有阳光逗留。摘过好几次红艳艳的蛇莓吃，不酸不甜，近乎无味。好吃的乃是桑葚，然而此时桑树上的果子还是坚硬的青绿色，待到它们转为深紫色才能摘来一尝——到那个时候，夏天一定已经降临啦。

五月采绿

初夏

藤蔓植物遍地牵延

打碗花一开，夏天就到了。日子刚迈进五月，就有一些粉白相间的“朝颜”迎着清晨的阳光陆续旋开——看花苞的模样，我想象它们应该是旋转着绽开自己的小喇叭，像活泼的少女跳起舞来展开的裙裾。五月渐深，打碗花嫩绿的藤蔓呼啦啦四处乱窜，顺着红叶李、海棠、黄桷兰一类的枝干纵向攀爬，也沿着小蜡、海桐、南天竹等灌木丛横向铺展，初夏的阳光跳跃在开得满坡遍野的“喇叭裙”上，整个世界都轻盈地舞动了起来。仔细辨认，发现吹着“小喇叭”的除了打碗花，还有同科属的旋花呢。它们外形接近，但旋花紫红的花冠比打碗花大出几乎一倍，叶子细细长长，基部是类似某种古代兵器的戟形。

初夏是我最迷恋的季节。没有盛夏的浓热逼人，清晨和傍晚的温度甚至可以说是舒爽宜人的；然而阳光已足够热情慷慨，四处跳跃的斑驳光影，让人恍惚而沉醉。这时节是各种藤蔓植物大显身手的时候。紫藤的花当然早已褪尽，然而叶子依然蓬蓬勃勃覆盖在架子上，垂曳而下的风姿让人遥想花盛时的惊世美貌。葡萄、南瓜、丝瓜、黄瓜也都翠生生地蹿上了架，卷须调皮地打着弯儿。葎草各处滋蔓，在湖边散步的时候，它会挠到你的脚指头，还会从右边高墙上探出身子碰着你的脑袋、缠住你的头发，肾

打碗花

旋花

状五角形的叶子透过阳光显出的色调湿润明亮，正是这时节最有代表性的一种绿。我喜欢看它们蓬蓬松松地漫溢在湖水的边缘，仿佛是湖岸派出的使者，想要一亲湖面芳泽。

长得最恣肆的，要数爬山虎。它们的叶子在幼时是可爱的心形，边缘有粗粗的锯齿，成熟后就会变成三裂的宽卵形。经过春季的复苏，一入夏，这家伙就密密层层、横行霸道地攀缘在各处墙壁、岩石、藤架上，每分每秒都在抽芽、生叶、展藤，铺开来、铺开来，铺成一片绿色的清凉世界。我最喜欢看庭院入口处悬垂下来的藤蔓，温柔、轻盈、摇曳生姿。还喜欢翻看它们灵巧的“小脚”——茎上长叶柄地方的反面伸出许多深红的卷须，端头有小圆片形状的吸盘紧贴在攀附处，你伸手扯一扯，还怪牢固的。

九重葛也在这个时候开得热闹非凡。这种原产南美的花儿贪恋阳光，色泽浓烈，多是正红、玫红或者紫红色，“花瓣”（其实是它的苞叶）的质地不像一般的花儿那么水润娇嫩，反而跟叶子一样挺括干脆，有笃定清晰的脉纹，所以又称“叶子花”。它像爬山虎一样生命力极为旺盛，随着阳光一发不可收拾地四处蔓延、花开不断，但其枝藤不同于前者的柔和随性，自有一种不容置疑的硬朗和直爽。这种既妖冶妩媚又豪放干练的女特务气质，总让我想到它的老乡——那位同样来自南美、同样英气逼人，我非常喜欢的女画家弗里达。记得在为她拍摄的传记电影里，那个有孔雀施施然走过的庭院，四处绽放着的正是九重葛。

这美人五官长得结实、浓郁、醒目、肉感十足，翟永明说她“一根根向上生长的毛发/和她的浓眉是/内心茂盛繁荣的气象”。（翟永明《剪刀手的对话——献给弗里达·卡罗》）“这位总是在学校的走道里像鸟一样跳来跳去的姑娘，这位喜欢在汽车开动的时候跳上跳下的女孩”，“喝起龙舌兰酒来像个流浪歌手”，“喝醉了能把任何男人打翻在桌下”。残酷的命运却不依不饶地打击她、企图压抑她的生命能量：五岁时罹患小儿麻痹症，十八岁在一次车祸中一根柱子从她的胃贯穿到骨盆，之后的数十年中，又经历了大小三十二次手术和三次流产，并最终瘫痪。但是，在她胸前打上厚厚的石膏也好、让她跛脚也好、截断她的腿也好、剥夺她下床行走的权利也好，甚至给她痛苦得如同另一场车祸的爱情也好，都没能让她败下阵来。相反，当生命之流遇到巨大的阻力，源源不断的水流涌来迎接挑战，拍击、冲撞、水花四溅，反倒因此积蓄起巨大的势能，真正实现了她所向往的“爆炸”——“‘它爆炸了，’她说，‘……发出许多声响，非常美，

九重葛

因为在被炸得粉碎的时候获得了色彩和图案 。’”

爆炸产生的色彩和图案是一个混沌的、原生的、莽莽苍苍的世界，一切都带着万物初生时的朴野和粗犷表情：她喜欢画心爱的狒狒和鹦鹉趴在自己肩头，画潮湿茂密的热带植物缠绕在头发和衣裙之间，更喜欢在画里把自己想象成具有变形潜能的生命体，“她的头可以变成花，胳膊能变成翅膀，身体会变成一头小鹿”。为此欧美超现实主义画家对她频频示好，她却不为所动地坚持说其个人的想象源于墨西哥的民俗传统而非国外的什么流派：“墨西哥文化中隐含着一种反常的印第安人生活态度，即‘假定人类与其他的生物分享同样的生命材料’……一切生命都是等同的这一情感……有着阿兹特克文化渊源”——正如“一位阿兹特克崇拜者会这样祈祷：我是花，我是羽毛，我是鼓和诸神的镜子。我是歌。我浇花”一样，弗里达也会在日记中说自己“是一座山或一棵树”，说“人类是一条无始无终的河流的一部分，他们通过‘成千上万的石头、鸟类、星辰、微生物、喷泉……’来指导自己。”

——在我看来这是弗里达的画最迷人的一部分，也是解答她超乎寻常的生命能量来自何方的一把钥匙：她画过一幅在昏暗的月亮下哭泣的自画像，“躺着的身体正融化于大地，变成一张树根网络”，还有一幅“画了一棵光秃的被风暴劫掠过的树，大风吹落了树叶。树被撕裂了，被折断了，但它的根却深入大地”。（海登·赫雷拉《弗里达》）

夏花朵朵开

五月初，火棘、蔷薇、七姊妹这些春天的植物还在继续开放，到了近中旬才偃旗息鼓。睡莲是真正属于初夏的花儿，最早在峡谷的水塘里生出玫红色的花朵，一周左右，别处又冒出了淡黄色和粉红色的。取名“睡”莲，是因为它们早上开花、黄昏闭合；但用来形容其叶也同样恰当：开了小衩的圆叶子漂浮在水面，不似荷花那样高高地伸展出来，正仿佛是“睡”在了水中央。金边六月雪其实开在五月，清纯的白色小碎花一股脑冒了出来，远远望去像阳光在绿色灌木上洒下的点点光斑。

这里有一家小花园我特别喜爱，女主人笑容温暖，总是和气地邀请我自己推开小木门进去拍照。这时节她园子里双色茉莉开得正好。这种花儿香气宜人，初开时蓝紫色，随后颜色逐步变淡，最终转成纯白色；同一株上因为开花有先后，就会呈现出“双色”并放的形态。花架上有一盆秋海棠，开粉红色花；一盆碧冬茄，开淡玫色花。

鸭跖草科的植物大多仙逸出尘，即便是园艺变种也少染匠气、灵性不改。比如小花园门口的两盆紫露草：叶形修长随意；三朵花瓣蓝幽幽的，六枚绒黄的花药有凌空飘浮之感。花园对面有一块野地，刚好生着白花紫露草，花型跟紫露草接近（只是花

金边六月雪

双色茉莉

碧冬茄

紫露草

白花紫露草

水竹叶

南天竹花

栀子花

色换作纯白），叶形却截然不同，是简洁干脆的卵形。最妙的是水竹叶，三枚小小的花瓣轻薄透明，仿佛随时都会化作一汪清水流逝无踪。

日子到了中下旬，南天竹开细小的花。花瓣白色，鹅黄色的雄蕊比花瓣夺目。栀子花开香满天。汪曾祺说，“栀子花粗粗大大，色白，近蒂处微绿，极香，香气简直有点叫人受不了，我的家乡人说是‘碰鼻子香’。栀子花粗粗大大，又香得掸都掸不开，于是为文雅人不取，以为品格不高。栀子花说：‘去你妈的，我就是要这样香，香得痛痛快快，你们他妈的管得着吗！’”（汪曾祺《夏天》）

——在我眼里，这正是汪老头的可爱之处，吸引我的从来就不是他的文人雅趣。

这老头也是喜欢绣球的。不过他眼中只有豆绿色的绣球耐得住细看，“显出一种充足而又极能自制的生命力”（汪曾祺《绣球花》）。今年小区里四处是粉色和玫红色的绣球，只有一株绣球初开白色，慢慢变成了汪老喜欢的豆绿色。绣球顶生伞房花序，百朵成簇，是极为饱满喧闹的一种花。想来正因如此，汪老喜欢清淡的豆绿色：花序上既已铺张，就应该在颜色上加以节制，否则真是热烈过头了。

不同于汪老，我更偏爱蓝色和紫色的绣球；然而即便是粉色和玫红的绣球，依然深得我心，我喜欢它们多情大胆的疯傻劲儿，好比在恋爱中不管不顾、痴心相予的女子，总是让我格外疼惜。同为顶生伞房花序的天竺葵，开得比绣球稍稍羞涩一些，山里农家院落里有大红和粉红两种。

照母山植物园里的草花园也令人目不暇接。唇形科的半枝莲开蓝紫色小花，两两并生，因为它们在花茎上，偏侧一面长成总状花序，所以得名“半枝”吧。每朵小花下唇有片白斑，遥遥望去像有一颗闪光的露珠凝在了上面。

“夏枯草”名字很美，因其夏至后即枯萎而得名，起意本是朴素，却自有一种浑然天成的风情。此时离夏至还早，但园中这儿丛夏枯草已经过了盛花期，紫色的小花冠凋落了大半，剩下寥寥的几朵，倒也有一种简净的美。

钓钟柳的花型很像唇形科植物，一查却是玄参科的。花谱上说它们以花色繁丽闻名，眼前这几株却是清爽的白色，靠近花萼处依稀捎带出一点淡紫。毛地黄冒得好高，密密的总状花序生得丰饶，让人觉得“八面玲珑”这个词说不准也可以有别的美好意思。它们盛放的花冠有的纯白，有的玫瑰色，花冠内侧有缤纷的豹纹斑点，待放的花冠则

天竺葵

半枝莲

夏枯草

钓钟柳

是淡淡的青黄色。

毛茛科多生美艳之物，黑种草是第一次看到。它的花型奇特、难以描述，叶片又长得如同精细的蛛网，更增添了此花的神秘感。它的美有点像妖精的美，浑身上下充满令凡人无法参透的诡异魔法，绕着它转来转去，企图找到一个语言的突破口，最终却只能缄口不言。

羽扇豆就是歌里唱的“鲁冰花”。小时候听到“鲁冰花”这个名字，想象它是某种比冰山上的雪莲还要晶莹清通、近似透明的花朵，想不到却有如此华丽的色彩。花型是豆科植物典型的模样：旗瓣亮白色，而龙骨瓣上的颜色紫得聚精会神，有着光滑的绸缎感。

以前翻花谱注意到柳叶菜科有一种植物名叫待宵草，又名月见草；所谓“待宵”“月见”，指的是它们傍晚开花天亮即谢。这有着好听名字的植物我一直没有亲眼见过，但与其同科属的美丽月见草在照母山上一开就是一大片，是我特别喜欢的一种花。它的花瓣疏朗简洁，初开粉白色，然后渐渐转变成柔和的水红色，花瓣上有细致的紫红色脉纹，配上浅黄的花药，的确十分“美丽”。

培植花卉固然璀璨迷人，但三月以来给我最多惊喜的还是峡谷、湖边、爬山途中那些野地。冬天路过，以为它们就是一堆荒木野草，春风一吹，才慢慢领略到大自然的神奇。原来野地里藏着无穷的奥秘：不同于那些各安其位、一目了然的培植花卉，它们表面上只是一堆不务正业的枯木、无所事事的闲草，无组织无纪律胡乱生长，内里却滚动着生生不息的能量，酝酿到适宜的时候，便会凭借自然之力将某几种植物推涌到前台、绽放出俏丽的花朵，让人惊叹一声："原来是你啊！"——尽情炫耀一番自己的美貌之后，它们又谦然退隐，被野地重新吸纳为背景，让新一批野花挺身而出占

毛地黄

黑种草

羽扇豆

美丽月见草

据舞台中心，如许轮换，绵延不绝。

峡谷一片野地在春天长满了扁竹根（蝴蝶花），入夏以来，这里换作旱金莲的天下。这是我很喜欢的一种野花，花期长，生命力旺盛。它叶形如碗莲，故不开花时也颇好看，花色橘红、明黄居多，灿烂喜庆，还有个尖尖的“小尾巴”；花期里似乎还伴有一种生涩缥缈的野香。一种极少现身的菊科植物偶尔冒出来，似乎毫不理会初夏的火热氛围，兀自开着沉静清凉的蓝紫色小花，正好能给旱金莲这种高温色调的花朵降降火；多方查考，才得知它的名字叫重庆苣。

湖边野地里的鱼腥草、通泉草、附地菜还在零零星星开着，然而另一种极小的野花铜锤玉带草显然已成为这几方小土的主角。淡紫色的花瓣，靠近花蕊处有黄色的斑纹；叶子是边缘有齿的心形，一步步覆盖了所在之处的几乎每一寸泥土。马兰深紫色的花苞，花瓣舒展开来就成淡紫色，是我很爱带回家插瓶的一种野花。最喜欢的是垂序商陆，姿态优美的总状花序侧生出许多白色的、晶莹碎小的五瓣花，中间吐出滚圆的绿色子房；

花越开越多，花茎也随之变成紫红色，真乃胆大心细者才能有的配色。

八角金盘硕大的叶子下面偶尔钻出几株泥胡菜。这种菊科的小野花生着紫色的小绒球，很是可爱。想起在共青森林公园常见的刺儿菜，也是此时开花。刺儿菜的花跟泥胡菜有点像（叶片的差别却很大），但个头要大很多，头顶的紫色绒球也更加舒展张扬，圆乎乎、毛刺刺，在野地里十分抢眼。

大约到了中旬，各处野地里接骨草纷纷打上花苞。这时候伞形科的野胡萝卜和小

重庆苣

铜锤玉带草

马兰

垂序商陆

泥胡菜

刺儿菜

窃衣遍地开花，湖边近水处则是密密丛丛的水芹。它们同为复伞形花序，似乎很难分辨，感觉上野胡萝卜是其中花型最大、花序也最繁密的，花谢后就会把精巧的小伞收拢起来，团团包裹住自己的种子。相较之下，小窃衣的伞形花则清丽克敛，结出的小果子毛刺刺的，不知道是否因为很容易沾在路人的衣服上而得名呢？水芹又称“野芹菜”，它的茎不似前两者那样纤细且被毛，而是一个粗胖的、表面光滑的多边形圆柱，摸一把手上会留有青苦的异香。

进山的路上遍生着淡紫色穗状花序的马鞭草。茅莓开紫红色的花，我等着它结出红彤彤的聚合果来解馋。蓝花参极小巧的天蓝色五瓣花，那么沉静内向、不事张扬，却自有令人无法忽视的美。

接骨草一束一束的小花伞在下旬的时候颜色变得丰富多彩，青绿色的小花苞陆续开花，五片白色小花瓣之间跳出紫红色的花药，复伞形花序中偶有窝窝头形状的、由不孕花变成的深黄色腺体，给人眼窝一热的感觉。陆地、水边一股脑冒出大把大把的喜旱莲子草（空心莲子草），这花摸起来糙糙的，有点干花的感觉，想来算是花朵中最不娇气的那一类。

接骨草

野胡萝卜

小窃衣

水芹

茅莓

蓝花参

燃烧的花儿

初夏时节，太阳似乎把它所有的热情都倾注到了那些黄色的花儿上面，它们如同一朵朵小火焰，以花蕊为焰心在初夏的空气里哧哧燃烧，烧得野地里金灿灿一片。

毛茛科的石龙芮黄色花瓣还完美无缺，花朵中央就已经吐出毛刺刺的绿果雏形，带着湿漉漉的质感。石龙芮花瓣的黄色是亚光的，而小毛茛的花瓣黄得油光水滑，结出的球形聚合果翠绿新鲜，形状像一个小刺猬。

黄花酢浆草开花小而圆润，被无数由三片倒心形凝成的掌状复叶温柔地簇拥着。湖边花地里冒出珠芽景天的小星星花，叶子细细的，叶腋常生出圆形的肉质小珠芽。花朵的各个构成部分都是黄色的：五瓣披针形的嫩黄色花瓣；十根细溜的雄蕊跟花瓣同色，花药是圆形的，介于土黄和深红之间的小点点；五枚基部合生的心皮黄中略带点青，厚墩墩的，排列得像一朵微型莲花。

“过路黄”名字取得很妙，五月以来，真是走到哪里都可能路过这些黄花球球，在它的花季爬对面那座野山，丝毫不会有寂寞的感觉——它们几乎是热热闹闹地陪伴你一路，让人甚感安慰。这种花喜欢群聚，同一枝上少则三两朵，多则十几朵脸碰脸一齐开放，姿态大方、毫不扭捏，是我欣赏的个性。

石龙芮

小毛茛

黄花酢浆草

珠芽景天

过路黄

大叶过路黄

靠近山顶的地方还有另一种大叶过路黄，乍一看跟过路黄很相似，细辨才发现原来多有不同。从花序上看，过路黄的花朵单生于叶腋，而大叶过路黄则为顶生缩短成近头状的总状花序；过路黄的叶片呈长卵形，密密覆盖着细小的绒毛，而大叶过路黄的叶子是胖大的阔椭圆形，叶面油亮平滑，仿佛光可鉴人。

回想起在共青森林公园还见过同科属（报春花科珍珠菜属）的金爪儿，叶子是小小的卵圆形，小黄花朵生得不像过路黄那么密集，伶仃的一两朵、两三朵即成一簇，

蛇含委陵菜

莓叶委陵菜

安安静静散落在野地。

蔷薇科的蛇莓自然是很常见了。还在进山途经的水畔见到一小片野生的蛇含委陵菜。花朵大小跟蛇莓接近，五枚黄色的花瓣，每一瓣顶端都微微下凹，呈现出小小的心形；叶子则像一个有五片扇叶的风轮。

植物园里这一季在花圃里培育了另外两种——莓叶委陵菜和直立委陵菜，花瓣的形态接近蛇含委陵菜，只是比后者大出许多。莓叶委陵菜丛生的花茎多匍匐生长，叶子有细细的锯齿，有点像草莓的叶子。直立委陵菜正如其名，花茎高高直立，一眼就能认出来。

所有黄色花儿中，菊科的小花们最是撒了泼回应着太阳的邀约，成为湖边野地当仁不让的主角。苣荬菜植株最高，总是精精神神地挺直了毛刺刺的茎秆，顶端开出黄绒绒的舌状花；蒲儿根则是最无节制的花儿，同枝上一嘟噜开出二十几朵是毫不为怪的；黄鹌菜花小小的，排成聚伞状圆锥花序，花瓣是细细的长方形，边缘带着细齿。抱茎苦荬菜开出的花朵与黄鹌菜乍一看极为相似，然而不同于黄鹌菜的棕色花蕊，抱茎苦荬菜的花蕊是明黄色的；更大的区别在于叶子，前者的茎生叶呈水滴形状，温柔乖巧地环抱住茎干，十分可爱。鼠曲草当是同科花儿中最低调内敛的了，冯至说："我爱它那从叶子演变成的，有白色茸毛的花朵，谦虚地掺杂在乱草的中间……一个小生命是怎样鄙弃了一切浮夸，孑然一身担当着一个大宇宙。”（冯至《一个消逝了的山村》）甚至在他的《十四行集》里还为其专门写了一首诗，我尤其喜欢这一句：“一切的形容、一切喧嚣 / 到你身边，有的就凋落，/ 有的化成了你的静默。”（冯至《十四行集》之四）然而即便这极其静默的花儿，在此时也卖力地聚攒着自己金色的管状花，如点点灼灼的小火苗。

从这些火焰一般的花朵身边走过，我总被它们的明亮灿烂灼伤眼睛，每每疑心这

直立委陵菜

苣荬菜

蒲儿根

鼠曲草

黄鹌菜

抱茎苦荬菜

狂热的激情难道不会将自身烧成灰烬吗？——果然，没过几天，我就看到了它们毛茸茸的白色“灰烬”，姿态各有不同：苣荬菜的花朵最终将自己烧成了一个饱鼓鼓的乳白色圆团团；黄鹌菜的“灰烬”则疏朗得多，精巧地生在红棕色或褐色的瘦果上端，形成一个剔透的小球；蒲儿根随意成性，轻轻松松将自己遍地点燃，燃完就罢，压根儿懒得收拾留下的残骸，任其无形无状自由生长。各种燃烧后的“灰烬”都安然待在前仆后继绽放着的黄色花朵当中，对自己悄悄藏下的火种秘而不语；而夏风一来，它们就浪迹天涯，在新的地方埋下这份隐秘，以备来年再次如腾起的地火一般无所畏惧、尽兴“燃烧”。

花也上树了!

萧红说："夏天又来到人间，叶子上树了！假使树会开花，那么花也上树了！"入夏以来，小区里首先上树的花是垂枝红千层。这种乔木枝条细长柔软，有点像杨柳的飘然垂下。花形很奇特，尤为奇特的是它长长的、鲜红色的花丝：含苞待放时不露声色地包裹在黄绿色的花苞里；花瓣绽开一点，密密的花丝就互不相让地破门而出，犹如一团乱纷纷的毛线；花瓣再松松口，花丝各自舒展开来，袒露出顶端精巧的小红点（也就是它的花药），成熟后这个小点点会变成淡绿色；待花开足后，呈穗状排列的稠密花序极像一把瓶刷，就那么无忧无虑地红着，不时从随风摇曳的翠绿细叶中跳脱而出。

红花羊蹄甲也开花了。玫红色的五片花瓣排列得疏阔简洁，上面有白色的斑纹；花蕊是极为优美的弯钩形状。花朵在枝头作出蹁跹欲飞的姿态，很是轻盈洒脱；也就

垂枝红千层

红花羊蹄甲

半个月的光景，它们果真一朵一朵相继飞走了。然而没有花的羊蹄甲也是很精神的。我喜欢它宽卵形的叶子，在顶端裂为两半，像裸体美人的臀部线条；色泽又总是那么鲜润饱满，入夏以来豪情满怀地覆满枝头，烈日炎炎时尤其喜欢走在它的绿荫下，阳光透过碧叶，把树下的空气染得翠茵茵的。

垂珠花白色的花冠，深裂成五瓣，由顶端反卷。我一直觉得这个花型有点像珊瑚豆，但两者的科属风马牛不相及，实在也说不出道理。广玉兰则开极大极大的花，花瓣厚润、洁白，香气淡而宽阔，令人遐想如果拇指姑娘或者花精灵住在这花里，一定极为安全舒心吧。老爸说他小时候第一次看到广玉兰时“惊为天人”，心想怎么树上开了荷花！我特意查了资料，发现它果然另有一个名字叫荷花玉兰。

峡谷里蒲桃开花了，从四枚淡绿色花瓣中央喷射出大把细长的淡黄色花丝，张牙舞爪地撒开，形成一个亮晶晶、毛茸茸的花球球——所以它的别名“水蒲桃”里这个“水”字是很好的。园丁说它的果实很好吃，看着石板路上抖落一地的蒲桃花丝，我心里充满期待。

中旬去爬山，在山脚遇见了正值花期的山合欢（山槐）。对生着的椭圆小叶呈偶数羽状复叶排列，是典型的豆科树枝模样；其花与垂枝红千层、蒲桃相类，引人注目的都是其繁密修长的花丝，初生时白色，成熟后转为金色。这样的花朵形态总给人烟雨

垂珠花

蒲桃

蒙蒙的幻觉，尤其这几株长得高大挺拔，连绵绽开的团团花丝与天空相融，远远望去如云遮雾笼，仿佛一个徐徐展开的梦境。

银合欢开花更是古怪：初时是一个青色的脆硬小球，浑身布满圆钝的小刺，盛放之后则变成一个乳白色的绒球，而我至今没闹明白这白色的辐射物究竟算它的花瓣，还是花丝。古怪归古怪，这树还是很漂亮的，一年四季都那么翠叶逼人，简直像一个青春永驻的奇迹。

进山前看到一棵高大的柿树，绿叶掩映下藏着一朵朵嫩黄的小花。半个月后再来看，枝头就吐出青青的果实了。进山后突然闻到既熟悉又陌生的香气，也许深山中悠凉的新鲜空气让这香味越发沁人心脾，我和老爸不由得改变了往日的路线，循着花香一路探去，原来是一株开得正盛的女贞树。小区里的女贞早已开败，这里却开得如密密的细雪覆盖满枝，山中物候果然要迟一些。

快到山顶时看到一棵从未见过的花树，厚叶掩映下的花朵有嫩红色的圆形花瓣，

银合欢

女贞

革叶猕猴桃

石榴花

边缘略微带点白，轻手轻脚团在一起包裹着花蕊，煞是娇美可爱。回去查花谱，得知其名为革叶猕猴桃，据说果实香甜可口，可作果酱和酿酒。

花朵既要爬向大树，也要攀上灌木。如果要我用一种花色来描述初夏阳光的质地留在记忆中的印象，我会毫不犹豫地说——石榴花！石榴开花是独有的一种介于橙与红之间的色泽，骄阳映照下自是美艳不可方物；然而怒放的花儿往往早衰，它们绽开不多久便只适宜远观，好比西洋油画，远望浓墨重彩，近看满目疮痍。

同样只宜远观的是夹竹桃。小时候上学路上有一片地方种满这神秘之物，家人一再警告此花有毒，绝对不可靠近，于是自幼觉得夹竹桃是蛇蝎美人。每到它的花季，从艳丽的花朵旁边走过都心上惴惴，恍惚地惊艳其美却从不敢驻足端详；隐隐闻到其闷郁的香味，也赶紧捂住鼻子，生怕被毒晕过去——这情形颇似鲁迅先生童年时听闻墙上美女蛇的故事，从此不敢看墙上，倘有陌生的声音叫唤，也叮嘱自己万不可答应的心情（鲁迅《从百草园到三味书屋》）。后来当然知道了夹竹桃茎、叶、花里乳白色的汁液确有剧毒，然而也万没有看一眼、碰一下、闻一闻就会中毒的险恶。上环有一路种了长排的夹竹桃，红白两色，花盛时还是颇悦目，然而自从其神秘的面纱褪去，对它放下心来之后，便觉得其美也只是稀松平常，不复有冶艳逼人的蛊惑力。记忆里只有学校相辉堂前有一株夹竹桃，长得极大极盛，从它部分裸露在外的根须之发达健旺就可窥见其惊人的生命力；入夏后漫天繁花、妖气十足，简直是花树里当之无愧的白骨精。

夹竹桃

重瓣溲疏

山梅花

石斑木

珍珠梅

迎夏

植物园里的重瓣溲疏，玲珑的小白花像是蹦跳着来到枝头的。山梅花简单的四片白花瓣，却又不甘心似的把边缘生得参差不齐。一排开五瓣白色花的灌木林，多次匆匆走过都误以为是夹竹桃，这次才终于认清是蔷薇科的石斑木。水塘边的珍珠梅含苞时真是满树珍珠；花开打破了“珍珠”清晰的轮廓，远看朦胧一片，仿佛雪花在慢慢融化。

迎夏跟早春开得热闹的云南黄素馨同科属，后者枝条下垂，总是被培植成花篱或修饰一面空墙，而眼前的几棵迎夏树挺拔向上，满树黄花仰头开放，正是在迎接夏天吧！

初夏的好果子

初夏有好果子吃。眼见着峡谷最上端那棵桑树上的果子慢慢由青转红，终于在中旬变成了红紫色，连续几日每天摘回一捧。我嫌这桑葚果子太小，入口是虚弱的、薄薄的一层酸甜味，真是不够过瘾，总爱抓一大把一口吞下去，吃得舌头牙齿黑紫一片。

有实在美味的乃是枇杷，果肉肥美，酸味与甜味都是厚的。今年在山中采摘了几大袋新鲜枇杷，大饱口福。虽然极爱吃这种水果，可是论外形，我始终觉得枇杷不太好看，叶子硕大，颜色是革质的暗绿色，显得过于呆板老成，整株树的姿态也往往僵硬固滞，一副不随和不通融的脾性。五月的枇杷挂上满树果子，看上去多少可亲了一些，但那结果子的姿态依然是笨重的。奇怪的是，枇杷入画却很好看。很多大师都爱画枇杷，虚谷、吴昌硕、齐白石似乎都把它当作百画不厌的题材。三位都是大写意的高手，想来这正是表现枇杷最适宜的方式，雄肆浑厚的简放运笔略去了枇杷枝叶的生硬，呈现出的是朴拙可爱的姿态，尤其是橙黄的枇杷果子经由生宣的晕染渗沁，往往出落得

枇杷

红叶李

山莓

水气淋漓、明艳逼人。对比宋代工笔《枇杷绣眼图》里所绘枇杷，精雕细琢、过于写实，美感反而次之。

红叶李结出深红色的李子，众人都说塞进嘴里酸得牙齿都要掉了，偏偏我觉得超级好吃；除却枇杷，这是五月里吃得最多的野果。毛桃也屡见不鲜，今年却未曾摘来品尝。想起去年小花园里自己亲手种下的桃树结了满树果子，我吃了一半，小鸟吃了一半。我固执地认定，小区里的毛桃不会比自己种的好吃。

湖边有大片龙葵，绿色的果子成熟后变成了黑色，味道有点像番茄，是不太鲜明的酸甜味。蛇莓则是不酸不甜，近乎无味，真是一种“谎果”啊，枉费长得那么红艳诱人。

山莓也红艳艳地挂上枝头啦，爬山的时候随手采来就往嘴里送。据说这果子红中带黄的时候酸酸甜甜，我采下的果子黄色已经褪去，吃到嘴里是一种纯粹的甜，甜得不打弯儿，丝毫没有酸味，倒是末了有种因为太甜而略微的苦。

树枝的疏忽

越靠近夏天，蝴蝶就越多了。小时候最熟悉的玩伴、被我们称为“白蝴蝶”的，学名叫菜粉蝶。准确点说，其实它们还分为两种：后翅正面脉端有一串黑斑的是东方菜粉蝶；后翅上干干净净的，才是菜粉蝶。这种粉蝶随处可见又貌不惊人，但因其深刻镶嵌在童年记忆里，所以每次遇到都倍感亲切。

在山中遇到连纹黛眼蝶，是我继曲纹黛眼蝶和卓瞿眼蝶之后遇到的第三种眼蝶了。据说这种眼蝶不喜欢访花，以吮吸树汁为食。它翅膀正面黄褐色，反面则是浅灰黄作底。前翅正反两面都没有眼斑，而后翅正面是四对深褐色镶金边的圆斑——之所以称为“圆斑”而不叫“眼斑”，是因为在我看来一定要有中间那一个白色的“反光点”，才有眼睛的灵动感。相较之下，后翅反面就是六对名副其实的眼斑了，两对大的，四对小的，圆溜溜的黑眼仁配浅黄镶边，中间的白色光点让你明白何为“点睛之笔”。

后来又在湖边荒草丛生之地看到一只小眉眼蝶。它停在一片翠绿的叶子上，从容地舒展开双翅，我看见翅膀正面褐色作底，只有前翅上有一对很大的眼斑，后翅只有两对淡薄的小黑点。过了一会儿，它微微收拢翅膀，展露出它翅膀的反面——底色上微微泛出一点浅灰，前后翅大大小小的眼斑共有九对，前翅两对大的，后翅三对大的、

东方菜粉蝶

连纹黛眼蝶

小眉眼蝶

残锷线蛱蝶

四对小的，想必是个心眼繁多、诡计频出的家伙吧！

常常见到翅膀正面黑底生白斑的蛱蝶，我一直以为它们就是同一种。后来翻看蝴蝶谱，发现其实很多种线蛱蝶和环蛱蝶乍一看都是那个模样；仅从我拍下的照片来看，就有三个不同的品种。首先是如何区分线蛱蝶和环蛱蝶：一般来说，后翅反面基部有黑点的，是线蛱蝶，没有黑斑的是环蛱蝶。我所拍下的蝴蝶之中，正有一只是线蛱蝶。再仔细辨认，确定这是一只残锷线蛱蝶，因为它前翅中室的那个长条形白斑有一个浅浅的暗色线缺口，但并没有被其阻断，以此就可以与其他线蛱蝶相区分。

遇见的另外两种则分别是中环蛱蝶和小环蛱蝶，区分的办法是看后翅反面那一条又宽又长的白色斑纹：中环蛱蝶的白色带有深色的外围线包围，而小环蛱蝶的白色斑纹没有任何装饰，只是清清爽爽的白、褐两色。

就是在这个蝴蝶渐飞渐多的五月，我读完了纳博科夫那本似乎每一页都会有鳞翅目昆虫飘然飞出的自传《说吧，记忆》——他自称是在捉蝴蝶的间隙，把它翻译成俄文的。而作为一个昆虫迷的我，在整个阅读过程中，是那么自然而然地忽略了作者在文本中呈现的个人身世、交游、后来的流亡，甚至他的小说和诗歌，忽略得如同蝴蝶闪动一下翅膀那么轻盈和理直气壮，尽管它们实际上是那么的显赫与辉煌。我记下的只有这一部分：他七岁就开始收集蝴蝶；八岁就意识到他的家乡有许多蝴蝶和飞蛾是英国或中欧从未出现过的；九岁就自信“已经完全掌握了霍夫曼所知的欧洲鳞翅目”；而十一岁那年，“已经怀着梦想看完了塞茨巨大的画册《世界鳞翅目大全》的头几卷，买了最近才得到记叙的一些稀有品种，正在贪婪地阅读昆虫学期刊，特别是英国和俄国的期刊”。

你可不要以为这仅仅是一个人少年时代的浪漫梦想，这是执着了一生的顽固痴迷。三十岁那年，在克里米亚黑海边的一条小路上，一个布尔什维克哨兵认为他在给一艘英国军舰发信号而企图逮捕他，可实际上他只是在开着柔软光滑花朵的灌木丛中，挥舞着心爱的捕蝶网；四十一岁那年夏天，他反复穿过东比利牛斯省的一个村庄，寻找蝴蝶的滑稽模样，一次次让“村民们僵在我经过他们那一刻时所处的各种姿态之中”；而当他已经成了一个“穿短裤不戴帽子的胖老头”，四处捕蝶的古怪形象就不止引起“小娃娃们把我指给他们迷惑不解的妈妈看”，以及乡村警察的一路跟踪，“肚子贴地蜿蜒爬行，看我是不是在诱捕燕雀”，甚至诱发了动物们的激动和好奇——“没精打采的狗，尽管对最恶劣的游民毫不在意，却振作起来扑向我，朝我狂吠”，而在圣菲附近的一片被正在开花的丝兰装点得喜气洋洋的荒原上，“一匹黑色的大母马跟了我一英里多路”。

中环蛱蝶

小环蛱蝶

对他来说，世界上最美妙的事情，就是“在已经被别人命名了的尺蠖蛾的长长的名单上添加进一些引人注目的新种类，世界上似乎没有任何别的事情能够与之相比”；事实上，后来的确有好几种蝴蝶和蛾子以“纳博科夫”命名。恐怕我们很难用理性的话语来分析为何他“在感情或食欲、志向或成就方面体会到的东西，在丰富多彩性和强度上很少能够超越探究昆虫学时感到的激动”，就如同我们无法解释八岁那年一场严重的肺病神秘地消除了此前他在算术方面神童一般的天赋，“但是蝴蝶幸存了下来”——一切似乎都是命中注定的。

假如非要找点理由的话，或许我们可以说这是因为“当一只蝴蝶不得不像一片树叶的时候，它不仅出色地表现了树叶的所有细节，而且一般还慷慨地送上斑痕以模仿被蛆虫钻出的洞眼”——这意味着，蝴蝶那有着美丽斑纹的翅膀，其微妙、极致和奢华都大大超过了其捕食者的鉴别力程度，高高飞翔在达尔文意义上的“自然选择”“生存竞争”等理论之上。这也就是纳博科夫所谓的“我在大自然中发现了自己在艺术中寻求的非实用主义的喜悦”。

而我更相信，在这超越功利实用主义的美学观念之上，还有超越艺术之上的更美妙的感受——“在充满阳光的草木的海底”，他站在蝴蝶和植物之间，体验到的应该是一种“狂喜，而在狂喜后面是别的什么，难以说清楚。就像是拥进了我所爱的一切东西的片刻的真空。一种和太阳以及岩石的一体感。一阵对不论有关的什么人的感激而生的激动——对擅长以对位法安排人类命运的天才，或者对纵容一个幸运的凡人的温柔的精灵”。

入夏后白昼越来越长。每日清晨大约五点半，都有几只最踊跃的鸟儿用脆亮的啼声将灰黑的天幕啄开一个口子，亮光由此流泻进来，在短短几分钟布满天角。一时间各种鸣禽纷纷应和，叽喳啁啾之声即刻爆散开来。我无数次在这时被鸟声唤醒，不舍得再睡，却也并不急着起床，只竖起耳朵倾听各式美妙之声，觉得幸福满怀——鸟儿的叫声像“幸福”一样既欢乐又忧伤，难以捉摸、无法形容。记起几年前有一日站在宿舍阳台上，呆看无数鸟儿过往，心上牵挂一个人，思念之情无以言表，只避重就轻地发去一条短信：“你听到窗外的鸟叫了吗？”对方回一句“没有”，如鸟儿飞过的蓝天一般空空荡荡，真是惆然啊。

白天在小区里溜达，总能邂逅各种鸟儿。曾在峡谷树枝上见到一只八哥的幼鸟，小小年纪表情就很凛然，紧闭的嘴喙严肃得像个大法官。然而一旦开口鸣叫，顿时换作古灵精怪的性情，不但能模仿其他鸟儿和人类的语言，还能自己编造一些奇奇怪怪的曲调儿。树干上、草丛中、石板路上随处可见白颊噪鹛：它们“唧——唧啊——唧儿”叫得婉转多姿，末尾那声“唧儿”尤为高亢脆亮，偶尔还断断续续地咯咯发笑。这种鸟儿全身遍覆黄褐色，但是眼睛上缘和脸颊有一圈白，衬托得一双滴溜溜的圆眼睛如画了眼线一般妩媚。高兴的时候，它们头顶的儿撮羽毛会直立起来，像极了北美印第安民族的莫西干头，别提多神气了。

三月初还能见到许多灰鹡鸰，它们头部和上背灰色，肚腹嫩黄，叫声细细小小的。如今已没了这小东西的踪影，因为对于南方而言，它们是冬候鸟，三月末四月初就会迁往北方。同科的白鹡鸰是留鸟，它们有简单的黑白配色，叫起来是干脆短促的“鹡鸰鹡鸰（jí líng）”声，在这一季里依然十分常见。

白颊噪鹛

灰鹡鸰

白鹡鸰

鹊鸲（雄）

鹊鸲（雌）

多次见到鹊鸲的雄鸟，除了翅膀上的白斑和肚腹上的白色羽毛，这鸟儿几乎通体黑色、眉眼不辨。活泼好动的小家伙总是飞来飞去极不安分，在地上跳跳攒攒觅食时也喜欢把它的长尾巴摇摆个不停。心情好时，它们会在屋顶或树干上昂首翘尾地鸣叫不息，那声音清脆悦耳，很能讨人欢心。我猜测它们应该是一种被人们视作吉祥的鸟儿吧，查了查资料，果然发现其在民间有“四喜儿”之称：“一喜长尾如扇张，二喜风流歌声扬，三喜姿色多娇俏，四喜临门福禄昌。”

后来又在峡谷的黄栌兰上认识了它的雌鸟：长相与雄鸟相似，只是雄鸟黑色的部分被灰或褐色替代；脖子下面那一块羽毛灰灰黄黄，肚腹上的白羽毛略微沾了点棕色。

大山雀的雌鸟、雄鸟在这个月里一并认识啦。它们体型比一般的山雀科鸟儿大，头顶、喉部黑色，脸侧和肚腹洁白，双翅和尾羽深蓝；而区分雌雄的办法则是看胸前那一块纵向的黑色羽毛，雄鸟的黑色带宽阔、雌鸟细窄。也曾静静听过它们鸣叫，有打哆嗦一般的抖音，也有一种尖亮曲折的叫法，就像来回走着“之”字形。

而金翅雀就只见过雌鸟，它们全身大体覆盖着浅灰和淡褐色羽毛，但双翅的基部有一块明媚的黄色斑块，正是得名“金翅”的原因。据说它们的雄鸟与之同形近色，但整体色彩要鲜亮很多。这鸟儿叫起来一声长音，接着是连续不断的“滴滴滴”，有点像玻璃珠子在大理石上反复弹跳的声音。

特别喜欢的是白头鹎，它们叫声丰富多变，时而是脆亮尖利的短音，时而发一波

大山雀（雄）

大山雀（雌）

白头鹎

三折的颤音，也有绵长优美自成曲调的时刻；你痴痴听上很长时间，都琢磨不出其中的规律。这种小个子鸟儿不爱长时间飞行，喜欢在树杈间蹿来蹿去、飞飞停停，见了人也不大害怕，并不急着避开——这就给了我细细端详的机会：它们眼睛上方至后脑勺那一圈白色及翅膀的一抹青黄尤其可爱；停下来东张西望的时候，长长的翅膀耷拉下来，那副茫然、无辜、天真的小模样，总能让我的心瞬间融化。

这时节的夜晚也是很舒服的。五月的暑气只是薄薄的一层，到了傍晚就轻巧地散去了。每晚在凉爽的空气里散步，蛐蛐的叫声让人心静而满足。各处蛙声连成一片，仔细辨认，大致可分为聒噪和沉闷两种，也许是旱青蛙和水青蛙的区别？

最好的夜色是中旬那几天。入夏后的树木越发枝繁叶茂，从树叶间升起的满月明朗润阔；微风吹来，光影婆娑。时常想起《托斯卡纳甜美生活》里那个天才的菜农说："月亮很硬，咱们得趁今天拔洋葱；但我们得等到月亮变软时，才能种莴苣。"这时节的月亮，是硬还是软呢？周围一片寂静，时不时有细小的果子掉落在树下的枯叶堆上，脆脆有声。我无法描述心中的温柔和感动；随手翻最近正在看的书，正好翻到顾城的几句诗：

树枝想去撕裂天空，
却只戳了几个微小的窟窿，
它透出天外的光亮，
人们把它叫做月亮和星星。
——《星月的由来》

树枝因疏忽
使我得见月
而月不见我
亦不见树枝
——《树枝的疏忽》

六月采绿

把六月夸奖得
和水滚着那么
热

把六月夸奖得和水滚着那么热

六月刚到，萤火虫就来了。夏天的脚步深了一些，傍晚的凉爽就更让人贪恋：夜色温柔，萤火虫冷俏细碎的幽光在石板路上、草木丛中跳跳闪闪，如同屋檐上的细雨滴入深井发出清脆的响声。有时候长长的一条路，只能碰上那么一两只停在草丛间，腹部慢吞吞地亮一下、再亮一下，像低低怯怯的叹息；有时候，你会看到散落在各处的点点荧光突然聚拢过来、扭作一团、你追我赶，一步步升上去，就在你眼睛发花的瞬间融进了深蓝的夜空，即刻涣散成漫天星斗——无论遇见哪一种，都要停下来好好地看一看啊，因为不到两周的光景，它们就消失得无影无踪。我猜它们是化作繁星后不愿再回来了吧。

然而也委实不必过于惋惜，夏天已经凝聚成形，它的惊喜多着呢。印象中我最爱的萧红就极迷恋夏天，她说那是“绿色的甜味的世界”——“清早的叶子们！树的叶子们，花的叶子们，闪着银珠了！”“……阳光比正午钝了些，虫鸣渐多了，渐飞渐多了！”“天空一些云忙走，月亮陷进云围时，云和烟样，和煤山样，快要燃烧似的。再过一会，月亮埋进云山，四面听不见蛙鸣；只是萤虫闪闪着。”（萧红《生死场》）

在萧红的文字里，这样的夏日风光总是一唱三叹、循环往复地出现；最动人的，还是童年时代的后花园。萧红一生坎坷，对人世悲哀的一面有着深刻的体验。然而对人世的悲哀极为敏感的萧红，同样对生命极为敏感，对生命的活力极为敏感。她是那么善于捕捉生命中的亮色，那么善于从那些哪怕最微不足道的事物中发现可亲可感的质素、发现跳荡着的生命力。这也许是因为后花园里蓬勃健康、野性难驯的花朵们是她骨子里一生不变的底色？“这些花从来不浇水，任着风吹，任着太阳晒，可是却越开越红，越开越旺盛，把园子炫耀得闪眼，把六月夸奖得和水滚着那么热。”（萧红《后花园》）——她自幼与这些野花一起在后花园里生长，她是它们中的一分子，它们是她的伙伴和至亲；这给了萧红一双与众不同的眼光，她总是把世间一切都当作有血有肉至情至性的东西来写，字字句句都见出她对万汇百物的体贴、疼惜和深情：

花开了，就像花睡醒了似的。鸟飞了，就像鸟上天了似的。虫子叫了，就像虫子在说话似的。一切都活了。都有无限的本领，要做什么，就做什么。要怎么样，就怎么样。都是自由的。倭瓜愿意爬上架就爬上架，愿意爬上房就爬上房。黄瓜愿意开一个谎花，就开一个谎花，愿意结一个黄瓜，就结一个黄瓜。若都不愿意，就是一个黄瓜也不结，一朵花也不开，也没有人问它。玉米愿意长多高就长多高，它若愿意长上天去，也没有人管。蝴蝶随意的飞，一会从墙头上飞来一对黄蝴蝶，一会又从墙头上飞走了一个白蝴蝶。它们是从谁家来的，又飞到谁家去？太阳也不知道这个。

只是天空蓝悠悠的，又高又远。

……

我玩累了，就在房子底下找个阴凉的地方睡着了。不用枕头，不用席子，就把草帽遮在脸上就睡了。（萧红《呼兰河传》）

原谅我引用那么多萧红的句子，实在因为没有谁笔下的夏天比她更打动我了，更因为她感受万物、描绘万物的方式在我看来太重要了——那真是我们现代人已经不再熟悉的“野性的思维”啊，如此奇妙、天真、扣人心弦，一如森林里圆眼睛的小野物欢蹦乱跳，给树枝带来微妙的颤抖。而我现在住的地方，像萧红的后花园一样奇妙，我是多么愿意泼洒大把的时间在其中四处流连、东张西望，只为多邂逅一点心灵震动的小小瞬间；更何况现在正值萧红所谓能唤起人诗意心田的、华美的夏天呢——“只觉得这园子里边无论什么东西都是活的，好像我的腿也非跳不可了。”

细数六月花

五月的绣球用它繁密的花序迫不及待地预告了夏天的盛况，进入六月，它似乎要给其他后生尽情展现的机会，自己反倒变得谦退克制，日渐伶仃消瘦的花序又是另一种风味。睡莲越开越好，荷花也打上了花苞。各处吊兰纷纷开放，细细小小的白色花；花药是六个嫩黄的点点。虽不起眼，却依然生长得工细、精巧、专心致志——转念一想，花开自在，“起眼不起眼”之说，完全是人类的眼光，人家才不在乎呢。

去年冬天重庆特别冷，冻坏了好几棵花树，幸存下来的一些，花期也延迟了不少。久盼的木槿终于开花了。黄花槐往年五月底就四处开遍，今年第一株开花时已经到了六月中旬。这花灿黄耀眼，配上明绿的羽状复叶，通体熠熠发光。我最喜欢湖边临水那几棵，花枝垂曳，简直能照亮一方水域。叫它“黄花槐”，是跟着园丁师傅叫的，这只是它的园艺名称，并非这种植物的学名；可是它的学名究竟是伞房决明、双荚决明、草决明，还是其他什么，我真的辨识不清了。好在我并不是执着的名称探究者，倒是更喜欢植物们的俗名，尤其是用自己的家乡话念出来的家乡俗名——比如现在各家花

黄花槐

风仙花

紫玉簪

园里凤仙花都开了，而我们从小都叫它“指甲花”。它是可以用来给指甲染色的，淡粉色、水红色、深紫色都很漂亮：把花瓣采下来在盅钵里碾碎、挤出汁液，然后和着饭粒一起敷在指甲上，用苘麻叶子像粽子一样包住指甲、缠上细绳，然后——“睡一觉指甲就红啦”，外婆总是这样告诉我。而童年时代的我是那么急不可耐，趴在小院的石桌子上佯装睡着，不到五分钟就嚷嚷着问外婆:“我睡了一觉啦，指甲红了没红了没？”对这样的游戏我总是乐此不疲,然而似乎没有一次是真等到睡足一晚再拆开“粽子”的，所以指甲也从未被染红过。

紫玉簪开了。这还是我第一次见到实物哩。未开花时看它茎干粗壮结实、卵状心形的叶子油亮肥厚，万没想到它的花开起来竟是那么低调含蓄，总是羞涩地垂着头。六片莹白的花瓣好像担心惊扰了谁似的，只小心翼翼地依稀捎上一点紫；雄蕊和花柱原本好奇地伸长了脖子，然而眼见着竟已长得高出了花瓣，又心虚似的掉转头去，将自己往回缩成了一个弯钩形状。然而无论怎样掩饰，它们的美丽都是藏不住的，凑过去嗅一嗅，还有淡淡的清香呢。

不过这时节的园子，似乎已经不满足于沉静的暗香了：六月的空气渐渐积攒起暑热,空气里的香味也变得愈发喧闹、浓稠——那是九里香、黄桷兰和茉莉调和而成的吧！无雨的日子里，九里香的馥郁之味随着气温蒸腾弥漫，它们五片白色的花瓣努力向外卷曲，仿佛就是为了最大限度地挥发自己的香味能量。浓香的间隙，有时会随风飘来几缕辽远的阔香，那是因为高大的黄桷兰也在这时候开花了。这花儿貌不惊人，却有着丰厚的嗅觉蛊惑力。尤其傍晚时分，似乎为着给渐渐沉落的夕阳送行，这生在高处的花朵也将自己的香气降落下来；又或许它们的香味脚力迟缓，行走了一天，总是要到将近天黑之时，才能抵达低处？无论怎样，这时节可千万不能放过晚饭后散步的机会：最早的蟋蟀（有些蟋蟀若虫能够越冬，在五六月就羽化成虫）开始叫叫停停，正当你漫无目的闲逛之时，一大团香气倏然而至，像偶然飘上头顶的云朵一般温柔地包裹住你——那是一天里感受黄桷兰香味最佳的时刻。

那么雨天呢？重庆不大有所谓的“梅雨”，但六月的雨水还是比平日多一些。这里的雨，也不似江浙地区梅雨的黏黏腻腻缠缠绵绵，而是脆的、疾的、短兵相接的，雨水一遍遍刷洗花香，让它们变得明亮簇新；雨停了，被雨水稀释了香味黏度的空气清凉警醒，这时的茉莉花格外好闻。

正是在这雨水渐多的六月里，我才第一次留意到杜鹃。印象中它们的花期挺长，从二月底一直开到六月，一路情绪高昂，直到六月末才有消歇的意思。我一直嫌它们太寻常，几乎长期视而不见，从未驻足端详。然而到了六月，几场豪雨下来，无数的花儿耷拉着脑袋，花残叶破的样子总是很狼狈的。杜鹃强盛的生命能量在这个时候就

黄桷兰

锦绣杜鹃

韭兰

野韭

显出特别的魅力来了——在一次大雨后的散步中，我也许是第一次被湖边那一群锦绣杜鹃拦住了去路，惊异地发现它们似乎对雨打雷劈不但毫无惧色，反而在雨后愈发显得水气淋漓、容光焕发。我这才特别注意到它们玫红的花柱和紫黑的花药也是生得很细致的；紫红中糅了白色的花瓣其实也富于变化，有些生得圆润乖巧，有些则有个俏皮的小尖尖。

韭兰欢长了起来。这花儿叶子是瘦长的线形，很像韭菜；紫红的花瓣姿态舒展，白色的花柱伸出去老远，六枚明黄的花药排列得横行霸道，很能跟花瓣“抢戏”。最初是在各处花坛的边缘零星冒出几朵，隐隐约约构成一个韭兰的花网。六月的风有一种说不出的蛊惑力和煽动性，不出几日，这花网的每一个落脚处就由“点”拓展成了“面”，一步步将原本稀疏的网络编织得针脚细密、铺天盖地。我最喜欢中环那一片花海：这里四月是满墙的蔷薇，花谢后则只剩下如同荆棘的干枝残叶；然而此刻“荆棘”后面生出了密密丛丛的韭兰，荆棘就仿佛变作花儿的护墙，让我们只能越过它一窥群花娇嫩的芳容，却无法靠近赏玩，你知道蔷薇的花刺是很厉害的！这一强一弱、一刚一柔的相互映衬，增添了对比的美感，也提醒我们界限的存在——这对习惯于设想自己无所不能、无所不可的人类来说是需要的。

五月里生着白花紫露草的那一方小土，现在冒出了野韭和土人参。野韭密密的小白花，攒成一个伞形花序的玲珑半球。土人参又叫栌兰，是一种非常耐看的小花：粉紫色的五瓣花中间袒露出黄绿色的子房；雄蕊十余枚，是细柔的洋红色花丝托起嫩黄的花药；它们的初果也很美，亮晶晶的深红色小果子点缀在花朵与花苞之间，犹如琳琅缤纷的怦然心动之声。

在阳台上养了一些花，几乎都是童年时代最熟悉的几种。黄色的太阳花，玫红的牵牛花，还有小时候误以为是“紫罗兰”的紫竹梅，都在这个时候开了。关于“紫罗兰”这个名字，我有个始自童年的美好念想。小小年纪看阿·托尔斯泰《苦难的历程》自然是一知半解，对里面什么“从第一次世界大战到俄国十月革命的历史背景”、什么“资产阶级知识分子与革命的冲突”毫无感觉，不耐烦至极，深深吸引我的是卡嘉和达莎两姐妹的美貌，还有一些如今想来充满“资产阶级情调”的小细节。有一个细节我至今记忆深刻：一位披着“诗人”外衣的伪君子引诱了姐姐卡嘉之后给她送去一束紫罗兰，姐姐因羞愧和恼怒将花儿转送给了妹妹达莎。达莎捧起花儿正陶醉时，发现了

土人参

紫竹梅

紫茉莉

石竹

伪君子藏在花中的肉麻诗句，顿时兴致全无，将花儿弃如敝帚。“紫罗兰”这三个字在被我看到的瞬间便被单独抽离而出，在我幼小的头脑里产生出无数美好的想象；毫无疑问，我完全漠视了这个细节里的道德训诫意味，甚至觉得两姐妹都不近人情——花儿那么美丽，怎能因为所送之人的猥琐而将其抛弃呢？多年以后，我依然对“紫罗兰”浮想联翩、充满好感，虽然至今仍不知道它的真实模样。

而另一种童年伙伴，我对它的模样熟悉极了，却是最近才知道它名叫紫茉莉。小时候住在嘉陵江边一个高高的土坡上面。站在家门外的院坝边缘可以看见长长的嘉陵江，江水浑黄。土坡上几乎一年四季都铺满蓬蓬勃勃的野花，其中我最喜爱的就是这种紫红花被中吐出黄色花蕊的“长喇叭”。今年自己种了一些，发现还有黄色花被配水红色花药的品种，也是好看的。可是汪曾祺不喜欢这种花，嫌其太低贱，“随便丢几粒种籽到土里，它就会赫然地长出了一大丛。结了籽，落进土中，第二年就会长了更大的几丛，只要有一点空地，全给你占得满满的，一点也不客气”——哦，亲爱的汪老，你知道不？我小时候所住之处开得最旺盛的一片紫茉莉在公厕上方的一块泥地上。那时候住家条件简陋，十几二十户人共用一个厕所，其卫生状况可想而知；公厕上方那片土，也常年被大家倾倒各种生活垃圾，偶尔有人来清理，但从未彻底干净过。然而就是这么一块毫无诗意的地方，不知道什么时候吹来了紫茉莉的种子，一切就大大不同了。它们在垃圾堆上照长不误，“铺铺拉拉，重重叠叠，乱乱哄哄”的叶子将垃圾覆盖得不见了踪迹，换作一片浓绿的草木世界；六月到九月花开不断，看看它们机灵俏丽的模样，又闻到一股清癯荒涩的野香，谁还忍心往上面倾倒垃圾？！汪老说北京人喜欢叫它“野茉莉”，这名字的确更好，我喜欢它的勇敢、泼辣、不骄矜、不扭捏，能够与现实的污泥浊水同处，并且在与环境共生的同时，用一己的生命力把自身滋养得清洁茁壮、活泼无尽。其实汪曾祺并非真的厌弃这花儿吧，否则怎么会把自己的一本短篇小说集叫作《晚饭花集》呢？——这野茉莉总是傍晚开放，故又名晚饭花。（汪曾祺《〈晚饭花集〉序》）

植物园里到处开着各种各样的石竹，白色的、粉色的、玫红的，还有红心白边的各种变调。它们花瓣边缘长着深深浅浅的不规则小锯齿，是最能见出此花性情的地方。水塘边的千屈菜生一长串紫红色，好几株冒得高过头顶。两色金鸡菊颜色繁多，我最喜欢猩红糅进一点橘色的品种，像某种浓酽的烈酒。园中所见最美的是锦葵，粉紫的五瓣花，每一瓣微微裂出小小的缺口，花瓣上还有细致的紫红色斑纹，仿佛是一条条探寻花朵美之奥秘的线索。

月初的时候，在峡谷看到两簇野生的秋英（波斯菊），花茎低低的，管状花是温暖的明黄色，粉红的舌状花纤细柔弱，却还不忘在每瓣边缘生三个清晰的小锯齿。它们虽瘦骨伶仃，却自有一种野性的生气。我幻想要是能开成一大片，一定美得灵气四溢。

后来在植物园看到漫坡遍野开放的秋英，这些被精心侍弄的花朵长得肥美健壮，丰腴的舌状花瓣将花之圆周填得满满当当。它们从脚边迎着阳光一路开到山坡的最高处，仿佛给湛蓝的天空镶上了一道摇曳的花边。

千屈菜

两色金鸡菊

锦葵

秋英

还有草木与果实

石板路上的野草深得快没住脚踝了。湖边的葎草依然繁茂，虽然有些最早生出的叶子已经卷了边儿、生了锈。另一种擅长攀缘的蕨类植物海金沙在这时候不动声色地扩张起它的势力了。我偏爱幼时的海金沙，喜欢它们从湖边各色灌木丛中轻柔地横溢而出，青翠稚嫩的叶子成串挂在细韧的茎上；定睛看去，常常在那一波三折的茎叶婉转处发现小小的昆虫慢悠悠爬来爬去。

节节草越长越高。它的茎分根状茎和地上茎两部分；我们看到的就是它的地上茎，表面有细细的纵棱，一节一节往上长，每一节都可以拆开来；拆开会发现中间是空的。老爸说他们小时候喜欢把它折下来锁在眉间，于是叫它“锁眉草”。

杜英开了满树浅黄的小花，长长的总状花序顺着枝条的走向弯出优美的弧度。这种树木即便不开花也是很美的：树干光洁通直，披针形的叶子油亮挺括，形成一个蓬松饱满的伞状树冠。进入六月，我注意到它们每一簇浓绿的叶子中间开始生出一两片红叶，记起这是一种变叶植物，到了秋季会有更多的叶子转为绯红。但我觉得现在正是最好的时候，仿佛是多数的绿才能滋养少许的红，让人顿生爱惜之心。

节节草

杜英

乌桕

铜锤玉带草

湖边有一棵一米多高的乌桕树苗，此时打上了花苞。这是鲁迅先生写到过好几次的树，我特别喜欢它们菱形的翠绿叶子，蓬蓬一树，映得周遭的湖水都绿意幽凉。铜锤玉带草黄色的碎花早已消匿，六月初开始从心形的叶子中间相继冒出紫色的果实。它的别名“地茄子”是否就来自这果实的颜色呢？——其实，我觉得这种紫并不像茄子那样浓郁和深重，倒是有点像未剥皮的洋葱，紫色之中调和了一点暖红，神秘之中又颇亲切，个头再小也能在湖边乱草中脱颖而出。到了中旬的时候，湖边野地遍覆这种带有奢华味道的紫色，大自然的慷慨真是不知节制。

石榴花还在陆陆续续开着，果实也已纷纷挂上枝头。乌藨子的果实从湖边野坡上悬垂下来，一看就知道是蔷薇科悬钩子属这个大家族的一员。看着它们毛茸茸的红色萼片里渐渐吐出黑亮的聚合果，我馋得直流口水，却终究不敢贸然一尝，于是总爱摘下来在掌心揉碎，释放出浆果所特有的甜香，紫红的汁液流得满手都是。

有一块地方被人开辟出来种上了各色蔬果：小小的西瓜露出生着花斑的圆肚皮；葡萄还是硬邦邦的青色；海椒开花干净洁白，花中央已有幼果雏形初显，旁边挂满已经成形的青海椒、红海椒，滴滴嘟嘟捎带出弯弯的喜悦。峡谷那片旱金莲结出了形状古怪的黄绿小果，“皮肤”的纹路简直像苦瓜那样凹凸不平。构树挂出深墨色的初果。

乌藨子

旱金莲果

金佛山荚蒾

杠板归

有两种忍冬科荚蒾属的果子红了，一种还不能确定种名，果子生得稀稀寥寥，嫣红中带了点白毛毛，远远看去像爬在枝丫上的小瓢虫；另一种是金佛山荚蒾，红果子生得娇艳繁茂，如同草莓熟了一样让人喜滋滋又心痒痒。

然而这所有的果子都不能跟杠板归媲美啊！这种多年生蔓性草本植物茎上生有锋利的钩刺，整个姿态也颇为骨感执拗，不像一般的藤蔓植物那么柔韧婀娜；猜想其花应该很简朴吧，因为几乎从未在果期之前注意到它们；初时连果也并不十分惹眼，只是青中带绿地长成一嘟噜。然而几天后，这些果子就开始从里到外透出粉绿、洋红、湖蓝、蓝紫，果肉上的纹理也随着晶莹的色泽凸显出质感来；它们头碰头地挨在一起，不同的色泽相互辉映，犹如一滴水珠被阳光从不同角度照射出了层次分明的五彩光斑。

构树

到山上去吧!

我很喜欢吉尔吉斯作家艾特玛托夫的中篇小说《白轮船》，里面那个七岁的小男孩只要一到夏天，“差不多每天都要跑到山上去，用望远镜眺望伊塞克湖”。他熟悉山上的每一棵树、每一块石头，当然还有无数的花花草草。他给石头们起名字：“睡骆驼”“马鞍”“坦克”或者“机灵鬼”“坏家伙”，他会拍拍它们，对它们说话。他伤心的时候，会躲到色拉尔珍草丛里偷偷哭泣，“随后云彩飘过来，在顶上变幻出你想看的一切”；看着看着，眼泪就干了。他喜欢牵牛花，觉得它们是“顶聪明、顶快乐的花儿”。“早晨它们最会迎接太阳。别的花草什么也不懂：什么早晨，什么晚上，全都一样。可是牵牛花，阳光一照，就睁开眼睛，笑了。先是一只眼睛，然后又是一只，然后所有的花卷儿一个接一个都张了开来。白色的，淡蓝色的，淡紫色的，各种颜色的……如果坐到它们旁边，别吱声，就会觉得它们仿佛睡醒后在悄声细语。连蚂蚁也知道这一点。早晨，蚂蚁总爱在牵牛花上跑，在阳光下眯着眼睛，听听花儿在说些什么。”——这是《白轮船》最美好的部分，而实际上这是一个关于自然之恩泽和人类之忘恩负义的故事，我有意把令人哀痛和愤怒的部分略去了。

幸运的是，我也像那个小男孩一样时常有机会爬山、领受自然的恩泽。我着迷于

益母草

灰灰菜

一年蓬

接骨草

一天中不同的光景给这座山带来的明暗变化；我也熟悉山路沿途的花草树木，记得它们的花期和果期，阳光给它们抹上的光辉，它们在风中摇动的模样，都在我的心上刻下了印痕。

这时节半山腰的农田里四季豆和豇豆上架了。野地上益母草长得老高，开出粉紫色的唇形花。到处生着野茼蒿（通名藜），家乡人管它叫“灰灰菜”；我特别爱看它们覆盖着一层紫色粉末的新生嫩叶。一年蓬外围的舌状花是白色或带点淡淡的天蓝，中央的管状花则黄中带绿，似乎只要一阵风吹来，这种朴素明媚的小花就四野开遍。接骨草的青果子开始渐渐转红；某种不知名的蓼花悄悄探出头，粉白的穗状花序乖巧玲珑。

一路上有蓝荧荧的光亮瞥来，那是六月最美妙的馈赠——鸭跖草又来到人间了。它另有无数纤尘不染的名字：碧竹子、翠蝴蝶、淡竹叶、竹叶兰，还有德富芦花笔下的月草、萤草、露草——他喜欢叫它露草，不仅是因为“这种花寿命短暂，只是在有露的那段时间开放”，更因那无与伦比的蓝色（德富芦花称为“碧色”）在他眼中是“蓝天的灏气滴落而下，落地成露，焕发出露色，在大地上使蓝天得到复苏……它不是花，它是表现色彩的露水灵魂。那姿脆、命短、色美的面影，正是人世间所能见到的刹那间上天的音信”。（德富芦花《碧色的花》）这大约是典型的日本文人之宿命论和唯美主义，当然是很迷人的。然而如果不嫌扫兴的话，我们能否有另一种理解呢？据我观察，

这花儿迎着太阳开放，在下午四点左右闭合，并非转瞬即逝到只在“有露的那段时间开放”。阳光下，新开的蓝色花瓣会呈现出仿佛被露珠细细浸润过的晶莹闪光，这是已经开得疲乏的旧颜所没有的——我愿意从这样的角度把它唤作“露草”。它们在渐入盛夏的日子开始绽放，花期会持续到九月左右，比德富芦花想象的要壮健得多；然而这花的姿态确如“蓝天的灏气”一般温柔，芦花说它像“小小的碧色蝴蝶歇息在草叶上”(这就是“翠蝴蝶”的由来吧)，我觉得它两片竖着的蓝色瓣子像小兔子支棱着的耳朵，而下面一片洁白的花瓣和长长的花丝又让人想起小山羊柔软的胡须——这两者都是极其柔顺的动物啊。

有些农家院落里种了向日葵，我少女时代喜欢它如同喜欢一个性格明媚阳光的大脸盘姑娘；如今的眼光看来，这大脸盘姑娘颇有点憨傻之气，也许不那么娇媚，却是可亲可近的。在进山的一个转角处，有一排开花的蜀葵！之前在无数花谱上见过它，更早之前，是在张炜的小说《能不忆蜀葵》里想象它。在这部浑身喷吐着热力的小说里，似乎每一页都洒下了蜀葵花瓣影影绰绰的身姿，这花儿凝聚着“夏天的光，夏天的热量，中国乡间的烂漫和美丽”，该是怎样的容貌呢？我想它应该跟那些我所熟悉的锦葵科植物一样，豪爽、恣肆、虎虎有生气。后来在花谱上印证了我的想象，如今看到实物，“一片炭火似的红薯，少女，灼人的田野之光”这样的句子在我脑子里一闪而过——它们植株蹿得很高，依然站得很直，挺拔向上的模样让人心情振奋；粉红、洋红、大红、紫红、墨紫的大朵花夭夭艳艳、灼灼枝头，烧红了一处农庄；带点纸质感的花瓣在阳光下脉络清晰。这真是一种乡野气十足的花儿啊，那么灿烂又那么朴素，充满生之欢乐。

邻近处还有另一种锦葵科植物纹瓣悬铃花，又叫纹瓣苘麻、风铃花、灯笼花、吊灯花。它的掌状叶深裂成三到五片，有点接近槭树叶子的模样；五片橘红的花瓣围拢成一个圆润饱满的钟形，正是所谓“风铃”“灯笼”“吊灯”的由来；花瓣上有深红色立体的条纹，犹如脉脉清晰的血管，所以又名纹瓣。它们在傍晚的天色下最美——正午的强光会损耗它的色彩、隐去诸多细节，只有当烈日偃旗息鼓，天空湛蓝的凉意缓缓降下，这花儿才将自己的“灯笼”点亮，一片温暖的光色上看得见“热血”汩汩流淌，也许正是在尽一切努力将如火的晚霞留驻在枝头吧。

蜀葵

纹瓣悬铃花

臭牡丹

地棯花

半山腰开了许多臭牡丹。顶生的聚伞花序攒成一个粉紫色的半圆花冠，雄蕊和花柱都踊跃地长出花冠之外，使这花儿显得毛茸茸的；我老想用手去碰一碰，怎奈它释放的味道让人难以亲近。野生李子青生生、圆溜溜地坠在枝头，我猜想半个月之后就能采摘啦！

爬得稍微高了一些，突然发现自己几乎被大片的地棯花拥住了：它紫色的花瓣向外舒展，像张开了一个大大的怀抱，雄蕊分成两种，五枚明黄的针状、五枚酒红的弯钩形，似乎都是邀约的手势；放眼四周，这花儿丛丛簇簇，开了个满坑满谷，而当突如其来的山风摇曳万物，它们简直是连臂踏歌，欢迎来人。那一刻，我真真切切感到自己被天地万物接纳，与它们分享同一种心情——“我曾像鸟一样飞翔，用翅膀去抚摸天空，我曾像树枝一样摇动，像水草一样沉浸在透明的梦中；我曾经是男孩，也是女孩，是金属，也是河流，是阵阵芳香在春天里的流动。我曾经是，所以现在也是，我感到了自身在万物中无尽流变的光明。”（顾城《我曾像鸟儿一样飞翔》）

我睡着了就变成一个蘑菇，醒了就变成一只瓢虫

六月常常看见珠颈斑鸠。它们有优美的长尾巴，全身大体上覆盖着灰褐色的羽毛，脖子那里有一圈蓝白相间的斑纹，那种沉静的美，像蓝印花布，又像青花瓷——这两样都是我特别喜欢的。我疑心这鸟儿的性情也内敛羞涩，与其外形相类：叫起来是连续而低沉的“咕咕咕、咕咕咕”，在久雨初晴和久晴欲雨时鸣叫得特别频繁，听上去颇让人忧郁。它们好像不喜热闹，从不聚众玩耍，总是单独或成对地出现，然而若有人靠近了，也并不急急惶惶振翅逃跑，只是悄然转身以背相向。我无数次在雨后散步中邂逅它们，哪怕只留给我一个背影，也让我高兴半天。

红嘴相思鸟名字缠绵，长相确也惹人怜爱。曾在山中见过一只胖嘟嘟的雌鸟，全身色彩斑斓：橄榄绿中泛金光的头顶，灰蓝的背和青白的肚腹，下颌到胸前则一片暖黄（据说雄鸟胸前则有大块浓郁的红色）；最好看的是双翅尾部，黑底上有金黄的纵向

珠颈斑鸠

红嘴相思鸟

条纹，再配上一对橙红的块斑，跟尖尖的小红嘴相互呼应。

顶着时髦发型的白颊噪鹛依然随处可见。还在中环见到一只乌鸫的雄性亚成鸟，它除了眼圈和喙部是深黄色外，全身一片漆黑。据说雌性和初生的乌鸫没有黄色的眼圈，只有一身褐色的羽毛和嘴喙。这鸟儿双目炯炯有神，像它笃定有力的叫声一样充满自信；爱德华·格雷说："他的叫声好似一连串的短语似的，能够有间隔地一遍又一遍地重复着……当一只乌鸫从一簇花朵盛开的山桂树丛飞向另一处的时候，给人们的感觉仿佛是这处树丛已容不下它那高兴的'歌声'了。"（爱德华·格雷《鸟的魅力》）

丝光椋鸟有漂亮的大眼睛和红嘴喙，羽毛的配色简洁雅致，在任何时候都显得干干净净。分辨雌雄的办法主要有两种：雄鸟的翅膀末梢呈深蓝色，而雌鸟是棕褐色；雄鸟上体灰蓝、头颈灰白，相互之间有明显的界限，而雌鸟的头颈和身体是逐渐由灰褐过渡成深褐，其间的区分度含混模糊。

夏天是鸟儿繁殖的高峰期，经过繁殖期后它们会有一段或长或短的换羽期，这时候的鸟儿会停止鸣叫。或许正是这个原因，六月里的鸟叫声明显少一些了。可我并不觉得特别失落，因为随着温度的升高，各种各样可爱的小昆虫渐渐多了起来——这也是我迷恋夏天的一个重要理由吧。

那天在山中瞅一串杠板归时发现了一只中国拟天牛。这种鞘翅目拟天牛科的甲虫

乌鸫

丝光椋鸟（雄）

中国拟天牛

豆芫菁

神气极了，通体金黄，连细长的触角都金光闪闪；只有头部和鞘翅末端是黑色的——在阳光下略微呈现一点深蓝。它优哉游哉地在一片树叶上爬来爬去，有时候面朝我而来，发现我正盯着它看，就用它的小圆眼睛瞪我一眼，然后掉头就走。

同为鞘翅目的豆芫菁常常出现在豆科植物的叶子上，这家伙身体油黑，配上一个橙红色小脑袋，一下子就变得好看了。好像蝽类是不大受人喜欢的昆虫，都怪打屁虫（学名椿象）把它的同类们都搞臭啦。不过你要是克服一下偏见，会发现它们也有可爱之处：比如我在山里见到的硕蝽（半翅目荔蝽科），身体像个小小的盾牌；前胸背板前缘泛着蓝绿的荧光；两根翘翘的黑色触角末节上还带点橙黄色——看上去像是精心打扮过一番呢。

下山的时候在一株野草背面看到一只小小的异色瓢虫。我从小就觉得瓢虫是一种充满童话色彩的美好之物，遇到它就像得到了上天的一份礼物。根据弗朗西丝·梅耶斯同名小说改编的电影《托斯卡纳艳阳下》里，有一个总是戴着夸张的大帽子、画着大浓妆、会在大街上与一只小鸭子亲吻的神秘女子，她曾对疲惫沮丧的女主角说：“当我还是个小女孩时，我曾经花很多时间去找瓢虫。然而最后我放弃了，在草地上睡着了；可是当我醒来时，身上却爬满了瓢虫。”——就那么随口一说，我倒并不觉得它包含了怎样的深意；然而出于对瓢虫的偏爱，我老觉得这句话有某种古怪的动人之处，所以

硕蝽

异色瓢虫

至今不忘。

小区好像突然之间变出了很多蜻蜓，我借此开始了有意识的观察。这才发现那些总是被我们泛泛叫作“蜻蜓”的童年伙伴，其实品种繁多，长相性情各不相同；学习辨识它们，就像重新打量一个给你带来意外惊喜的故友。

最常见的当然就是“晚霞中的红蜻蜓”了！（还记得那首童谣吗？）我们通常说的“红蜻蜓”其实准确说应该是雄性的红蜻。它们胸部和腹部都是热烈的赤红色；腹部背侧中央有一条细细的黑线，是识别的要点。而它们的伴侣，也就是雌性红蜻其实通体黄色或者黄褐色，背上那条黑线更加醒目。每天晚饭后去峡谷散步，都会在同一个地方看到一只雄性红蜻停在同一株水生植物上，傍晚天光下，它胸腹的烈焰灼得人心里咚咚直跳，想必是晚霞将自己全部的余热都注入了它的身上。我一直好奇，这从未失约的红蜻，究竟是同一只还是每天不同呢？

正午艳阳之下，常有蓝色的小闪电一晃而过，让你眼睛亮一下；后来慢慢知道了，那是一只雄性鼎异色灰蜻飞过去了。它们头胸黑色，腹部则从最末节的黑色过渡成渐变的蓝色。后来在中环的灌木丛上看到了它的雌虫，深黄的腹部带着黑格子一样的斑纹。而所见印象最深的，是一只雄虫捕食一种小蛾子的全过程：迅疾有力地扑

红蜻（雄）

红蜻（雌）

异色灰蜻（雄）

异色灰蜻（雌）

过去，抱着猎物果断飞离，停落之后迅速将其吞噬，六足、胸腹上沾满了蛾子翅膀上的灰色粉末。我当然不会不知道生物世界，或者说大自然本身的残酷，然而亲眼目睹这平日里看上去轻盈柔美的小精灵出于本能吞噬另一种生物的惨烈场景，内心还是颇感震动。

白尾灰蜻的雌虫在湖边灌木丛中见过好多次。它们的胸腹是枯黄色作底，腹背有不连续的黑斑；透明的翅膀生得舒展潇洒，前缘脉有一条金色的丝线，阳光下熠熠生辉。而雄虫是在峡谷的石板路上碰上的，它的胸腹是浅淡的灰蓝色，腹部末端四节黑色，大大的复眼荧蓝有光。

狭腹灰蜻的雌雄长相近似，难以分辨：胸部黄绿色带着黑斑，像穿了一身“迷彩服”；腹部前两节膨大并跟胸部颜色一样，其余各节则缩成细细的、黑白相间的一长溜，使得整个身量看上去苗条轻捷——这样的先天条件应该是飞行的好手，偏偏它们是少见的不爱飞行的蜻蜓：每回看到它们都是一副懒洋洋的模样，歇息在水边或者峡谷随便一株什么植物上。

六月里见过最漂亮的蜻蜓是一只雄性锥腹蜻。它的身个儿小小的，体型跟其他蜻蜓不大一样，腹部从中部以后就缩成了长锥状；胸腹的底色是好看的淡蓝色，饰有黑色的斑纹。不知道是不是受限于这“锥腹”的体型，它们的飞行能力跟一般的蜻蜓比起来要弱一些，只小心翼翼地绕着池塘、沼泽打转。

俗称“豆娘”的小昆虫通名叫蟌，跟蜻蜓同属于蜻蜓目。它们个头比蜻蜓小不少，身姿细长轻快；复眼看上去天真柔和，不似蜻蜓眼神的凶神恶煞，令人不敢对视。

常常在峡谷的水塘边看到杯斑小蟌，通常见到了一只之后，不远处也会看到它的“配偶”，所以总有很多两相对比的机会：雄虫胸部覆盖着厚厚的一层白粉，某些光线下会泛出灰蓝的色泽；腹部深褐，末端有一抹橙色。而雌虫胸部和腹部两侧黄绿，腹部正面则有一条贯穿始终的黑色线斑。

色蟌科都是些色彩华丽的漂亮家伙，六月见到透顶单脉色蟌的雄虫，真是狠狠地惊艳了一把。它的胸腹是泛着强烈金属光泽的草绿色，翅膀基部深蓝色，然后渐渐过渡成浅黑，最后归于深黑。据说这是一种非常机警强势的蟌类，雄虫会对侵入领地的其他种类展翅示威。

蝴蝶是昆虫世界里万千宠爱集于一身的美人，它们翅膀的妩媚多端，飞翔时的轻盈优美，还有停落在花朵上两者的相映生辉，都让人惊叹造化的神奇——对了，最重要的是，它们通常有一双多情的眼睛！

比如蝴蝶里面最“朴素”的弄蝶吧，个头小，翅膀窄，没有多少花哨的余地；但它们都有一双又大又圆的黑眼睛，十分聪慧可爱。爬山的时候在开得正盛的一年蓬上

白尾灰蜻（雌）

白尾灰蜻（雄）

狭腹灰蜻

锥腹蜻（雄）

杯斑小蟌（雄）

杯斑小蟌（雌）

看见一只孔子黄室弄蝶，后来又在峡谷散步的时候看到过一次。这种弄蝶名字取得牛气冲天，其实只是褐底泛黄斑的普通模样；但是当它伸出长长的口器吸食花蜜的时候，那双眼睛看上去真是安静而快乐。

灰蝶也是特别小巧的蝶类，却美得毫不含糊。半山腰上的毛桐开出黄色的绒绒花，吸引了好几只生灰蝶。这小家伙黑溜溜的眼睛，与后翅反面的小眼斑顾盼成趣；黑白相间的触角一动一动，活泼的天性展露无遗。

几天后，我在湖边遇到了一只正在水芹上采蜜的浓紫彩灰蝶。它彩色的翅膀一张一合，我注意到其前翅正面有一对橙红色的斑纹，借此判断是一只雌蝶。雄性的浓紫彩灰蝶更漂亮一些，前翅正面不规则地泛出神秘的蓝紫色光泽；后翅外缘跟雌蝶一样，有两对橙红色的新月形斑纹。眼前这只灰蝶一边忙活着采蜜，一边还把后翅上的两只小尾突动来动去：它们像两只小脚一般，一会儿高高翘起来，一会儿双腿交叉，一会儿又并在一起搓来搓去——其实啊，这是用来干扰敌人的，它们用不停活动的尾突来拟态头部，让敌人误以为这是头部而进行攻击，这就大大降低了危险程度。

见过的所有灰蝶中，把尾突的自我保护功能发挥到极致的，要数豆粒银线灰蝶。

透顶单脉色蟌

孔子黄室弄蝶

生灰蝶

豆粒银线灰蝶

浓紫彩灰蝶（雄）

浓紫彩灰蝶（雌）

它们双翅米白色作底，前后翅生满长长短短如同丝线的银色斑纹，外围还包裹上了一圈黑色。最精彩的地方是后翅靠近尾突处的一对橙黄色块斑，配合着两对灵活好动的尾突，看上去活脱脱是另一个脑袋！第一次遇到它的时候，老爸坚持说那是一对灰蝶正在交配，因为两头都有“触须”，“橙色头”那一只“触须”动得更加厉害！我给他解释这其中奥妙，老爸很长时间都不敢相信——天啊，这也太逼真了吧，亏它想得出来！

还有我喜欢的眼蝶，六月里又见到了另外两种。白带黛眼蝶双翅反面有一对宽阔的白带子，一串“眼斑”则又大又圆，像是能够洞悉无数的秘密。更喜欢的是那只东亚矍眼蝶——当我发现它的时候，它正展开棕褐的翅膀安安静静栖息在一丛蕨类植物上面，只见前后翅上各有一对顾盼含情的“眼睛”，周围还点缀了一圈黄边儿；我默不作声地注视着它，周遭的空气渐渐变得温存，仿佛这目光的交流将会持续一个世纪。

阳光灿烂的午后在湖边散步，可以见到越来越多美丽的蛱蝶。小红蛱蝶用黑、白、黄、橙四色，变幻出复杂精致的斑纹；而散纹盛蛱蝶只取黑、橙两色用线状纹构图，同样为自己设计了一身华丽的衣裳。相较之下，中环蛱蝶则美得淡定素简：骄阳似火，它却不为所动地只用冷静的黑与白来装点自己，真像蛱蝶中的谋士。刚刚加入蛱蝶族群的苎麻珍蝶（珍蝶从属于旧的分类系统中的珍蝶科，按照新的分类系统它们属于蛱蝶科中的珍蝶亚科。我国只有两种珍蝶，另一种叫斑珍蝶，只见于海南）也是个喜欢晒太阳的家伙，你瞧，它正伸展开一身金灿灿的翅膀拥抱阳光呢！

作为一个昆虫迷，发现同类总是令人欣喜万分的。在前面提到的那本顾城散文集《树

白带黛眼蝶

东亚矍眼蝶

小红蛱蝶

散纹盛蛱蝶

中环蛱蝶

枝的疏忽》里，我找到了一位同类。事实上，这位天才诗人对昆虫的执着程度远胜于我：少年时代的顾城为了查找昆虫纲的三十四个目，“竟把四千多页的《辞海》逐篇儿滤了一遍”；还经常花大量的时间在书店里“幸福地抄记”昆虫的科属，“连同我不认识的拉丁文”。他着迷于“金龟子身上黄金的光辉，知了背上黑陶的色泽，瓢虫和蛱蝶身上怪诞的图案”，它们给他“打开了一个崭新世界的大门”，让他领会到“我吃饭睡觉上

苎麻珍蝶

学的这个世界并不是唯一的”。

你
一会看我
一会看云
我觉得
你看我时很远
你看云时很近
——《远和近》

最后，在纸角上
我还想画下自己

画下一只树熊

他坐在维多利亚深色的丛林里

坐在安安静静的树枝上

发愣

他没有家

没有一颗留在远处的心

他只有，许许多多

浆果一样的梦

和很大很大的眼睛

——《我是一个任性的孩子》（节选）

我有点忧伤地想，写下这些句子的顾城，如果没有成为一个诗人，可能就不一定会发生后来的悲剧；如果他成为了一名昆虫学家，我们也许会拥有一本比法布尔的《昆虫记》更好的诗意读物。当然，这都是不能假设的。无论如何，还是要感谢他留下了那么多任性而迷人的诗，以及诗之外同样任性而迷人的只言片语："我睡着了就变成一个蘑菇，醒了就变成一只瓢虫。""我走开一点，去摘野果，我羡慕大梦不醒的人生，也希望醒在一个不太危险的梦里，可以将上一个梦细细说来。"

七月采绿

忧郁的热带

热带是绿色的，也是彩色的

列维－斯特劳斯在他《忧郁的热带》里开篇就说："我讨厌旅行，我恨探险家。然而，现在我预备讲述我自己的探险经历。"旅行和探险这种把"自然"变作"消费对象"的形式，以及这形式背后通常包含的文野之见，一定是这位人类学家深恶痛绝的吧。对此，我深以为是；然而——正如斯特劳斯文字中的转折一样——我这次去旅行的地方，也正好是热带啊！

已经记不得从什么时候起，我就对热带怀有莫名的好感和缤纷的想象。当年读路德维希的《尼罗河传》，开篇就把你带入郁郁葱葱的热带森林："在无花果巨大的树干里、在低垂的紫红色兰花间"，有遍覆的蕨类和藤本植物，"天蓝色、紫红眼睛的燕尾蝴蝶飘拂而过，还有淡绿边的白色蝴蝶"。"猴子的抱怨声，昆虫的旋转声，大树干的叹息、吱嘎和呻吟，充斥着空间和大气。"当然，也有我不想提到的大蜥蜴的咕呱、毒蛇丝一般的滑嘶，鳄鱼张大了嘴巴。而尼罗河的源头，"太阳鸟在河水和阳光里闪光，羽毛有菘蓝色和橘黄色的，粉红色的和赭红色的，还有彩虹色的"——多年来这些场景不时在我入睡后侵进脑海，有时候是美梦，有时候是噩梦。

如今梦想成真：渡船行驶在印度洋上，载着我们去往印尼一个叫"民丹"的海岛。我坐在窗边，低头看原本轻柔自如微微荡漾的浅蓝色海水被船体撕开一个大口子，顿时翻出激昂的滚滚白沫；抬眼望去，远方大片的海水依然那么安详、辽阔、无始无终，让人无从想象那座海岛将如何从大洋深处涌现出来——当它最终被清蓝的天空与海水合盘托出那一瞬间，映入眼帘的是一片似乎未经剪裁、形态恣肆的浓旺野绿，我立刻相信它是在鸿蒙之初第一缕阳光的照射下生长起来的，否则如何解释这异乎寻常的朴茂和天真呢？

从船舱里出来，灿烂的阳光"哗"的一下把我团团围住。仰头看，湛蓝无边的晴空从天而降，蓝得那么轻轻松松、洋洋洒洒、无所顾忌，让人想把头顶的草帽抛上天去，又想仰着脖子吼两嗓！——原谅我的大惊小怪，这是我日常生活里几乎从未见过的明媚澄澈，空气似乎在这无挂无碍的晴朗里才真正"空"了，将万物最初的新鲜亮眼一一还原。

首先注意到水边的几株白色鸡蛋花：它们植株不太高，但是姿态舒展好看，叶片宽大油亮，将柔美的花儿保护得很好——呈螺旋状绽开的花瓣，质地丰腴温润，瓣心是暖融融的金黄色，越往外黄色越淡，直至瓣边消融于纯粹的白，正像蛋白把蛋黄包裹起来。后来在岛上又见了红色的鸡蛋花，浅粉和淡玫色的花瓣交相辉映，又是另一种美了。

为了看到更多的花草树木，我急不可耐地往岛上蹿。进岛的路边开满了龙船花，这种常绿小灌木翠叶葱茏，即便不在花期也能带给人绿滋滋的好心情。实际上它们花期很长（真是双份的好呀），桃红或橙黄的十字形四瓣花由同色的小花梗聚合在一起，渐渐攒成一个热闹喜人的团花球球；这样繁茂的花序有点像我偏爱的绣球花，回来一查，果然龙船花别名“水绣球”。间或种了几株水鬼蕉（又名蜘蛛兰），这花儿生得如其名字一般妖娆诡异，带点峻峭的邪气：披头散发的纯白花瓣、张牙舞爪的黄色花药，神情那样冷淡、颓废又戒备森严，似乎要赢得其芳心是难上加难的——我总疑心如果伸手过去，它们会怒发冲冠、群起攻之，细长的花瓣疾速收拢、死死钳住我的手掌；然而眼见着蝴蝶蜜蜂款款飞来，花儿们只是轻轻摇动垂曳的长瓣，并无想象中的惊险。

龙船花

水鬼蕉

在花儿的陪伴下慢慢进入海岛的腹地，一路走去越发浓荫匝地。环顾四周，满目繁密的枝叶：椰子、油棕、槟榔、芒果树、猴面包树、箭叶铁树，还有更多我不认得的热带树木，高下错落铺满整个世界。阳光那么坦荡、直率、毫无保留，世界在它的庇护下既明晰又恍惚；而风一来，搅碎了空气中洋溢的天蓝，太阳的小火苗一煽而起，顷刻间，所有的绿色像满溢的泉水撒泼而出，每一种绿都胀破自身的界限奔跑了起来，墨绿点燃了松绿、松绿点燃了翠绿、翠绿点燃了初生嫩叶的新绿，还有茶绿、苔绿、青绿、水绿，无数叫不出名字的绿，绿传递着绿，绿向着绿涌动，每一种绿都伸手蹬脚流变不已，像要将自身的绿消耗掉、焚毁掉、挥发掉，又像在源源不断提纯自己的绿、加深自己的绿……这是怎样一种摧毁一切又生息一切的热情呢？滚滚而来的绿色风暴镇住了蹿跳的步伐，我像被施了魔法一般一言不发、呆若木鸡。

当一切终于柔缓下来——不知道这究竟缘于离去的风，还是我那颗初闯入这丰茂世界而讶异不已的心逐渐平复了下来？——这才慢慢看清，在这片疯狂的绿色当中，还有着斑斓的彩色在滋生着。在绿色的最高处，黄槿花正俯瞰着我们。这大概是锦葵科植物中个头最高的一种了吧？也许是植株的高度稀释了花色的浓度，它们花瓣的黄色看起来轻轻的，衬得花朵中心的一圈紫褐色极为鲜明。而低处的软枝黄蝉见缝插针地开花开朵，个头小小的，花瓣黄得开朗；轮生的叶子从下到上长得齐齐整整，细风吹来纹丝不乱。

凹叶红合欢一朵朵在枝头爆炸开来，喷射而出的细密花丝将爆炸的姿势凝定成形，花心深处汩汩涌出的余焰把这姿势染成了一种仿佛永远也看不真切、随时会洇开来的嫣红色。洇开的火红心意被流动的空气捎带上别的枝头，于是繁星花也欢天喜地红作一团。

其他的红也跃跃欲试。琴叶珊瑚开玫红色花朵；据说唤作“琴叶”，是因其叶形像琴。别名“琴叶樱”“日日樱”，然而在我看来它们并不像樱花：樱花的花瓣呼吸般轻盈透明，而这花儿质地结实、轮廓简洁，另有一种英朗气质。长春花的红更浅一层，是泛着春意的粉红，五片花瓣平平整整地舒展开来。

洋金凤开花有黄、红两色，然而只要见过它们在风中晃动的模样，你就会固执地认为，洋金凤其实是橙色的！看一眼它们长长翘翘的花丝就知道，这花儿是爱喝酒的醉仙。凝定不动的时候，它们尚能恪守本色；一旦夏风醺然而至，黄的花、红的花都摇摇摆摆、得意忘形，黄叠加了红、红糅进了黄，倏然交融成一束束沸反盈天的橙色，在枝头没完没了地仰头大笑。受着橙色花儿的蛊惑，素心花藤也抛下自己清雅的名字，

软枝黄蝉

凹叶红合欢

琴叶珊瑚

长春花

素心花藤

野慈姑

不管不顾开成了热热闹闹的橘色——这里是活力四射的热带呀，岂能为了保全一个雅致的虚名，而压抑了本真的狂野呢？

当然，也有真正“素心”的花朵。直立水边的野慈姑只开简单的白色三瓣花，中央凝结一点黄。白时钟花有大大的花瓣，也是白花配黄蕊；或许为了让小昆虫爬向花心的路途不那么单调，白瓣子中央又生了一圈暖暖的黄色，靠近花蕊处还有棕色的斑纹。“伞房狗牙花”名字取得有奇趣，纯白的花瓣像旋转着的小风轮，虽然“伞房”大约指的是花序，用来描述花型倒也贴切；而“狗牙”，应该是说每片花瓣顶部无端多出来的一枚小牙齿般的调皮东西吧！

最喜欢的还是蓝色的花儿——还有什么颜色能像它这样既沉静又明媚呢？梭鱼草把湖蓝色分割成了细碎的小朵花，窃窃私语一般凝结成穗状花序。这种生在水边的花儿繁殖力旺盛，绿光闪闪的宽阔叶片覆盖了大片水域，为轻轻摇动的花穗提供了最好的背景。另一种水中蓝是睡莲。入夏以来这花儿我见了很多，然而蓝色的还是第一次

白时钟花

伞房狗牙花

梭鱼草

睡莲

大花老鸦嘴

假连翘

遇到。这是一种闪着神秘荧光的蓝，阳光洒在水波上的点点碎金反照上花瓣，那蓝色便深深浅浅浮动起来。

往海岛深处走，在绿意环绕的房舍中间，有一处被丰茂的植物装点得尤其甜蜜灿烂。小花园里好多开花的树，白纸扇，粉白相间的鸡蛋花，还有深红、玫红、粉红、橙红的九重葛；树下则是彩色齐聚的草本小花儿。

然而真正吸引我的，是门前密密垂下的一种藤蔓植物。绿叶心形，大瓣子的五裂唇形花朵有着微妙的颜色层次：新生的花儿泛着滋润的湛蓝之色，已受了几番烈日烘烤的花瓣则被带走了部分光色、转为了浅蓝，而即将萎谢的几朵返璞归真，变得洁白如洗——大朵的花儿通常容易流于俗艳，但色泽的清爽让这花儿脱出窠臼，显得俊逸悦目。隔着袅袅的藤萝枝蔓，隐约看见门前坐着一位长发长裙的当地姑娘，我试着询问它们的名字，“Morning Glory”，姑娘的声音穿过这花叶编织的“门帘”听来格外幽凉。最美的一种翻译应该是“朝颜”吧，不过这名字属于很多迎着晨光开放的花朵，并非眼前这花儿的专名。回来翻看花谱，原来叫“大花老鸦嘴”，还真是个老实巴交的名字啊，与当日邂逅时的梦幻感大相径庭，倒也相映成趣。

寻找住地的路上，假连翘开着成串的小蓝花。我家小区有茂盛的一丛，每年进入六月我就翘首盼望，今年它们却没有如期而至。眼前的假连翘已经过了最好的时期，然而即使花朵上已经生出了小洞洞、花瓣的边缘也开始卷折起锈，它们的天蓝之色依然没有被损耗，还是那么明净、纯粹、安详，蓝色之上甚至依然完好地保留着初生时的白色小绒毛，如同饱经世事之后，用一种顽固的信念悉心保存下来的赤子之心——赤子之心孕育的果实玲珑小巧，一串一串，是阳光的颜色。

假连翘果实

听海，看海

阳光收拾起一地金灿灿的财宝，暮色开始慢慢合拢。我们躺在床上，只留一地月光；努力想听听海水如何拍岸，入耳的却只是微渺之音。我想象此刻的海滨会有成千上万的动物发出窸窸窣窣的声音：一定有傍晚在荷塘边看到的那种慢吞吞爬动的巨型蜥蜴，在沙滩上一踩一个大窝，发出沙沙的动静；螃蟹“咔咔咔”横着爬行，一阵海浪打来也许就把它冲个四脚朝天；一些四蹄小兽奔走不息，打着小喷嚏、或者咯咯咯发笑；也许还有花花色色的甲壳虫，背着金属般亮晶晶的小铠甲在月光下排出各种方阵；活蹦乱跳的海鱼从水中跃出，击打得海面“咚咚”作响……空气里全是绿色植物特有的野味儿，夜间开放的花朵咝咝地发出香气。

第二天起了个大早，想去看看清晨的海。路上看到星果木开裂的紫红果皮，像一朵六瓣花一样绽放在枝头。随处可见昨夜跌落的合欢花，还未褪去的红颜有着坦然顺应生死轮回的从容表情。而此刻最旺盛的生命力正凝结在露水闪烁的扶桑花枝上呢！热情的扶桑花朵偏爱暖色调，深红色、艳红色、橙红色、粉红色；最清淡的就算橘黄色了，可它还会从花心中央沁出一圈花瓣形状的酒红色、再洇出几笔紫红才肯罢休。更能暴露它们豪放本性的是花蕊，长长地弯成充满挑逗意味的弧线；像蜗牛触角一样

星果木

扶桑

的五枚鲜红色柱头和一长溜的黄色花药，生得那么精致巧妙、细节迭出，引诱人老想伸手去触碰。

扶桑花丛的尽头袒露出灰白的沙滩，椰树听着海浪的节奏摇摇晃晃。茨维塔耶娃说：“我不爱大海。我无法爱。那么大的地方，却无法行走。大海是冰冷的，汹涌的，隐秘的，不爱的，充盈自我的。就像里尔克。”噢，最后一句暴露了她的“不爱”大海，是一句谎言。太阳刚升起不久，但赤脚踩上沙滩已有些灼热；好在大海——还有大海之上的天空——那“无法行走”的、“充盈的自我”是一片浩淼之蓝，清凉之意儿欲溅泼而出。无穷的远方之蓝，蓝色之上依然是蓝，浓郁、深湛、无所事事，是无法参透的梦境最深处；渐渐靠岸的蓝，心绪晃动，于是慢慢生出了松绿，继而是青灰，最后汹涌成白色的泡沫扑入细软的沙石之中。我看着滚滚而来的白色海浪，觉得它们真像云朵啊，云朵想必也是天空的蓝色汹涌而过留下的痕迹吧！凝视良久，又会发生疑问——大海真的是蓝色的吗？或许它们其实是透明的呢！（不信，捧一把在手心看看。）水中荡漾着的蓝只是反射了天空的颜色，否则如何解释它们为什么像天空一样，蓝得那么彻底，却又总比天空之蓝清澈松淡一些呢？大海啊大海，皓月当空、夜深人静的时候，你真的还会是蓝色的吗？

正午的阳光让人焦灼不安，我们只好退回到海边一处茅草亭里吃点东西。无数小麻雀在我们桌上、脚边跳来跳去觅食，吃饱了就飞到鸡蛋花树枝上心满意足地整理羽毛。别看这小家伙个头不大，有着可强的自尊心呢，一个个目光炯炯，小尖嘴巴紧紧闭着，显得又严肃又傲慢。一只家八哥在草地上摇头晃脑，我一路尾随。这种来自印度的鸟儿个头比麻雀大多了，翅膀和肚腹都是巧克力色，头颈深黑；眼睛周围有一圈跟喙部一样赤黄的眼斑，使得本来就很大的眼睛更显得犀利凶狠。这的确是一种好斗的鸟儿，一旦与其他鸟类发生矛盾，会寸土不让战斗到底。它们还有一项绝活：很多鸟儿只会跳跃，另一些会行走却走得慢慢吞吞，而它们却腿脚灵便、健步如飞。眼下这一只，正耀武扬威、大步流星地走在花地里，踩坏了好几朵蟛蜞菊。突然，它怒目圆睁，三步并作两步跑动起来，嘴里发出嘶哑又激烈的叫声，最后扑向花丛某处，然后飞快跳离原地——原来捉到了一只大虫子！

一只雌性黄腹花蜜鸟飞进了扶桑花丛，我赶紧伸头过去，刚好瞥见它倒立着吸食

家八哥

黄腹花蜜鸟(雌)

花蜜的模样：小小的爪子轻盈地扶着花朵，又长又弯的灵巧小嘴探进花心里，袒露的嫩黄肚腹配着红艳艳的扶桑花，真是好看。我的心里一下子涌出很多温柔之情。想起昨天傍晚碰上的小松鼠，快快乐乐地在一棵大树上奔跑。我在繁乱的树枝交错处寻找它的踪迹，而它透过密叶的缝隙瞅见我，立马掉头逃窜；然而，在某些四目相对的瞬间，它圆溜溜的黑眼睛认真地注视着我，甚至，我曾看见它对我嘻嘻一笑！笑意即刻融化在空气里，无从捕捉，而我却依然顽固地确信它的真实存在。我忘不了那湿漉漉的小鼻子一皱一皱的模样，它在我心里唤起的，也正是现在胸中这一份温柔之情。我不能明白这种温柔的心情何以有点忧伤，但我多少有点明白列维-斯特劳斯为何把那本被人们称为是其“哲学自传”的著作叫作《忧郁的热带》了。这位忧郁的人类学家在书的最后说，“在我们这个种属可以短暂地中断其蚁窝似的活动，思考一下其存在的本质以及其继续存在的本质，在思想界限之下，在社会之外之上：对一块比任何人类的创造物都远为漂亮的矿石沉思一段时间；去闻一闻一朵水仙花的深处所散发出来的味道，其香味所隐藏的学问比我们所有的书本全部加起来还多；或者是在那充满耐心、宁静而互谅的短暂凝视之中，这种凝视有时候，经由某种非自愿的互相了解，会出现在一个人与一只猫短暂的互相注目之中。”

藏着森林的城市

离开民丹岛，我们去了新加坡。我不是一个反城市文明的人，只是从个人直感上，总觉得如今城市的面貌大同小异，对所谓的“国际化大都市”并无太多的期待。出乎意料的是，我挺喜欢这座城市，我想这应该归功于这城市里那些浓密葱郁的热带树木吧。青龙木、雨豆树、黄花火焰木、大叶桃花心木、印度紫檀……都是我这个来自亚热带城市的人不太熟悉的行道树；即便那些我的城市里也有的树木，生长在热带的环境里，似乎也有着全然不同的风貌。或许因为热带的阳光更加放恣，万物更能自由而勇敢地表达自己拥抱阳光的欲望，色彩的能量也释放得更加充分——这里的树为了亲近阳光，都异常用力地让自己长得高大茁壮，树冠伸张得宽阔平整，像一朵巨型蘑菇；树叶都使劲儿绿着自己的绿，绿得汗涔涔的，迎着太阳闪闪发光。

与所有的现代化城市一样，这里也熙熙攘攘，然而又有一种奇怪的宁静——在摩天大楼、霓虹灯、拥堵的交通旁边，有着那么密那么多的大树，它们是大都市的镇静剂，似乎有它们稳稳地抓紧泥土，这座城市永远不会因为一阵飓风就被卷走或者掀个底儿朝天。有时候在树荫中走着走着，会倏然间生出一种魔幻感：这里有无数不动声色的转角处，如果你恰巧瞥上一眼，赫然看到树干连着树干、胖墩墩的树冠后面还有着更胖墩墩的树冠，心里升起一个大大的惊叹号和问号——曲径通幽处，莫不是藏着一片森林?！绘本画家几米笔下的城市，总是藏着各种野物：月光下吹笛子的大灰兔，笛子上趴着一只小瓢虫；跟公交车赛跑的梅花鹿，一只雌一只雄；地铁里小鲨鱼从蓝色海水里冒出尖尖的鳍；天桥下面伸出长长的大象鼻子，为的是给盲人小姑娘送上一只红苹果。更多的画面，是在城市某个不起眼的角落，潜伏着一只不知道叫什么的大怪兽，气息咻咻地，睁着野性又天真的大眼睛——所有这一切，在一座“藏着森林”的城市里，也许是千真万确的吧?

刚才说过，尽管我坚持认为城市文明有其巨大的缺陷，但我不是一个反城市文明的人。我生在城市、长在城市，即便对城市生活有再多的怨言，也不能不承认自己对城市生活的依赖，否认这一点恐怕是虚伪和矫情的。田园牧歌或许永远只是幻想的乌托邦；而我理想的城市应该藏在森林里，想来也只是一种奢望；那么，让城市里藏着

金叶拟美花

金嘴蝎尾蕉

红闭鞘姜

滇尖子木

森林，是不是可望而不可即的呢？——噢，我不是一个好发议论的人，还是打住。无论如何，感谢在城市的树荫下，还能有花朵开放。它们是庸碌的日常生活中，天地大化呈现给世人的美妙胜景，匆忙的人儿千万不要错过这领受神性的机会啊，哪怕只是短短的一瞬间。

在新加坡国立大学校园里，最先遇上的是金叶拟美花。这花儿一开一大串，白色的小瓣子，中心有紫色的花样。还有一种总状花序的白色小花，花瓣光滑，干干净净地挂在枝头，像挂了一树的小礼物；我至今不知道它的名字，多方询问只得知是血皮草科的。不知名的还有一种好看的蓝紫色花，猜测是爵床科山壳骨属的。

金嘴蝎尾蕉像一大串炮仗，噼里啪啦的大红色，配上一个金色的“嘴巴”，喜庆得让人想念春节。红闭鞘姜的红低调一些，是一种略微带点透明感的沉红。野牡丹科的滇尖子木，花梗和花苞都是深郁的紫红色，开出的小花是浅淡的粉紫色。银叶郎德木又叫巴拿马玫瑰，儿十朵桃红色的四瓣小花簇生成花球，一团又一团绽开在枝头，是花树一个又一个的好心情。

据说圣淘沙曾经是一个小渔村，椰树婆娑的海滩背后是植物茂密的原始山林，常有猴子从山上蹿跳下来。如今这里成为赌场和游乐度假村，海滩与椰树还在，山林和猴子早已不见踪迹。人造景观代替了大自然，好在花儿依然如期开放。烈日炎炎，金蒲桃是挂在枝头的金色云朵。马缨丹多情而贪心，想把阳光里的每一种颜色都撷来装扮自己，开出的花朵五彩缤纷，所以又叫五色梅；而蔓马缨丹执着深情，只愿意专专心心开紫色的小花，躁动的夏日里它投来一个宁静的目光，让人心定神安。

牵牛花，蓝色的最美。眼前这几朵蓝，是万里无云的晴朗持续了一天之后，傍晚时分染上了一点晚霞的天空之色，是与谢芜村俳句《涧水湛如蓝》“牵牛花呀，一朵深

银叶郎德木

金蒲桃

马缨丹

蔓马缨丹

牵牛花

直立山牵牛

渊色”的蓝。相较之下，直立山牵牛的蓝则明快干脆，也没有“深渊”的花心，倒更像一个好奇的表情，永远张着诧异的大嘴。

热带的狂野不羁散落各处，飘降在花朵上，有时候就形成迷人的豹纹。深紫色的香彩雀（天使花）因着花心中央的褐色豹纹而倍添神秘。一种爵床科的草花特别招蜂引蝶，想必多亏了粉色的花瓣上洒下的紫红色斑纹吧。最喜欢的是射干，六片橘黄色花瓣上有浑然天成的暗红色豹纹，散发出一种来自原始丛林的莽野之气。

终于在茂密树木的一路牵引下进入了这座城市的一片“森林”：新加坡植物园。据说它占地五十四公顷，有两万多种亚热带、热带的花草树木。我一开始企图穷尽这里面所有我未曾见识过的奇花异草,很快发现这是行不通的。于是我开始盘算一条“最佳”路线，尽量网罗住更多的“景点”。一旦起了这个心，每遇到一个岔路口，我就开始焦虑：这是不是一条“明智”的去路呢？

这种焦虑持续到我看到一片湖。湖中两只天鹅安安静静地在水中央游玩、扑棱翅膀，偶尔把头潜入湖中寻觅水生植物；它们向对方游来，伸展优美的长脖子以喙相碰，或者头靠头挨蹭在一起。岸边有几株垂柳在风中摇摇晃晃。树上倒挂着黄钟花，一只翠绿的螳螂在花上爬来爬去；我想它也很喜欢这花儿的明黄色吧，像刚刚出生的小鸡崽一身小绒毛，那么稚嫩温柔。树下的紫蝉四枚轮生的叶子托出粉色的漏斗形花朵。

锦葵科的花儿通常都热情大方、喜气洋洋，特别惹人喜爱，可人们不满足于朴素

射干

黄钟花

紫蝉花

箭叶秋葵

的单瓣花，越来越流行将其培植成重瓣，看上去闹心得很。木槿、蜀葵、扶桑，概莫能外。贪婪的人儿啊，你们不知道，层叠繁复的花瓣会遮蔽锦葵科花儿玲珑聪慧的花蕊；更遗憾的是，你将很难再看清它们花瓣的质地——那微微带点纸质感的花瓣透过阳光，会呈现出楚楚动人的脉纹。眼前这片锦葵科的箭叶秋葵简简单单舒展着五片红色花瓣，让人感慨这里的园丁真是识见不凡。

飞来一群大个头的八哥，黑黢黢的羽毛配上金黄的喙部和爪子，一个个胆大包天，在路上东张西望觅食，全然不理会游人逼近的脚步。

看天地万物都那么坦然自得，我突然觉出自己为一条“最佳”路线而焦虑，是多么狭隘可笑。纠结于自己的选择是否“明智”，还是功利实用主义那一套标准在作祟吧。既然此刻是要领受大自然的馈赠，如果不能用一颗顺应天地万物的从容之心相信随缘而遇就是最好，恐怕即便邂逅了“美”，也会视而不见吧？

芳香的土地，忧郁的热带

兰花是新加坡的国花，这里有一个专门的“胡姬园”（他们称兰花为“胡姬花”）。我以前不大喜欢兰花，觉得传统文人赋予了它们太多身外之名，什么“高洁”“清雅”，对我来说都是很不亲切的。可仔细想想，这都是我们人类强加给人家的，花儿本身有什么错呢？去园里逛了一圈，更打消了我对兰花的偏见——虽说培植的花儿难免流露出某种“匠气”，原本的野味和灵性多多少少会有所损耗，可我还是要承认，它们的五彩缤纷、千姿百态的确是动人心魄的。

胡姬园里的兰花品种繁多，风兰、树兰、文心兰、竹叶兰、卡特兰……压根儿数不过来；色彩就更多了，淡黄、金黄、深橙、青绿、水红、浓紫、白中带粉、黄中有红，或者翠底褐斑、紫色条纹，甚至咖啡色格子……看得人有点醉醺醺的。我最喜欢白底

石斛兰

万代兰

胡姬花

苞舌兰

带紫色斑点的万代兰、纯白的石斛兰，还有两株调和了白、紫、粉、黄的彩色苞舌兰。

一只斑马鸠停在树上，瞪圆了大眼睛欣喜地看着这些花里胡哨的兰花。我觉得它一身黑白条纹的羽毛和扇子一样展开的花尾巴漂亮极了，一点不比兰花逊色。水边的密草里钻出另外一种好看的鸟儿，头顶、颈背、翅膀深蓝色，脸和肚腹纯白，黄绿色的鸟喙基部有一个鲜艳的红点，像印度美人额头的一颗朱砂痣。不料这印巴风情的鸟儿有一个苦大仇深的名字：白胸苦恶鸟——原来它们的雄鸟在繁殖期间会不论晨昏“ku-e，ku-e”地激烈鸣叫，因此得名。这鸟儿没有修长的翅膀，不擅长远距离飞行，只能偶尔短途展翅。它们喜欢奔走潜行在水草丛中，甚至还稍微懂点游泳技术，以昆虫、小型水生动物以及植物种子为食。瞅瞅我遇上的这一只，一直就那么自得其乐地在水里转来转去，不时伸长脖子低下头去啄食点小东小西，果真没有扑腾过一次翅膀！

我就这样在胡姬园里久久流连，被色彩包围，在彩色中踱步，一团柔软的、澎湃着的胖云移过头顶，在地上投下巨大的阴翳。我想，这是否就是在印尼海岛上笼罩过我的忧郁呢？厚阔的蓝天、金色的阳光、妖娆的花朵和斑斓的小鸟……可是，为什么没有见到孔雀呢？也没有“从一种特别的蘑菇上飞出来的”发光的尘埃。——是的，我想起了高更的“塔希提”，想起了那幅《有孔雀的风景》，以及献给塔希提的自传体文字《诺阿·诺阿——芳香的土地》。

当初，高更来到那座叫作“塔希提”的热带小岛，兴奋得不能自已：“这里的景物，色调明快而热烈，使人眼花缭乱、目不暇接。过去作画，总是举棋不定，真是自讨苦吃。到了这里简单多了，看到什么画什么，不必多加算计，只要往画布上涂一块红、一块蓝就行了！在溪水中，有整块整块的金黄色流光，赏心悦目。还犹豫什么？为什么还不赶快把代表太阳喜悦的金色倾倒在画布上？”

于是我们看到他用最简朴稚拙的笔触画那些仿佛是开天辟地、混沌初开的图景，

斑马鸠

白胸苦恶鸟

流光溢彩的天空，蓝色之外，还可以是橙色的、红色的、紫色的；疯狂的树木张牙舞爪，椰子树、面包树、露兜树、布拉奥树相互交缠、梳理不开；半个人高的花朵遍地开放，白色的“正在倾听其自身的芳香”，而赤色的花朵肉感十足，“简直大胆到不顾廉耻的地步”；丰硕健美的塔希提女子身穿传统的印花“帕鲁”，或者干脆赤裸着她们被阳光反复亲吻过的金棕色皮肤，手中捧着刚从树上采摘下来的鲜艳果实，拖着长尾巴的孔雀以及其他半人半兽的野物在她们身边走来走去……

然而如果你以为抛弃了文明世界的高更来到塔希提之后，就进入了梦想中的“伊甸园”，从而获得了幸福和宁静，恐怕就太天真了。假如真如高更所说，“安宁降临我的心中，我各方面一切正常，种种无谓的烦恼皆不复存在”，那如何解释在《美妙的大地》《乳房与红花》《Areoi 的后代》等无数作品中，诱人的塔希提女郎脸上挥之不去的迷茫和忧郁？而那些以浓重大胆的艳丽色块表现的花草、树木、远山、大海以及天空，也有乌云一般的深黑色在流动，如同在最热情激烈的阳光照射下，产生了最深重浓密的阴影——这一切难道没有搅动得你心神不宁吗？

我们或许不必去追究，当高更来到这个已被法国殖民多年的小岛时，眼中真实看到的一切究竟确如他笔下那般完好地保存着原始的风貌，还是早已被外来强势文明在对其既“猎奇”又“同化”的双重冲动下改造破坏得面目全非；也不必拷问高更以一个西方文明叛逆者的白人身份看到的塔希提，是否与塔希提土著看待现实的方式相一致，抑或塔希提仅仅是其通过浪漫化的想象与虚构、人为剔除和筛选之后重塑的“乌托邦”符号——所有这一切，也许都不是最重要的。我更愿意相信，高更画笔下的忧郁，是这片土地自身生长出来的忧郁，而高更洞悉了这忧郁所包含的巨大隐秘。

世事洞明的毛姆在那本以高更为原型的小说《月亮与六便士》里，借人物之口描述了对画家的理解：“他的画奇异而荒诞，好像是宇宙初创时的图景——伊甸园，亚当和夏娃……是对人体美——男性和女性的形体——的一首赞美诗，是对大自然的颂歌；大自然，既崇高又冷漠，既美丽又残忍……它使你感到空间的无限和时间的永恒，叫你产生一种畏惧的感觉……绘制这幅巨作的人已经深入到大自然的隐秘中，探索到某种既美丽，又可怕的秘密。”

今天的我们也许已经很难真正懂得高更，也很难真正懂得大自然的隐秘了。看看我所置身的这个热带植物园，乃至我生活的整个世界，早已将鸿蒙之始还没有固定形态的万汇百物塑造成体，一切都被修葺得干净整齐、驯养得服服帖帖；难怪我们看不到那些野性难驯的濒危之物，比如骄傲的孔雀和会发光的蘑菇。眼下笼罩在我头顶的那一大朵“忧郁”的云，已经有了全然不同的内容。或许相较于大自然的“冷漠”“残忍”和“可怕”，孔雀和蘑菇的的确确是微不足道的？

在这个问题上，我得承认自己长久以来的矛盾和困惑；我远远没有梭罗式的自信、决绝和笃定，所以我也一直提醒自己，不要仅从一己的天性和好恶出发，作任何偏激的批判和否定。我当然明白“大自然”不仅仅是蓝天白云、花花草草以及柔弱善良的小野物；我也相信，不论我们如何看待今天人类文明的走向，它应该同样是“大的自然”、是“天地运行”的一部分。只是，我依然免不了困惑，如今在我们用各种技术手段、尽最大努力“控制”和“减弱”大自然的“冷漠”“残忍”“可怕”之后，又如何理解大自然的“崇高”和“美丽”呢？——我无法回答。

《诺阿 · 诺阿》最后，高更要离开塔希提回法国，他站在轮船驾驶台上拿望远镜瞭望这座芳香的海岛，耳边响起的是一首古老的毛利歌曲：“南方来的微风啊，东方来的轻风，你们在我头顶上会合，互相抚摸互相嬉闹。请你们不要再耽搁，快些动身，一齐跑到另一个岛。请你们到那里去寻找啊，寻找把我丢下的那个男人。他坐在一棵树下乘凉，那是他心爱的树，请你们告诉他，你们看见过我，看见过泪水满面的我。”

八月采绿

华美的夏天，除了漫游我们还能做什么

无数个上午的游荡

八月的清晨是浸在水中的蓝色石头，水纹溶溶，蓝色因着光线折射的改变而更加柔和多姿；这是酷暑难耐的日子里最令人珍惜的时刻，千万不能浪费在睡懒觉上啊！——实际上也睡不了懒觉，五点半左右，叽叽喳喳的鸟儿就把天叫亮了。那是一些翠绿的、金黄的，或者青灰色的叫声，合在一起把清晨叫了个五彩缤纷。是的，鸟叫声或婉转或短促，却都有着自己独特的韵律和节奏，用语言去还原这种不可把捉之音总是笨拙的；然而它们同花香一样，的的确确是有色彩的。

无数个清晨被鸟叫声唤醒，不忍再睡，就翻身起来，去园子里游荡。太阳昨日的肆虐已销声敛息；才六点多钟，晨雾就已经散去，此刻的空气是轻的、瘦的、收缩的，吸入鼻腔令人舒适安心。一只白头鹎停在银合欢的枝头，顶着一头乱蓬蓬的小白毛，一副刚刚睡醒就急不可耐要唱两嗓的模样；那声音又温柔又活泼，带着嫩黄色的颤音，像是欢迎我的加入。叫了一会儿，又高高兴兴飞到构树上吃红果子去了。

去峡谷的路上有一长溜的小叶榕，绿叶如盖，丝丝缕缕垂下的树须因着鸟儿的鸣叫腾跳而微微晃动；此时正好飞来一只雌鹊鸲，无辜的大眼睛东张西望。这种喜欢翘尾巴的骄傲小鸟叫声悠长，音色的婉转多变处，是青绿、松绿、墨绿之色在微妙转换。如果是一只觅偶的雄鸟，恐怕会叫得更为斑斓——我相信在八月里一定有机会听到这求爱之音，因为夏天是鸟儿繁殖的高峰期，也就是它们恋爱的季节吧！想起昨天的一对白颊噪鹛，停在一棵光秃秃的树上，不时蹭蹭对方的脖子、给对方梳理羽毛（看上去都像是在拥抱呢）；或者什么也不干，就是头挨头腻歪在一起打发这甜蜜的时光。它们恩恩爱爱的小模样给这棵将死的枯树带去了生机，甚至吸引来了另一只单身的同类停落在不远处，向它们瞥去羡慕的眼光。

峡谷的大片黄桷兰是鸟儿们的好去处；我站在一棵树下等了一会儿，果然不久就飞来一只少年乌鸫（乌鸫亚成鸟）。晨曦映照下，它双目炯炯，有灵光闪动。别看这鸟儿貌不惊人，平日里也寡言少语，一旦春心萌发，叫声是金灿灿的千啭百鸣——一种通晓了所有爱之奥妙的神秘语言。眼前这只鸟儿年纪尚小，却已经拥有了庄重笃定的沉静眼神，它对自己体内潜伏的艺术细胞和爱的能量，究竟是浑然不觉还是了然于胸呢？

木槿

母草

鸟儿的鸣啭千娇百媚，然而千万不能光顾着听鸟叫，一定要赶在正午之前去看望一些花儿啊，比如别称“朝颜”的牵牛花。这花儿迎着朝阳旋开，过了午后就开始凋谢；青春匆忙，它们却少有感伤，总是开得快活逍遥。出门前瞥见阳台上的玫红色牵牛花开了。湖边开出一溜深紫色带白边的“喇叭”，从紫色过渡到白色之间，有一圈隐约泛着荧光的蓝。

木槿是另一种此刻观赏最相宜的“朝颜”。虽然它们傍晚才会闭合，但花瓣的纹理和质感，在清晨柔和的光线下显得最为新鲜、明晰、牵动人心。六月以来，紫红色的木槿各处开遍；八月里，终于有纯白的木槿来做伴了。小区里的白色木槿是干脆利落的单瓣花，甚至连靠近花心处的五枚红色斑纹也省去了，在盛夏急切的氛围里，它们开得安详自在。

鸭跖草也是清晨最好，两瓣支棱着的“小耳朵”蓝得宁静专注。开唇形小花的母

草洒落野地，愉快地张着小嘴巴呼吸清晨的空气。这花儿长得很像三月里遍开的通泉草，然而通泉草的喉部是黄色的斑纹，母草却另有一抹紫，跟花冠一样紫得纯正浓郁。

一晃就到了十点多，天亮开了。清晨空气里隐约的蓝色已蒸发得无影无踪，到处都是金色的气息。鸟儿纷纷躲入树荫深处歇凉，只有活泼好动的白腰文鸟还在成群结队地追逐打闹。它们聚在峡谷的浅水区里扑棱翅膀，小脑袋埋到水里找虫子，用胖胖的短喙互相喂食；或者十几只一齐飞到巨大的蒲葵叶上，把叶子踩得摇摇晃晃；吃饱了就站在水竹上放声歌唱，声音短促尖利，带着银色金属的质感，像阳光落地后溅起闪烁的碎光。

灼灼烈日不但没有把草木晒得昏昏沉沉，反而给了它们莫大的勇气，各色植物就这么红的红，绿的绿，忘我地花哨着。紫薇是适宜远观的花儿，玫红、紫红、蓝紫、纯白，团团簇簇云蒸霞蔚；可一旦凑近了端详，只见花瓣皱皱巴巴，如同被烈日烘烤得乱纷纷的心情。六月里韭兰遍布之地，现在让葱兰称了霸。这花儿单看貌不惊人，然而天地之神大手一挥，它们就洋洋洒洒开得四野亮光闪闪。睡莲虽然五月就开了，但最好看的紫色花拖到这个月才肯露面；阳光在它们层层展开的花瓣上细致地涂上金色，华丽的紫色越发流光溢彩。

野韭菜还在意犹未尽地开着花不愿结果。青葙开花，白中轻微地捎点紫红，小绿叶子打着可爱的卷儿。湖边野地里生出很多醴肠，别看这花儿没啥姿色，作用大着呢，全草入药，有凉血、止血、消肿的功效。不过，我更关心它的另一用途：它的茎叶经搓揉后会有墨汁一样的液体流出（再加上它的果实如同莲房,所以又有“墨旱莲”之称，据说这种叫法最早记载于《唐本草》），《本草纲目》里说用其“汁涂眉发，生速而繁”。对于我这种眉毛长得约等于没有的人来说，简直是如获至宝啊！每天扯上一把，回家喜不自胜地在盅钵里捣碎，一个劲儿往眉毛上敷——快一个月了，怎么眉毛还是约等于没有啊？！

紫薇

葱兰

醴肠

藿香蓟

最喜欢的是藿香蓟，可它实在是个慢性子了，太阳如火如荼地催促着，它却只是淡悠悠抽出几簇浅蓝色的花须须，似乎并无长成一大片的意思。仔细想想，这毕竟是一片已被规训过的土地，早已不再具备让野生之物肆意生长的能力了。这也许并不是什么值得过分遗憾的事情吧。实际上，就在我常来的这片湖的对岸，一直是一片丰茂的野地，肥嘟嘟的竹林（可不是我们传统文人心仪的什么瘦竹），上百年历史的黄桷树，笔直高大的水杉……共同形成了这块绿色小岛。那里一定有无数的野花在树荫下悄悄开放，也不知藏了多少圆眼睛的小动物。然而就在这个月，推土机来了——这里要开始修建别墅。推土机的轰隆声盖过了鸟叫和蝉鸣，成为我漫游的“背景音乐”。大树被推倒，竹子弯折，露出大片光秃秃的黄褐色土地；很快这里会换作灰白的水泥色。相信很多人会说，这是我们为了“进步”，为了争取“更好的生活”而必须付出的代价。对此，我无意反驳，深知自己也别无高见，更多的时候只是无言以对。

一只早起的黄钩蛱蝶飞到花叶艳山姜巨大的叶片上，轻轻地闪动翅膀。七月里，这种“花叶”植物晶莹剔透的花苞开出了大串大串黄中带橘红斑纹的花朵；现在花朵全都凋谢了，只剩下艳丽的宽阔叶片为小昆虫提供栖息之地。过了一会儿，这只黄钩蛱蝶又飞到一蓬葱绿的葎草上，平展开翅膀晒起了太阳，骄傲地展示它橙黄作底配黑斑的美丽翅膀。一只黄脚胡蜂停在湖边灌木丛上吸食花蜜；条纹状的腹部，有深黑、金黄、枣红之色。走两步，又看到一只约马蜂，穿着一身黄黑相间的衣裳，极其纤细的腰肢，走起路来一扭一扭。

两只翠鸟从对岸点着水飞了过来，停在湖边栅栏上，看上去瘦瘦小小，或许是刚刚学会捕食的幼鸟吧？它们盯着湖面痴看，偶尔转头对望一眼。突然，其中一只对着

黄钩蛱蝶

花叶艳山姜

黄脚胡蜂

约马蜂

晓褐蜻（雌）

水中央俯冲过去，一身蓝色羽毛开成一朵水上花，转瞬即逝；剩下的那一只，依然停留在原地，静静地目送同伴远去。

湖边浅水区长了许多杂花野草，有开金黄色五瓣花的黄花水龙，还有空心莲子草、节节草、杠板归，更多的杂草无从辨认。太阳越升越高，蜻蜓飞舞着。它们在水边觅食，累了就停在这些水生植物和水边野草上。无论它们做什么，飞翔、欢快地触碰水面，或者择地而栖，都显得那么轻轻松松，又优美又洒脱。蜻蜓是飞行类昆虫中最容易观察的一种，很多时候你靠得很近了，它们都不会匆忙躲开；有人认为这是反应迟钝的表现，我倒觉得这来自于它们对自身飞行能力的自信——实际上，它们的飞行能力在昆虫中的确是首屈一指的。

湖边数量最多的是红蜻。雌性红蜻其实是金黄色；而雄性红蜻像卡门一样，浑身红得热烈，在强烈的阳光下，却竟然给人通体透明的幻觉——红得浓烈，又红得透明，似乎并不是矛盾的。晓褐蜻也是特别好看的一种。雌虫胸腹黄色，有黑色的条纹；透明的翅膀带点淡黄，基部有深黄的斑点。没有成熟的雄虫浑身明黄，烈日下它们喜欢把腹部高高抬起垂直于地面，从而减少身体表面吸收热能的面积。虽然出于实用的目的，可这姿势本身实在太美了（其实焉知它们就不是为了追求美呢），如同芭蕾舞女演员起跳的一瞬间——然而它们就那么长时间地、安安静静地保持着这个“瞬间之美”，黄色的透明翅膀像花瓣一般四面展开。有时候我的响动惊扰了它，它会轻快地飞离原地到别处绕一圈，然后继续回到刚才那个地方恢复经典舞蹈姿势。成熟后的雄性晓褐蜻出落得更加俊俏，胸腹转成了紫红色，翅膀也变得红艳艳的。它们喜欢跟红蜻在水边互相追逐，抢着在同一株水草上停留，像是要在阳光下比美，又像在欣赏自己水中的倒影。我总是长时间地看着它们舒展开来的透明翅膀，就像在梦境中努力辨析梦的形状和颜色；阳光在湖面洒下跳动的金斑，反射到它们的翅膀上，一闪一闪，是翅膀在呼吸。

玉带蜻也见过好多次。这种蜻蜓极好辨认，通体黑色，雌性腹部中央有一圈耀眼的白（即腹部第三、四节）；而雄性腹部则是黄色斑纹。

晓褐蜻（幼虫 雄）

晓褐蜻（雄）

玉带蜻（雌）

玉带蜻（雄）

同属于蜻蜓目的蟌（俗名“豆娘”）好像更喜欢在岸上的灌木丛中活动。它们个头比蜻蜓小得多，体型苗条纤细，没有蜻蜓那样强健的飞行能力，习惯于慢慢低飞。大部分蟌在栖息时，不像蜻蜓那样将两对大小不一的翅膀平展于身体两侧，而是合并在一起收拢在体背上——或许因为蟌的两对翅膀大小和形状相同，它们觉得不必分开展示了？

入夏以来，我遇见过无数漂亮的蟌，可它们总是转眼就逃走了，真正让我有机会细细端详、喊出它们名字的，实在少得可怜。有时候，我记住了它们的模样，回家怀着福尔摩斯探案的心情，一页一页仔细翻看蜻蜓图谱，却依然无法确定它们究竟叫什么。

现在我能一眼认出的，除了六月里邂逅的杯斑小蟌、透顶单脉色蟌，就只有叶足扇蟌、褐斑异痣蟌和红腹细蟌等有限的几种。雄性叶足扇蟌的中、后足胫膨大如白色的扇子，这让它们飞行起来不像其他豆娘那样轻捷机灵，而是一纵一纵的，带着落叶的姿态。它们停在某片绿叶上的时候，特别像短跑运动员蹲在起跑线上蓄势待发的模样。每次看见，我都想对它们说一句：嘿，哥们，放松点啊，你太紧张啦！

它们雌虫的足部没有“小扇子”，体色微微泛出枯叶红。这种蟌类很容易跟白扇蟌混淆，不过前者的雌雄虫腹部背面黑色，且各腹节端部有白色的细环纹；成熟后的雄性白扇蟌全身遍覆灰蓝色的粉末，这是叶足扇蟌所没有的。

第一次遇见褐斑异痣螅，是我正蹲在地上研究一丛叶下珠的时候。这株草从湖边栅栏根下冒出来，对生的小绿叶子一长串，下面缀着的小黄果子毛茸茸的，脸上还飞着点红晕。这时候一只雄性褐斑异痣螅刚好在一片小圆叶子上停了下来，我的注意力一下子全被它吸引了过去。这家伙长得可真漂亮，翠绿色的身体，腹部上黄下黑，末端（腹部第八节）那一圈淡色蓝斑特别清亮夺目。我一路追随着那抹蓝斑跑了好远，心里始终纳闷的是，它长那么好看，怎么有个这么难听的名字？！

叶足扇螅（雄）

叶足扇螅（雌）

褐斑异痣螅（雄）

褐斑异痣螅（雌）

回来查资料，得知它的雌虫居然有三种不同的色型："异色型"身体黄绿色，合胸前方黑色，腹部黄绿，背面黑色；"橙色型"合胸部侧面全都是橙色的；"同色型"则身体色泽和斑纹跟雄虫相差无几。后来在湖边散步，就特别留意了一下，果然三种色型的雌虫都能找到！

这一天刚好看见一只异色型的雌虫停在一株葎草的雄花上有滋有味地嚼着点啥东西，突然一只雄虫飞过来，用腹部末端（也就是它的肛附器）一把抓住雌虫的头顶，拽着它飞离原地；飞行中雌虫也自觉自愿地把腹部弯到雄虫胸腹交界处，将生殖孔紧贴到雄虫的交合器上。阳光下它们紧紧扣成一个环，合力扑动翅膀越飞越远。

说到这里，我就忍不住要骄傲地炫耀一下，作为一个昆虫迷，我见过的"亲热"场面那可多了去啦。比如这褐斑异痣蟌的交配，我除了见过异色型，也见过同色型。还有一次从湖边的大丛葎草边经过，刚好看见一对漂亮的红腹细蟌情投意合的瞬间：雄虫胸部橙黄，腹部是热烈的橘红，而雌虫胸部黄绿，腹部红褐色；这样的配色衬着葎草的翠嫩清纯，十分娇艳好看。

还有一对黄钩蛱蝶，雄蝶飞到雌蝶身边，一对触角不时挠挠对方的后翅，中足还去踩着人家姑娘的后足；而雌蝶那一刻脸上的表情——其实那是蛱蝶特有的一种喙部形态——仿佛高高地噘着嘴，颇不乐意的模样。

实际上雌蝶要表示自己的不乐意另有方法。我就曾见过一只雌性东方菜粉蝶面对一只飞来求偶的雄蝶，高高翘起腹部，表示自己拒绝再次交配；如果它愿意接受对方，会竖起翅膀静静等待对方过来。

红腹细蟌

黄钩蛱蝶

东方菜粉蝶

最欢乐有趣是十星瓢萤叶甲（又叫葡萄十星叶甲）。这家伙长得跟它的名字一样顽皮可爱，圆头圆脑的，橘黄色底上有十个黑点点。它们总喜欢在绿叶上爬来爬去，把人家漂漂亮亮的叶子啃得这里缺一块、那里破个洞，还边吃边拉屎！有一回，我看到一只雌虫在一片牡荆叶子上转来转去，一只雄虫万里迢迢从另一片叶子上爬过来，吭哧吭哧，累得呼呼喘，边喘边爬到雌虫背上开始交配——然而，好景不长，远方惊现第三者！另一只雄虫跋山涉水到达叶片背面，然后从另一个方向爬了过去，也吭哧吭哧，累得呼呼喘；终于抵达目的地，它直接从前面一只雄虫背上翻了过去，抱着雌虫的头企图给它掉个个儿。掉头失败之后，它又退回来，想要把前一只雄虫挤下去；前一只当然也不甘示弱，小爪子拼命推着横刀夺爱的后来者。它们两个就这样在雌虫背上你推我搡、翻来覆去折腾了好半天，把大家的事儿都给耽误了！那只雌虫呢，好像还很淡定的样子，除了把它的小触须动来动去，啥激烈的反应都没有；我真想知道那一刻它的心里，究竟是厌烦得要死，还是得意坏了呢？

午后的空气，蝴蝶施过魔法

八月的午后，烈日如倾盆大雨。空气随着温度的升高不断增加着重量，鼻腔里有明显的肿胀和拥挤感。万物吸饱了阳光，也都变得更加蓬松。最蓬松的，就是夏蝉的叫声，铺天盖地，似乎要把口渴的焦灼之音烧到无穷之远。事实上，是夏蝉的鸣叫让我们意识到自己的口渴，它倒是一点不渴呢！法布尔在他的《昆虫记》里面告知我们，炎炎夏日，唯有蝉对“水荒一笑了之”：“它用小钻头一样的喙，刺进取之不尽的酒窖。它停在小灌木的枝丫上，一边不停地歌唱，一边在坚硬光滑的树皮上钻孔；被太阳晒得热烘烘的树汁，使这些树皮鼓了起来。蝉把吸管插入洞孔，尽情畅饮；它纹丝不动，若有所思，完全沉浸在琼浆和歌曲的魅力之中。”（法布尔《昆虫记》）

被我们统称为蝉的昆虫，其实种类繁多，叫声也各有不同。此刻鼓噪不已的，就起码有三种不同的叫法，有单调冗长、漫无止歇的“吱——咋——”，破折号可以延伸到天边；有时断时续的“唧啊啊——唧！唧啊啊——唧！……”，一声长一声短，声音跛了脚；还有“咘唧呱，咘唧呱，咘唧呱”的弹跳之音。

翻看昆虫图谱，总是会被蝉翼之美迷住，比如胡蝉的翅膀有着玛瑙一般的花纹，还有绿草蝉透明的翠色翅脉，轻薄如纱、仙气四溢。但是想亲眼见到这些漂亮的蝉，

寒蝉

蚱蝉

可真是不容易，它们藏在茂密的枝叶里难觅踪迹，简直像是这些大树在大叫大嚷、吵个没完。今年夏天我只见过两类不太漂亮的蝉：一种大约是某种寒蝉，个头比较小，深蓝的体色带着银灰的斑点；另一种就是最常见的蚱蝉。

蚱蝉全身漆黑，有橘红的斑点；翅膀是透明的黄褐色。它们喜欢大规模地群蝉共鸣，声势浩大、震耳欲聋。然而总会有一些奇妙的时刻，叫嚣之声戛然而止，那一瞬就像时间的缝隙，像倏然而至的树荫送来清凉——抬眼一看，一棵树相邻的两个枝丫上，分别停了一只蚱蝉；一张稀稀拉拉的蛛网把分离的枝丫轻巧地维系起来，上面似乎还兜着一只落网的小昆虫。午后稀有的风将树冠吹开一个缝隙，漏下的强光顿时让蛛丝消隐；两枚沉默的鸣蝉一动不动，身体上的红斑金光闪闪。

强光肆虐，不仅能消隐蛛丝，也让花朵黯然失色。白晃晃的世界里，一切仿佛都涣散了、失焦了，昏沉沉醉醺醺；唯有盛夏的果实醒着，它们要努力完善自己饱鼓鼓的线条，将夏天的形状勾勒得圆润清晰。

垂序商陆

枸杞花

天门冬

蛇葡萄

湖边有块菜地，西瓜挺着圆胖的大肚子躺在土里舒舒服服地晒太阳，旁边的藤架上垂下紫色的茄子和青色的苦瓜。铁苋菜又名海蚌含珠、叶里藏珠，一直以为它的果实生于叶腋，原来也会结在花序顶端。野地里垂序商陆光洁的小白花已经褪尽，紫红色花梗上蹦出油绿的小果子，顺着花序修长优美的弧线一圈圈生长，在阳光下轻轻摆动。梭罗说，“商陆果酸酸的汁可以当墨水用，买的墨水无论蓝的红的都没它好用”，我想那得等青脆的绿果子们熟成柔软的紫红色才行吧。

上个月在园子里见到的最好看的花，是从一处高墙垂下来的枸杞花，轻快的五瓣，是我最喜欢的一种紫色。现在这里结出好几串水滴一样细小的橙色枸杞子，那么新鲜可人，怎么没被小雀子啄掉呢？

接骨草丰盛的小果实成长得有快有慢，同一时间、同一株上就可以看到它们青、黄、橙、红的色彩过渡；还有天门冬的果子，翠绿、鲜红、枣红水灵灵地同挂一株；最漂亮的是蛇葡萄的一树彩珠，青绿色、藕荷色、粉红色、紫红色、宝蓝色，是历时的，也是共时的——时间的流转落在草木的容颜上，总让人体会到生命的庄严而感动不已。

果子当然还要爬树。八角枫挂出深蓝色果实。毛桐垂下浅黄色厚墩墩的绒果子，被小鸟儿啄光之后，会露出紫黑发亮的种子，精巧地排列成一簇簇小花朵一般的形状。

毛桐种子

构树果实

蒲桃果实

银杏结白果了，待到十月满树金黄时，会有很多人守候在树下等待成熟的白果掉落。原本青灰的构树果子如今摇身一变，长成半透明的橙红色，阳光下它们总是湿漉漉、亮晶晶，简直像樱桃、草莓一样令人垂涎。石榴一天天膨胀起来，圆鼓鼓地坠在枝头，每次路过都好想伸手偷一个！毛桃热得小脸发红，逗引无数鸟儿往来。广柑花五月里的诱人气息还存留在记忆里，如今它将香味悉数收拢进粗糙的青色果皮里绝不外泄，仿佛守着一个巨大的秘密一般悄悄进行着嗅觉向味觉的转换。

等待了两个多月，蒲桃终于在七月底成熟了。峡谷青石板小径上，湖边小花园里，到处都是它们淡黄色的果子。尝了尝，不含酸味，清甜不腻，带着点玫瑰花的香气；我每天采回三五个，一直采到了八月下旬。

然而这一切，都不是我午后顶着烈日在外面晃荡的原因，我真正在等待的，是蝴蝶的到来。这些夏日里最美的精灵，总是姗姗来迟，我猜它们是要打扮好了才肯出门吧！有一些心急的蝴蝶，会在上午十点多开始飞舞，比如早先所见的黄钩蛱蝶；然而要真正领略蝴蝶成群的奇妙之处，此刻才最相宜。空气被蝉声点燃，烧得无边无际，无形的烦躁沸腾着，汩汩地冒着泡。然而一旦蝴蝶翩然而至，就悄悄给空气施了魔法，带来一种无法言说的静谧之气；当你追踪或者凝视一只蝴蝶，蝉声、空气里噼里啪啦的燃烧声，都倏然退得远远的，整个世界只剩下蝴蝶的翅膀无声地闪动。

打碗花上有好几只小小的弄蝶爬来爬去。它们没有炫目的翅膀，但是大大的黑眼睛顾盼有情。酢浆灰蝶一旦开始采蜜，就只能看到翅膀的反面——灰白的底色有黑色的斑点。偶尔微微展开一下翅膀，才能分清究竟是雌是雄：雄蝶的翅膀正面泛出浅蓝的光泽，外缘还镶了一道黑色的边；而雌蝶双翅正面往往只是一片灰褐。它们没有浓

酢浆灰蝶（雄）

酢浆灰蝶（雌）

琉璃蛱蝶

柑橘凤蝶

紫彩灰蝶那动来动去的小尾突，静悄悄地点缀在草木之上，看上去那么与世无争。

琉璃蛱蝶天生丽质，深黑的翅膀上有一条水蓝色的带状斑纹。它们是最不懂得保护自己美貌的一种蛱蝶，总是把自己的翅膀弄得脏兮兮的，一副四处流浪之后疲惫不堪的模样。也许它们天性狂野，深知美貌犹如浮云，不必过分耽溺，豁出去走南闯北多见世面，倒是真正要紧的。

凤蝶一般来说都个头很大，它们穿着艳丽的大摆裙，一旦舞动起来，裙裾旋转出的弧线简直能改变四周的气流！如果你要问我，盛夏之美的极致凝于何处，我会毫不犹豫告诉你，是凤蝶在你耳边划过的风；还有它们的翅膀洒在石板路上时闪时现、或肥或瘦的灰色碎影。

在湖边小径看到一只柑橘凤蝶，翅膀上有黑、白、黄构成的复杂斑纹，后翅上还有细碎的淡蓝色点点。它时而停在石板路上寻找吃食，翅膀一动不动地平铺开来；时而飞落在葎草的打弯儿处，缓慢地变换翅膀展露的角度，圆鼓鼓的黑眼睛似乎专注地凝视着什么。

过了一会儿另一种凤蝶闯入视线，长长的尾突，飞舞起来格外飘逸，我一路追着想要探个究竟。这家伙不停扑闪翅膀，每一朵花都无心久留，只冷冷淡淡地嗅一嗅，用触须轻轻碰一碰，就离开了——似乎它并不要采食花蜜，只想永无休止地跳舞、跳舞……终于，前方出现了一片黄灿灿的丝瓜花地，它略作迟疑，扑向了其中一朵。尽管已站在花朵中心，它却像害怕坠落一般，继续快速扇动翅膀，一刻也不肯消停；我蹑手蹑脚靠近，终于认出这是一只雌性的玉带凤蝶。这种凤蝶的雌虫有多种类型，眼前这一只是白斑型拟态有毒的红珠凤蝶。拟态成别的有毒品种，当然是出于保护自己的需要，然而同时也让自己变得分外美丽：它的前翅黑中闪着灰白色光芒，后翅正反面都有亮白的块斑和散落各处的月牙形的红斑（而真正的红斑凤蝶，是圆形的红色斑点，且翅形比较窄长）。雄蝶可没有雌虫那么花样百出，只有一身黑色衣袍，后翅上一排横向的白斑。

两只青凤蝶在高高的树冠上机伶伶地颤动着翅膀，不时腾跃起来互相追逐。这种

玉带凤蝶（雌）

玉带凤蝶（雄）

凤蝶虽然没有优美的尾突，但仅凭那一双翅膀就足以艳冠群芳：它们的前翅上有一列与蝶翅外缘平行的斑块，是翠绿与粉蓝相间而成；阳光下它们自如地闪动于草木之间，仿佛将盛夏最清凉的一种绿意荟萃于自己的翅膀上，又像有蓝天的光辉映照其上。

傍晚的天光，还有夜幕下的奇妙之声

叶下珠的叶子闭合了，土人参（栌兰）开花了，一定是快到五点了。空气被烈日暴晒了一整天，一直不停地膨胀、膨胀，膨胀得早已形状模糊；从这时起，空气开始退潮、聚拢、收紧，剥落万物烧焦的热气，将其原本的味道重新凝定成形。

薄荷的香“抽芽”了，不过这味道似乎并非从淡得发白的紫色轮伞花序中散发出来，而来自它们绿得有点湿漉漉的茎叶；不是清香，也不是甜香，是一种深青的、苦涩的、冒冒失失的香气。清香往上走，通过鼻腔爬上眼睛眉毛，然后从头顶飘散；而甜香之味有重量，往往沉入肺腑；唯独这薄荷之味剑走偏锋，一闻就直奔后脑勺、侵进你的神经中枢，顿时一种凉飕飕的感觉跑遍全身，最终从十个指尖跑了出去。

夜香树每天都要等到这个时候才开花，白绿色的小细花模样单薄，却有着丰腴圆润的香气。花香是那些外表清简朴讷的淡色花儿特有的语言，它们没有艳丽的色彩和造型来招蜂引蝶，于是用香味发出声音、传达感情。你一定有过这样的体验：匆匆忙忙走过某处，猛然间嗅到一阵花香，像有人从背后轻轻拍了拍你，又像突然飘来一段朦胧的记忆，而你无法分辨它究竟来自梦境还是真实发生过。你停下脚步，迟疑，怔忡，似乎想对一些渺然无形的呼唤一一作答。此刻不必怀疑，你听到的是空气里的爱情。

叶下珠

夜香树

银合欢

异色多纹蜻（雌）

异色灰蜻（雄）

赤白的强光褪去，我们才能看清盛夏的树正在如何疯狂地绿着。它们吸饱了阳光、还有地底深处的能量，无以为报，唯有拼命舒展枝叶、滋长绿色。于是绿色加上绿色，绿叶叠上绿叶，成了密密层层、水泼不进的墨绿色、靛青色；只有绿色的边缘处，被阳光打湿，是水光闪闪的翠绿。站在树下，想象如果躺在这里打个盹儿，梦境是一定会被染绿的吧。

抬头望，银合欢垂下长长的豆荚，阳光下的二回羽状复叶，像孔雀开了屏。纳博科夫说树干是树“具有魔力的、沉默的部分”，看看峡谷那一排巨大的黄桷树蜿蜒遒劲的躯干，让人相信真有掌握着古老魔法的树仙居住其中。浓旺油亮的树冠撑起夏日最宽厚的绿荫，是童年记忆里从未变换的背景——童年的院坝里，有好几棵高大的黄桷树，一年要发两次芽，春秋各一次，于是很长的时间里都能看到满树新绿、青春逼人；而夏天的黄桷树绿得沉着，满院的植物就在这沉着之色的庇护下勇敢恣意地生长，还有那个在树荫下捉蝴蝶的小姑娘。而黄桷兰“沉默的部分”光洁笔直，秀丽挺拔。每年初夏的清晨，外婆都会把新鲜的黄桷兰花苞穿成一串挂在我的胸前，但八月的叶子下面不再藏着这芳香的花朵了。

傍晚时分的湖边，蝴蝶已经回家，蜻蜓还在等待暮色。异色多纹蜻成双成对地出现。我见到的雌虫黄黑相间，橙红的翅膀似乎在预示着天空即将发生的变化。据说它们还有另外两种类型，我还没有见过。而雄性的异色多纹蜻淡蓝的底色上用湛蓝画出格子一般的线条，是我见过的最好看的蜻蜓之一。另有一种蓝色的蜻蜓是雄性的异色灰蜻，它们除却头部和腹部最末两节是黑色，全身覆盖着一层薄薄的灰蓝色。我多么喜欢这两种飞来飞去的蓝啊，似乎正是它们加快了空气镇静下来的速度。

然而此刻的天空可一点也不镇静。最初，夕阳只是在蓝天的一角点燃了一片橘黄色的火焰，然而它沉落的力量牵动了大片流云，火焰迅速地蔓延，瞬间将天空加热成赤红色。它每下陷一点，就带走一些彤云；天空涌动着、沸腾着，光影的分布每一分钟都在发生巨大的变化。大地屏住呼吸，一片沉默；只有疯长的九重葛拼命地红着，为太阳送行。

白天骄阳肆虐，金色的光线跌入湖面的瞬间，会产生无数跳跃不已的点点金斑，仿佛是阳光落水时高温遇冷而爆炸出了细碎的火花。火花铺展成片、广袤无边，灿烂耀眼得让人无法逼视。不同于金色光线的强硬直接、不由分说，晚霞的赤红色是通融的、柔软的，映照在水面上，让整片湖也变得温存、平和，愿意接纳人的目光。此刻的湖面真美啊，印象派画家对光影和色彩的理解，一定就来源于此吧。

当夕阳完全沉没，带走了最后一朵红云，天空残留下丝丝缕缕的红与黄，糅进靛青的底色，变作了微绿、黛绿、水蓝、青蓝、玫紫，还有深邃幽渺的纯紫，交替铺排，绵延不绝……我试图用相机记录下这无与伦比的色彩盛宴，却无论如何也拍不下来。静心想想，这未必是一件坏事。假如自然之美总能通过某种高科技手段被定格，我们也许就会越来越耽溺于第二手第三手的资料来臆想自然，越来越丧失与真实的山川大地相晤对的能力；而我愿意遵守万物天然的限制，愿意置身在真实的自然中，感受天地大美的不可挽留与轮回不休。

夕阳离去，天光却并未暗下去，空气湿润，远山轮廓清晰。湖中的油彩被天空收走，水面平静如睡，两岸树木和房屋的倒影顷刻间完整地凝聚。岸边的野茼蒿“头发”蓬乱，镶着红边的狗尾草摇头晃脑。鸟儿开始归巢，它们欢乐的相互应答之声此起彼伏，打破了大地的沉默，湖边顿时生动活泼起来——谢天谢地，叫嚣了一天的推土机此时已经离去，将鸟儿的歌声暂时还给我们。布谷的啼鸣那么亲切熟悉，却又总像来自遥不可及的天边，带着天荒地老的暗示。鹭鸶从山的那一头飞回，在高空盘旋几圈，停在对岸幽绿的竹林一端，发出嘎嘎的嘶哑之声。燕子的小剪刀尾巴无意修剪天空的彩云，只在低处轻快地打旋儿。

天空的琳琅之色在一点一点加深、变浓，当大群蝙蝠在头顶左冲右撞，夜幕就要降临了。

晚饭后再出来，已经换了一番天地。深蓝的夜色淹没了整个世界；然而蜀地的夏夜，热浪并不肯轻易退去，地底的能量还在哧哧往上蒸腾。来自天地的两股力量在半空交融汇合，形成深重的露气，青烟一般四处缭绕。星星在头顶喧哗，激动得青蛙急急地作出回应。在脚边蹿跳不已的旱青蛙“哇啊、哇啊”叫，而浅水畔的水青蛙则发出“汩汩”之声。

在盛夏的夜里散步，是很惊险的，因为随时可能碰见蛇。实际上六月中旬的一天夜里，我就在上环看见了一条蛇，想来应该是今年最早出洞的一批了。自此每夜出门，都要拿上一根竹竿敲打一路，被邻居笑称，远远地就知道又是你这个丐帮来了。进入盛夏，蛇就更多了。小姨说有一次清早散步，在湖边撞见一条三角形脑袋的红蛇，吓得她掉头就走，还不敢大步开跑，怕反而惊动了那家伙。跟湖边钓鱼的人聊天，他们说现在对岸搞开发破坏了土地，无数逃命的蛇从湖那边游到我们这边，更增加了这个园子里蛇的数量。我想象群蛇在水中游动的模样，真是惊得一身冷汗。

竹竿敲得啪啪作响，却并未给我这个走夜路的人壮多少胆，依旧是缩头畏脑，但凡有个风吹草动，就吓得如同惊弓之鸟。脚碰上一只旱青蛙，踩上一摊混了稀泥的落叶，甚至只是老爸大叫我一声，都常常让我误以为蛇来了而抱头鼠窜。然而总是在那些放松警惕的瞬间，蛇赫然摆在眼前！虽然最终都是有惊无险，但我还是会头皮发麻好多天。老爸笑话我，连这点恐惧都克服不了，你还立志当个什么“博物学家”？！——尽管这只是一个玩笑，但也未尝不可以看作，我这个热爱大自然的人，内心深处理解自然和思考我们今天对待自然的态度等复杂而矛盾心情的一种隐喻。

虽然恐惧总是无法克服，却依旧要出来散步，当然是因为这夏天的夜晚，有着太多难以割舍的奇妙之处。夜色中的奇妙之最，就是夏虫的叫声。成千上万的虫子嘈嘈切切、叽叽喳喳，像大大小小的雨滴洒落。读日本人的写生文，总是出现各种鸣虫的名字，松虫、铃虫、辔虫……真令人遐想无限。可恨我只含含糊糊地认得蝈蝈、蛐蛐，还有纺织娘。所谓含含糊糊，是指“蝈蝈”和“蛐蛐”其实都只是一个笼统的俗名，它们还各自包含了很多品种，我认得的大概只是最常见的那些。纺织娘个头挺大，浑身草绿色，叫起来是粗刺刺的“呱呱呱、嚓嚓嚓”，据说因像古时候织布机的声音而得名。我熟悉的那种蝈蝈褐绿相间，叫声钝重，略带沙哑，像一种质地不太光滑的器物摩擦在砂纸上。白天我总是把它们的叫声跟蝉鸣混淆在一起；夜色才让它们的声音有了清晰的形状和质地。蛐蛐个头最小，灰灰褐褐不太好看，但是它叫起来清灵脆亮，一种发着幽幽荧光的声音，直觉上它是三者当中最聪明的一位。日本人称它“草百灵”，也可见出对它的偏爱。

然而夏夜里鸣叫着的远远不止这三种虫子。比如还有一种极细极轻的“嗞嗞”之声不绝于耳，然而你一旦站定想要听个仔细，却又怎么也捕捉不到了。还有我特别爱听的“丁零零零，丁零零零……”，小巧剔透，像月色下的露珠。更多的声音无法描述，它们明明存在着，却又仿佛永远听不真切，如同微风送来一段潜藏在记忆深处的温柔旋律。风走了，你记不清它是刚才确乎听到的曲子，还是心中回响的一个幻觉。然而无论如何，曲意是留了下来。

百虫唧唧，丝毫没有影响夏夜的宁静，因为虫鸣之声，是一种至为宁静的吵闹，或者说，正是这种吵闹，才让人感受到了真正的宁静——盛夏有着无数颠倒众生的诡异魔法，白天明晃晃的太阳让你心神恍惚，呓语连连；你以为夜凉来了，能让你变得头脑警醒，然而听听这群虫共鸣，你又飘飘然说起这番自相矛盾的昏话来了。

夏日走过山间

想要完整地感受八月的夏天，只在这个园子里转悠是不够的，还得清晨就去爬山！山脚下的农田庄稼满地，那样舒展开阔的一片绿，与园子相比又是另一番景象。晨雾褪得比园子里慢一些，还有一些沾染了农作物翠绿之色的轻烟笼罩在房瓦之上。抬眼望去，青黛色的群山被雾气包裹，蒙上了一层灰白，山的最外围，氤氲着一缘深紫色，隐约勾勒出每座山的轮廓。

田里瓜瓜果果长得欢。胖辣椒、瘦辣椒，红红绿绿，我们四川人看了就高兴。圆墩墩的葫芦沉沉地坠在枝头，我总觉得里面真能蹦出葫芦娃之类的神秘之物。四野开遍大大小小的黄花朵朵，在阳光下金灿灿的，那是苦瓜黄瓜丝瓜冬瓜南瓜纷纷乐开了花。我觉得它们长得太相像了，好在花友斯弥姑娘教给我一个辨认的妙招：它们的雌花开花之初尾巴上就带了小果，只要翻开看看就一目了然啦。凭借果实认出它们之后再重新打量，就能发觉它们的花叶还是各有特色的。

苦瓜结出的果实粗糙随意，但它们的植株看上去却是最娇弱的：细细的叶柄，小小的花朵，卷须特别长，纤纤柔柔打着小小的弯儿；近圆形的叶片深裂成清瘦的五至七枚，翠绿的颜色在几种瓜中是最好看的。

苦瓜花

黄瓜花

丝瓜花

南瓜花

黄瓜花也是小小巧巧的，相形之下它的叶片显得很大，深绿的宽卵形叶片只有三至五个浅裂；它们的雄花常数朵簇生，配上脆亮的小细溜黄瓜，非常喜人。有时候走得累了，悄悄跳下田畦偷上一两根黄瓜，用袖子擦一擦就开咬，嚼得咔吧咔吧响。

丝瓜花通常比苦瓜花和黄瓜花大得多，盛开时平平地展开成辐射状，有种勇敢无畏的气质。茎和枝干生得粗糙，有一道一道的棱沟；卷须也比苦瓜和黄瓜粗壮不少，还会中途分叉；五至七裂的叶片正面绿得发黑，中间那一枚三角形的裂片总是显得特别长。这家伙植株颇有锋芒，但结出的润绿果实却那么温和圆融，还有如此好的口感，真是深得我心。斯弥姑娘告诉我，农村人往往有个经验，如果丝瓜花早上花瓣翻卷很厉害，一般当天会下雨，“很准”。

冬瓜的花朵跟丝瓜花像极了，但浅裂的叶片没有丝瓜叶那么深重的墨色。丝瓜雌花单生，而雄花往往十几朵聚在一簇。冬瓜花则无论雌雄都是单生的，花梗还被着细密的硬毛，阳光下历历可见。

南瓜花大大的叶片和花冠，是不会认错的。每逢看见它们，总是想起张炜《丑行或浪漫》里那个无比美好的胖美人刘蜜蜡，她身上南瓜花的清香气“能够一瞬间覆盖整个河套”，她做的南瓜饼最好吃。少女时代的她“好像与全村的生灵有约似的，只要夜里一出门，青蛙在脚下跳，猫儿竖起长尾从草垛上蹿下，就连刺猬也慢腾腾从小路

蓝灰蝶

红蓼

上横穿而过。狗儿们有的坐卧有的站立，它们见她赶路匆匆就自觉地远远目送，月光照出一副副亲昵的眼神”。而不需要赶路的时候，她喜欢“咚咚跑上一阵，然后两手倒剪倚树而立，谛听夜色里的万千秘密”。更不可思议的是，当她遭受了无尽的折磨终于找回心爱之人时，“周身肌肤竟然还像南瓜瓤儿似的，细润红火，而且果真透出粉糯糯的瓜香”，她心满意足地在爱人身边写字，“挥动的笔尖发出沙沙声，就像在南瓜花儿盛开的河边上一阵疾走”。

野地遍覆小蓬草，毛茸茸的瘦果像已被烈日烧焦，带着枯叶一般的淡褐色，有一种异常动人的、既萧瑟又丰茂的美。爵床的小紫花极细极细，如果能开成花海就好了。两只蓝灰蝶飞了过来，它们有一对短短的小尾突，雄蝶的翅膀正面一片天蓝，而雌蝶则是黑色的。停下来的时候翅膀合拢，就雌雄难辨了：都是灰白底生小黑点，后翅近臀角那里有两枚醒目的橙红斑。蓝灰蝶似乎特别喜欢爵床这种小小的植物，万千草木在等待，它们飞来绕去，最后总会选择停落在爵床上，哪怕这株草还没有开出花朵来。看到法布尔在《昆虫记》里说，他能通过白蝴蝶留下的记号判断一种没有开花的植物是否属于十字花科，因为白蝴蝶的幼虫以十字花科的植物为寄主。蓝灰蝶和爵床是不是也是这样的关系呢？它们会在爵床毛乎乎的绿叶子上产卵吗？

红蓼像麦穗一样弯弯的，密密的粉色花苞，只有少量开出了小白花，是肥瘦适中的最好年纪。白花鬼针草同一株上，白色的花瓣还未散落，“鬼针”已经四面展开，长成了刺球。一处野地结了成片的黄果茄，初时淡绿色带深绿的斑纹，像微型西瓜，成熟后变为纯黄色；这果子生得好看，其实是有毒的。

一只美眼蛱蝶飞来庄稼地，橙红色的翅膀，前后翅上各自生着又大又圆的眼斑，一对深蓝色，一对枣红色，还模仿太阳的反光点缀上了小白圆点，眉目传情的模样，真让人心慌意乱。一枚白尾灰蜻停在面前，翅膀的金黄色泽提醒我烈日的强度，眺望高处，金色的丝线纷纷射来，群山眯细了眼睛。于是快马加鞭往山里赶，农家院里一大群鹅冲着我呱呱大叫。

只要一进入这片松林，就能明显感受到幽凉之意，我相信那是精灵们留下的气息。一路看到不少开五瓣黄花的龙牙草，细长的总状花序打满了丰盛的花苞。龙牙草又名仙鹤草，有传说古代两个秀才进京赶考，途中一人由于劳累过度突然流鼻血，山野无医无药，正一筹莫展时，一只白鹤口中衔着这草飞来，丢在二位面前。病人拾起这草放入口中咀嚼，不久鼻血就止住了。“仙鹤草”之名便是特意纪念这白鹤的。（汪劲武《常见野花》）

美眼蛱蝶

龙牙草

波蚬蝶

蓝凤蝶（雄）

一路看到很多叫不出名字的菌类，小伞乖巧地立着，是给蚂蚁们遮阴吗？上山的一个拐角处看到一串深蓝色的山菅果子，果子那么漂亮，想来花也不俗；回去查花谱，花瓣果真是我最喜欢的蓝紫色。百思不得其解的是，花季的它们究竟藏身何处，躲过了我细细搜寻的目光呢？

半山腰有一潭碧水。一棵高处的大树朝着水面垂下枝叶，阳光穿过繁密的树冠，将亮斑洒在一些最幸运的叶片上。就在光线最集中处，一只小环蛱蝶像一个奇迹一般绽放其间。它慢悠悠地围着阳光的凝聚点转圈儿，一边转一边轻轻扑闪翅膀，似乎要将双翅的每一处细节都留下阳光的脚印；翅膀上简简单单的黑白搭配在这一刻熠熠生辉，让我这个色彩迷恋者一瞬间领略了最朴素的色彩如何最完美地诠释光与影、明与暗所潜藏的秘密能量。

大树的对面，有成片的蕨类植物，也是蝴蝶们喜欢光顾的地方。六月我在这里遇见了一只绝美的东方瞿眼蝶，而现在，此处停着一只波蚬蝶。蚬蝶是一种小型蝴蝶，它们就算静伏时，双翅还是半张着从不合拢的，像微微打开的贝壳。这类蝴蝶主产自南美，我国只有不到三十种。眼前这只波蚬蝶通体棕红，双翅正反面密布着白色的斑点，看上去有三维立体的效果，一眨眼又像浑身洒满银珠。

一抹翻飞的蓝色闪光从我肩上跃了过去，停在了前方一株野草上——蓝凤蝶！我今天可真走运啊！它舒展开来的黑色翅膀泛着蓝色天鹅绒的光泽，简直像穿了晚礼服。一对后翅的臀角处各有一个带红环的黑斑，这意味着它是一只雄性蝶；雌蝶的同一位置会多出一个月牙形的红斑。翅膀折叠过来时，我看到它后翅的反面另有三个月牙红斑。

曾经在邻居家的小花园里见到过一只雄性美凤蝶，跟眼前这只蓝凤蝶很像，也是那么潇潇洒洒、衣袂飘飘，施施然掠过，让你半天回不过神。虽然也黑得华丽，但要少一些蓝凤蝶身上的深蓝荧光；后翅比蓝凤蝶更加宽大，而臀角没有那一对红黑斑点。它们的雌蝶有多种类型，有些甚至长了优美的尾突，我还无缘得见。

水边当然也有很多蜻蜓。竖眉赤蜻成双成对地嗡嗡飞舞，时不时头碰头打个招呼。雄虫胸部浅黄，腹部是明艳的水红色，两侧配有黑斑；雌虫斑纹相近，但底色是姜黄色。一只褐顶赤蜻停在岸上一根木桩上，它深橘色的腹部细溜溜的，衬得两对带褐斑的翅膀特别修长开阔，让人觉得它们随时可以超越一切烦恼，飘然飞升到另一层境界中。

再往上走有大片竹林，松林的墨色换作“竹绿”——那是竹子特有的一种绿，这种绿留不住阳光，仿佛它们不会像别的叶子那样反射阳光，而是让阳光彻底穿透过去，

美凤蝶（雄）

竖眉赤蜻（雌）

竖眉赤蜻（雄）

褐顶赤蜻

稻蝗

把自己照得通体发亮。风吹来，竹子在头顶沙沙作响，一簇簇竹绿色携着阳光摆摆荡荡，把阳光摇动得活蹦乱跳。无数蚂蚱在脚下蹿来蹿去，狂欢不已。“蚂蚱”这个名称听上去快活野性，给人生机勃勃的感觉，可如果深究学名，说它们其实是“某某”蝗虫，可能大家就觉得浪漫全无、满心反感——这也许与我们脑子里“害虫”“益虫”的观念太根深蒂固了有关。其实，你要是抛却成见，会发现它们很多都有着可爱的模样。说两种我喜欢的家伙吧——

稻蝗生得小巧机灵，头背褐色，四肢翠绿，体侧有一条鲜黄的条纹。灰色的眼睛似乎总是斜睨着看人，一副我行我素、不屑世俗的神情。青脊竹蝗乍看之下跟稻蝗很像，仔细分辨，它们的头、胸、背脊都是翠青色，四肢泛黄，黑色的触角细细长长；最重要的是，它们有一双黑溜溜的大眼睛，一脸的天真无邪。它们都是天生的跳远运动员，四肢矫健有力，一蹦就蹿出去老远；无风的时候，竹林里遍洒噼噼啪啪的爽脆之声，奇妙得让你以为听到了自己心跳的回响，那是一只只小蝗虫在竹子间欢跳蹦跶呢。

快到山顶的地方，长了几大丛高粱泡，心形的叶子，白色的花。我知道到了明年的二月，它们会结出橙黄色的聚合果；悬钩子属的果子，都是很馋人的。两三只黑边裙弄蝶在这花丛中飞舞，在叶子上爬来爬去，或者围着花蕾打转、反反复复地察看，不知道要搞什么秘密活动。它们算是弄蝶中长得好看的一种了，褐色的翅膀，后翅上像喷了白漆。

大树上的蝉叫声攘攘，低处的断枝上挂着蝉蜕。一只又大又翠的螳螂歇息在高粱泡旁边一束乱草上。我总觉得螳螂这家伙身形奇特，又长了一张尖嘴猴腮的三角脸，似乎很有点奸诈的表情，让人不知道该拿它怎么办。再加上小时候看动画片《黑猫警长》，对母螳螂吃公螳螂的情节耿耿于怀，更觉得这家伙是不按常理出牌的惊悚之物。泉麻人在他那本可爱小书《东京昆虫物语》里说螳螂有一个“幽默”的形体：“对算是昆虫

青脊竹蝗

高粱泡

黑边裙弄蝶

螳螂

迷的小孩来说，螳螂这种东西形状怪异，像违反了常规似的，给人一种不属于收藏范围的印象。”眼前这只螳螂似乎是某种眼斑螳螂的若虫，此刻它正用力翘起尾部，让自己看上去更加滑稽了；它是在用这种方式歇凉吗？

爬上山顶，昆虫就更多了。蜻蜓成团地飞，发出细小的嗡嗡声，它们有时候用脑袋两两相碰，算是打招呼，更多的时候追着别人的尾巴跑。瓢虫在地上慢悠悠地爬动，各种剑角蝗跳跳纵纵，绿草笼笼里藏着大大小小的竹节虫。一只橙色的大蝴蝶在山顶绕了两圈，然后头也不回地朝着山那头远去，像是给我们引路的林中仙子——盛夏的山林，万物繁盛得让人顾此失彼、不知所措。而昆虫们就是这芜杂世界中的一条线索，只要有它们出现，就能牵引视线，凝聚焦点。

想起齐白石晚年那些美妙的草虫图。这位国画大师出身农家，从小上山砍柴犁地放牛，后来当木匠，又翻山越岭走村串寨。也许年轻时的他为了进入主流画坛，或多或少会想要摒弃或者掩饰他的乡土经验，然而待他已功成名就，尤其在可以率性而为的晚年，他越来越彻底地卸下文人清雅孤高的架子，放笔泼墨于乡间日常生活中那些最普通、最熟悉、最亲切的事物，蚂蚱、蝌蚪、老鼠、谷穗、爬犁、蒲扇、大白菜……许多在传统绘画中似乎是不登大雅之堂的素材，被他饱含乡情的笔墨渲染得清新活泼、妙趣横生。

最喜欢看他画昆虫。他是大写意的高手，无论是花草树木，还是山川河流，都脱略形迹、淋漓雄浑，自有一股“妙在似与不似之间”的潇洒大气，从不在细枝末节处斤斤计较。然而他一旦画起草虫图来，却往往用阔笔大写的草木花卉，配上极为工致细密的蚂蚱、蝴蝶、蜻蜓、螳螂、鸣蝉……简笔与工笔纳于一纸，不但毫不突兀，反而显得欢洽无隔、真率自然，赤子情怀跃然纸上。实际上，这粗与细、虚与实的强烈视觉对比，是特别符合一个自然迷、尤其是昆虫迷的心理真实的：当你在花草树木上发现一枚可爱的小昆虫，你一定是将自己全部的注意力凝聚于它们身上，而它们所栖身的草木，自然就被目光虚化为朦胧的背景——由此，这位鹤发童心的老人体物察情的深度可见一斑。

时间还不算晚，我和老爸舍不得返回，于是决定按照那只蝴蝶“仙子”的指示，到山那一头的荷花山庄看看。另一面的山林，植物构成似乎有点不一样。第一次遇见单色蝴蝶草，极小的蓝紫色花，像盛夏里的凉风一样不可多得。我们来迟了一点，没能赶上地桃花绽放的最好时间，眼下大部分花朵已经垂下头，粉红的花瓣轻轻闭合着。

剑角蝗

单色蝴蝶草

山这边似乎蝴蝶要少一些，只在一棵大树干上看见两只试图交配的蒙链荫眼蝶。它们试探性地走近对方，用触角互相碰一碰，头蹭头地窃窃私语，翅膀交叠在一起；阳光下，它们双翅上的小黑眼睛炯炯有神。

虽然蝴蝶不多，却碰上了好几只蛾子。人们通常喜欢蝴蝶不喜欢飞蛾——蝴蝶热爱阳光，而蛾子往往夜间出没。也许沾染了过多夜的晦涩和阴郁，蛾子身上的图案也往往邪魅诡异，像在幽灵出没的冥界走了一遭。不过今天遇上的几种蛾子，似乎都是喜爱白日出行的另类，看上去颇有亲和力。

重阳木斑蛾有红色的小脑袋，停下来的时候前后翅重叠在一起，看上去漆黑一片；只有当它们飞舞起来，你才能看到后翅基部的一片天蓝色，随着翅膀的扑动而幽光闪闪。金星垂耳尺蛾粉白色的翅膀上有深灰和金黄的斑点，它们栖息在草木上，会坦荡地展开前后翅；有时候甚至会把翅膀向后弯起来，看上去就像紧紧抱住了眼前的植物。高处的竹叶上停了一只日龟虎蛾，从下往上瞧，刚好看到它裸露出黄黑相间的腹部，黑色的前翅上有白色的方块斑纹，而后翅是温暖的杏黄色，配上黑色的不规则图案；烈日下光影恍惚，这些圆圆方方的斑纹似乎在微微地移动。还在一丛海金沙上看到一只粉色的蛾子，翅膀上干干净净，只有一道淡红色的线纹，看上去特别素简清爽，可惜不知道它的名字。

蒙链荫眼蝶

重阳木斑蛾

金星垂耳尺蛾

白色虎蛾

飞来一个黄色翅膀的古怪家伙，大大的黑色复眼，黄黑的肚腹，要不是看到一对长长的触须，我还以为这是某种蜻蜓呢。回来一查，原来是一只黄脊蝶角蛉。

荷花山庄的荷花开成片了，白色的，粉色的，润阔的花瓣层层叠叠，有着温柔而巨大的包容力。不过我更喜欢花瓣落尽后孤零零的绿色莲蓬，质朴简洁，没有任何浮夸的成分。大团扇春蜓、小团扇春蜓都喜欢停在荷花苞或者荷塘边的小木桩上。春蜓是蜻蜓中体型庞大的一种，飞动起来颇有气势，其他的蜻蜓远远地看到它们，都会赶紧绕道躲开，否则一定会被撞得晕头转向。它们腹部第八节侧缘有一对半圆的“扇子”，因此得名“团扇”。大团扇春蜓的“扇子”里有黄色的半圆图案，我们可以以此把它跟小团扇春蜓区分开来。

荷塘对面有一片草地，一只水牛刚刚洗好澡，安安静静地垂着大眼睛吃草。十几只我从未见过的鹭成群飞来，头颈和喙部橙黄，其他地方洁白无瑕，看上去又漂亮又骄傲。它们停在水牛身边，围着它团团转，水牛走几步，它们也走几步；有一只甚至飞到牛背上，心安理得地站着一动不动，过一会儿又有一只飞到了牛脑袋上！这只小牛眨巴着它的双眼皮，眼神里一派温柔，没有流露出丝毫的不悦。我这才想起来，这是牛背鹭。它们是世界上唯一不以食鱼为主而以昆虫为主食的鹭类，喜欢跟在水牛身后捕食从水草中惊起的小虫，还会帮水牛捉虱子，是水牛最好的伙伴。

我被这其乐融融的氛围感动得不行，不由自主地趴在草地上，手脚并用轻轻往前爬，想要进一步靠近——我真想加入它们啊！然而最终我还是惊动了这群小鹭，一瞬间，它们就一齐腾空而起，展翅高飞了。我心里有说不出的遗憾和抱歉，想象着如果没有我的干扰，它们会快快乐乐地跟牛待在一起；日落时分，它们站在牛背上，让牛把它们驮回家，夕阳映照在它们身上，将是一幅多么美的画面啊！

从山上归来，回到园子里，已经五点半了。太阳开始西沉，但天色依然亮着。我第一次注意到林子里那一地的落叶已经沾上了斜阳的色彩，似乎隐约暗示着秋天即将到来。三岛由纪夫说："世人有惜春之说，而却无惜夏之词，真是不可思议……夏……这一字所带来的光亮、气息、令人眩晕般的亮丽、继而唤起所有记忆的奇异的力量、宛如白帆的'辉煌的哀愁'……我似乎是那种在一年中向往夏日，却又更为逝去的夏日惋惜不已的人。"

大团扇春蜓

小团扇春蜓

对夏天迷恋至此，他却并不想居住在常夏的国度里："因为那将使我失去对夏天的概念里最本质的东西，那就是夏日的向往和夏日的挽歌。在那样的国度里，就像被黄金巨人之掌碾压着一般，被太阳所碾碎。"

我也是个极度热爱夏天的人，然而夏日的挽歌并不让我感到过分悲伤，我也很少体验到日本文人反复吟唱的"在夏末明亮的光芒中的衰亡感"，因为正如三岛自己所说，"夏季过去之后，夏日仍在我们心中燃烧不尽"。(三岛由纪夫《四季的心》)

九月采绿

另一座城市的『博物学地图』

重返校园，很多的植物

九月初，我离开家乡重庆，去南京继续求学。十年前，我第一次离家去上海读大学，虽然每次寒暑假回家，都会急切地奔去看望我的花儿们，但其实身处异地之时，并没有多么想念它们——外面的世界光怪陆离，还有青年时期挥之不去的烦恼，把我的心填得满满的，而家乡的一草一木，那些充满我童年记忆的美妙之物，统统被我抛到了九霄云外。

多年后告别校园、回到家乡，去一家银行开始了上班族的生活。每天困在密不透风的玻璃房子里，在狭隘局促又无休无止的人事纠葛、权益计算中艰难地呼吸。忙中偷闲时，隔着号称子弹都穿不过的玻璃，探头探脑向外张望，却总是只见高楼不见树木——这才开始强烈地想念起那个曾经带给我无数欢乐的草木虫鱼的世界。就是在这个时候，我开始起念要在心里建立一张自己家乡的“博物学地图”。

幸运的是，我的所住之地，为我实现这一“宏愿”提供了也许是最好的条件。这里偏僻、房价低廉，周边没有商圈、没有大超市，然而花草丰茂、鸟语虫鸣。园子里有树木繁茂的峡谷、一条活水湖，园子对面则是农田和野山。虽然苦于谋生之地居于闹市最中心，工作日根本无法回到这里，然而只要一到周末，我就投身到自己的“宏愿”之中。天气晴朗，就去农田和野山中寻觅“仙踪”。即便愁云惨淡之时，也可以在峡谷寻访新冒出的野花，去湖边看对岸的野绿，湖水随着天气变化时而清澈时而浑浊，却总有各色鸟儿往来。

最初的情形是，逼仄的工作环境让人心日趋狭隘、几欲闭合成一条小缝，全靠着周末两日的“博物学漫游”，把心胸一点点撬开。时日渐久，蓝天广阔的澄明，远山的轮廓在清晨和夕照时分随着光影的明暗转换而微微变化，峡谷大小树木的浓淡绿影、曲弯有致的石板路上深深浅浅的野草，湖面音乐般的曲线逗引阳光的驻足，金色就跳荡在那微妙的起伏连接处，还有开放在心窝的花朵，飞舞在心尖的蝴蝶、蜻蜓——所有这一切，沉潜于怀，终于渐渐舒展为人生另一种足以安身立命的向度，这一向度把心胸拓得宽阔明亮，职场上那点小恩小怨，似乎也变得不足挂怀。

如今我辞去工作，再次回到校园，心境与十年前的离家自然是千差万别。对告别的生活没有什么惋惜和感伤，对奔赴的生活也没有多少不切实际的憧憬和幻想，但是，有一些具体的不舍和平静的喜悦，却是实实在在的。舍不下的当然是家乡的“博物学地图”上那些山山水水、歧路荒草；喜悦的是，我确信在上海那七八年里结识的花花草草，一定能在南京重逢，当然还会邂逅过去不曾留意的新品种，而那些对着花谱浮想联翩却在西南地区难以觅得的稀罕之物，或许在江浙地区是得来全不费工夫呢！

当真来到南大这个将要栖身三年的校园，我的美好念想迅速变得可触可及：就在寻找宿舍的路途中，经过一片小小的野地，我就一眼瞥到了几株红光闪闪的石蒜花！这正是一个我在花谱上早就认识，却从未亲眼见过的美艳之物。我知道它地下有球形鳞茎，知道它深绿的叶子会在秋末从基部抽生出来，窄窄长长，像飘带一样迎风摇摆，在第二年夏初飘落。待叶子落尽，花儿才会开放。花叶永不相见，似乎带着某种宿命的悲剧色彩，再加上花色猩红、妖娆如血，强烈的蛊惑之下总让人觉得不安和危险，所以文人骚客似乎爱把它们视为某种无情之物或者不祥的象征。

红花石蒜

虞美人

然而当我第一眼看到它的时候，却是另外一番感受。它孤零零地在一片绿野中爆炸出一团红色，阳光的停留让其加倍湿漉漉、亮闪闪，而路人目光停留的温度更为它提供了源源不断的能量，于是越发热火朝天、灼灼生辉。也许因这火红的生命信息太过强烈，我实在无法从花叶的分离中感受到所谓的“悲恋之意”，倒觉得这缘于花朵自身的骄傲自信——看它们的花径从一堆荒草中高高地挺立出来，仿佛是相信自己那一团赤焰可以不假绿叶的衬托而独自艳惊四方。看看火苗一般弯弯长长的雄蕊，仿佛一个向四面八方张开的怀抱，如此的热忱投入，烧得细狭的花瓣都皱成波浪形了。

因为对它有不一样的理解，我蛮不喜欢这花儿另外两个广为人知的名字：“彼岸花”和“曼珠沙华”——前者带着文雅人为赋新词强说愁的矫情，后者虽然来自佛经的梵语音译，可是字眼的选择上颇为小资，就像那些情感夸张甜腻的抒情诗人钟爱的“梵阿玲”一样让人头皮发麻。在它众多的俗名中，我喜欢“平地一声雷”，这既朴素又生动的名字最能传达其热情明亮的性情。我想象如果能有一片辽阔之地，让它无拘无束地红遍四野，我们见了会不会被那一波连一波的无声之“雷”震惊得连忙捂住耳朵？——可惜在城市里，这样的野地奢侈得像一个最不合时宜的人说出的梦话。

不过既是梦话，无伤利害，不妨任性多说几句。关于这野地的幻想，也曾经发生在另一种花儿身上，那就是同样赤红如焰的虞美人。见过白色、粉色、金黄、橙红、紫红或者红花镶白边等各种变种，但我还是觉得纯粹的正红最有冲击力——不是“映入眼帘”，而是噼噼啪啪敲打你的眼眶。这花儿的美，在于有很多精巧的细节，目光落下的每一处，都经得起反复的凝视；而每一个细节之间又相互呼应，构成一个完美的整体：绿茸茸的花苞喜欢低低地弯着腰、垂着头，羞涩谦逊；待两片绿底白边的萼片慢慢开裂，花苞就悄悄抬起头来；待萼片脱落之时，花朵已经面朝蓝天和阳光，将自己绽放得美艳绝伦；宽柔俊逸的花瓣有脉纹清晰的纸质感，又有绫绸般的轻盈；花茎高挑柔韧，遍生细细的绒毛，在阳光下纤毫毕现、牵扯心弦；花谢之后的花茎为给后生留下展示的空间，会缩短自己的身高，身姿也不复娇媚袅娜，只简单干脆地托起一枚青翠光洁、不染任何尘埃的蒴果，就像一位做了母亲的美人洗尽铅华、回归朴素——正因为每一株的生命进程不同，整体望去别有参差的美感：它们有的昂首，有的低头，高下错落的姿态，似乎是在互相凝视和倾诉；有的婉约，有的爽直，柔中带刚、风骨兼备的气质，充满视觉上的张力。

过分精致的东西往往显得活力不足，这花儿最奇异也最打动我的地方则是，造物主把它设计得那么巧妙完美，它却并未因此沾惹上匠气，依然出落得生机勃勃。它们当然最适宜成片成片、自由自在生长在一望无际的草场；然而即便将其局促在花坛的一方小土中，它们依然会用色泽和姿态来昭示自己的野性未脱。

将宿舍的一切安顿下来，我就开始在校园里游荡，迫切地想要知道未来的几年里，将会有哪些植物陪伴。我一直觉得校园就如同城市里的绿洲。绿洲之所以是绿洲，当然首先需要有很多的树。九月的南京依然酷暑难耐，全靠这些树送来绿荫。校园里最引人注目的或许就是法国梧桐（悬铃木），此时它们正垂下毛乎乎的黑绿果实。最喜欢校园进门主干道上那两排，高大健壮、遮天蔽日，一走进它们的庇护之地，就能感觉到轻薄如纱的绿荫水一般漫过，万物的色泽顿时清凉了好几分。这时再仰头望，从树叶的间隙窥看天空的湛蓝，立刻无法相信这样的澄静之色竟能施予世间先前感受到的高温。九月的树叶已绿得有皱纹，然而夏天的阳光穿透而过，顿时让它们年轻了好几岁，呈现出初春时节才有的翠绿。树叶另有一个迷人的作用，就是洒下一地斑驳的亮斑，光影的形状和布局随着风吹和日光的移动而轻快地发生变化，那是树叶要抖擞一下寂

梧桐花

栾树花

窠的心情吧。我从小喜欢偷偷玩“踩光斑”的游戏，延续至今已经成了改不掉的习惯。

这悬铃木科悬铃木属的法国梧桐名气太旺，导致多年来我都只知这“洋”梧桐，不知我们另有本土梧桐（梧桐科梧桐属）——古代传说中凤凰“非梧桐不栖”，说的正是这一种。记得书枝说图书馆庭中有一棵，特意跑去看了看，原来竟是自己非常熟悉、只是叫不上名字的树种。曾在六月里见过它们一树繁花的模样，浅黄的一大串，间或有枣红色点缀其间。眼前这棵梧桐树比主干道上的法国梧桐高大得多，青绿的树干光滑笔直,叶子平整宽大得简直可以用来遮雨。此时叶子正纷纷下坠,所谓“梧桐一叶落，天下皆知秋”，说的是每年一立秋，它们就准时开始落叶。

走到操场附近，闻到很淡的香气，抬头一看，垂下几株已开得憔悴的国槐花，长串的羽状复叶在这个季节是沉沉的墨绿色。银杏树结满青绿胖圆的白果，待到它们转成橙黄泛白的颜色，才会从树上掉落。栾树苍绿的枝头开满金灿灿的黄花，远远望去，像有某种魔法把阳光倾泻的姿态定格在了蓬勃的树冠上；走到近前，细看飘曳而下的

阔叶山麦冬

绵枣儿

威灵仙

金丝桃

花枝，又要为花朵的精细灵巧而惊叹不已了。

除此之外，还记住了教学楼门前的两排香樟树、教育超市背后的一片水杉林、食堂旁边的枫杨、宿舍旁边的美国山核桃、靠近天津路门的洋槐……更多的树木还叫不出名字，待我慢慢结识它们。

逛了一圈校园，最高兴的事情是，这里跟我曾经待过七年的那座精致秀美的校园比起来，显得要粗糙随性一些，没有被园丁整饬得过于严整工巧，有更多漫不经心的荒地容纳小花小草的生长。麦冬结出油绿的小果子，还得等待好几个月，才能转为我非常喜欢的蓝紫色。阔叶山麦冬的花儿正开得旺盛：这花比麦冬好看，高高挺立的紫红色花茎上呈总状花序开出密密的蓝紫色六瓣花，配上一个明黄的花蕊，是最华丽的色彩组合。它们一开就是一大片，微风吹过，像无数秀美的手臂在袅袅起舞。还看到同为总状花序、开紫红小花的绵枣儿，可惜只是孤零零的几株，假如也开成大片，与阔叶山麦冬相互呼应，就更好了。

一天下午去附近的另一所高校逛了逛。在野地里看到几丛藤本植物威灵仙，清清爽爽的白色四瓣花，配上长长短短细致的花蕊，很衬自己灵气的名字。而金丝桃的色泽就像南京此时的温度那么灿黄耀眼。据说它的雄蕊有一百五十枚左右，凝在花丝上的小黄点点是奢侈的一大捧，让人想起夏夜的漫天星斗。

除了喜欢逛校园，我还喜欢逛校园周边那些老房子、老院落。以前在复旦读书的时候，常常花大把时间在校园周边的小路转悠，最喜欢国年路、国定路和政通路、政肃路交界的那一片，印象中总是那么干净、安详，有很多的树，阳光明亮灿烂。尤其喜欢那些过去用作教师宿舍的老校区，虽然房屋旧了，设施也简陋，但园子里总是植物繁茂，常有九重葛、蔷薇、紫藤和爬山虎的枝叶藤蔓溢出院墙外——我迷恋这种朴素宁静的氛围，像洗得干干净净的旧棉布衣服，让人感到亲切而贴心。

新学校的周边显得嘈杂局促一些，道路狭窄，汽车往来频繁，然而依然找到了我喜欢的那种安静的小院落。好几处种着花草和蔬菜，都是些平平淡淡的常见品种，但只要有它们的存在，那一方的空气就会呈现出不一样的气质；也只有它们的存在，才能将街道上的浮躁吵闹拦在门外。肿柄菊放在繁花盛开之地，我大概会嫌其过于痴艳粗笨而不会多加留意；可是当你正为狭路上来往的车辆左躲右闪的时候，突然看见它红花灼灼地对你开出一个大大的笑脸，一定会心上一亮！还有入夏以来随处可见的木槿，蓬蓬勃勃地从院内翻到院外。这是毫不娇贵的花儿，汽车扬起的灰尘沾得花叶都黯淡了一些，而它们似乎并不为此烦恼，还是一朵接一朵开得高高兴兴的。还有扁豆，太朴素日常，以至于我们往往直接将其排除在审美领域之外，可眼前这儿串紫花品种

大花六道木

粉花绣线菊

真是好看极了，小小的花朵从粉紫过渡成纯紫，结出的荚果则是一个俏丽的深紫色弯弯。

南京的行道灌木跟重庆有点不同。这季节正在开花的品种，我比较喜欢大花六道木和粉花绣线菊，都是在重庆不大看到的。大花六道木含苞之时，黄色苞片上有几笔紫色，待开出喇叭形花朵之后，这抹紫色就似有似无地涂在白瓣子上，是它最动人的细节。粉花绣线菊应该是在五六月间开得最卖力，此时已经有些倦怠，玫红之色开始泛白，好在远远探出花瓣之外的二十多枚雄蕊依然兴致勃勃地招引着昆虫的到来。

然而，所有这些我提到的花儿，都只是轻描淡写地点缀一下九月，真正精雕细刻涂在九月脸上的，是此时校内校外遍开的桂花。我一直不大分得清桂花的各种品种，花谱上说，花色上，金桂多为金黄色，银桂则往往是柠檬黄，丹桂橙黄、橙红都有，而四季桂跟银桂品种群基本相同，一般也为柠檬黄；花树的姿态形状上，它们也各有不同，尽管书本上说得很清晰，我却依然没能很好地分辨它们。也许因为对我来说，桂花的美不是用来看的，而是用来嗅的。郁达夫在《迟桂花》里形容这花儿“树叶短狭，叶与细枝之间，满撒着锯末似的黄点”，似乎颇有些平淡；然而说到其“浓艳的香味”，则毫不平淡地称其嗅了简直能引起情欲冲动，又说清早“山路两旁的细草上，露水还没有干，而一味清凉触鼻的绿色草气，和入在桂花香味之中，闻了好像是宿梦也能摇醒的样子”。——然而能引发情欲、能摇醒宿梦的香味到底是怎样呢，似乎终究还是抽象。不过香味这东西没有行迹，用语言去坐实似乎也并无必要，连郁达夫都只能含混其词，我也就作罢了吧。

使我不能忘怀的倒是《迟桂花》里那个“极可爱的生长在原野里的天真的女性”：“但我觉得最奇怪的，却是她的关于这西湖附近的区域之内的种种动植物的知识。无论是如何小的一只鸟，一个虫，一株草，一棵树，她非但各能把它们的名字叫出来，并且连几时孵化，几时他迁，几时鸣叫，几时脱壳，或几时开花，几时结实，花的颜色如何，果的味道如何等，都说得非常有趣而详尽，使我觉得仿佛是在读一部活的桦候脱的《赛儿鹏自然史》。而桦候脱的书，却绝没有叙述得她那么朴质自然则富于刺激，因为听听她那种舒徐清澈的语气，看看她那一双天生成像饱使过耐吻胭脂棒般的红唇，更加上了以她所特有的那一脸微笑，在知的分子之外还不得不添一种情的成分上去，于书的趣味之上更要兼一层人的风韵在里头。”（郁达夫《迟桂花》）

古今中外的文学作品里，有无数美好的女性；而这一类纯朴野性的姑娘，一向最是牵动我心。我甚至妄想着有一天，能细细地将我的阅读史梳理一遍，为她们写一篇长长的文章。

终于去了中山植物园

坐在公交车上，突然一个大拐弯，视野赫然变得明亮开阔，紫金山矗立在云雾中。一下记起多年前，我的一个老师在课堂上说，上海这座城市有水，可惜没有山；一个城市看不见山，人们就更容易丧失对自然的敬畏。这位老师向来语出偏锋，不必对其抠字眼，但他表达的这个意思，我是很同意的。在人世间摸爬滚打，某一个瞬间抬头看见远方墨色的山峦，它们亘古以来巨大而庄严的沉默对着我们或轻微或钝重的一击，也许除了在我们日渐轻佻油滑、鄙吝自私的心上引发一些微缈的回响之外，什么也改变不了。然而，我还是愿意相信，那一声微缈的回响依然是重要的。

再一右拐，看到了明城墙。书枝对我说："春天的时候，墙上有很多紫堇哟！"我想象这古朴硬朗的旧城墙上，丛丛簇簇地钻出野生的紫堇，也许有的是稀稀寥寥的几株，有些是杂乱茂盛的一大捧，翠绿的叶子、柔美的淡紫色小花，映衬着坑坑洼洼、青黄斑驳的旧墙——青春逼人的新鲜与涂满历史印记的古老两相对照，一定是夺人心魄的吧。明年春天，我一定要来拍下这盛况。

过了明城墙，就驶入一片森林，车窗外的景象即刻由大大小小的商店、办公楼换作高大繁茂的绿树丛——仿佛车子开进了《爱丽丝梦游仙境》的情节之中，主人公掉

紫堇

夏堇

入一个树洞，就换了另一番天地。看着窗外层层叠叠的绿，有的明朗，有的幽深，有的活泼，有的沉静，我的心情光洁透亮得如同清晨的露珠，饱满的晶莹被喜悦胀得几欲破裂，圆滚滚的，似乎已是立马要从绿叶上翻越下来的瞬间。

中山植物园分南园北园，书枝带我进了北园。进门就看到一片夏堇，一个个莫名惊诧的表情，是唇形花共有的特点。我比较喜欢蓝色的品种：说是蓝色，其实花冠是杂色，上唇雪青色渐变成天蓝、浅蓝；下唇色泽浓郁，分不清是深紫还是藏青，喉部有一个艳黄的斑点。

走进药用植物园，里面是一块一块的花地，开着各色不同的花朵；我特意注意了一下它们各自的药用价值。其实，就如同我对植物的学名、科属并无顽固的探求欲一样，我向来也不甚留心它们的实用价值。在我看来，科学意义上的定名、归类，以及它们的药用、食用价值，都是我们人类从自身的需要出发对之进行的认知和利用，并非植物们本身作为自在之物的自在价值——它们身上令我甚为着迷的审美价值，也同样如此——所以都不必过于执着。一如葡萄牙诗人费尔南多·佩索阿的句子：

人的心灵真可怜啊！竟然给一切排序，
在事物与事物之间画上线，
把名字的标签强加给全然真实的树木，
并在地上平行地画上经线和纬线，
然而大地纯良，比这一切更葱郁，更缤纷！
——《守羊人·第 45 首》

当然，这是诗歌的思维。我们在日常生活中可以更随和一些，给予那些已经成为传统之一部分的东西充分的尊重；换个角度想，对花花草草审美价值和实用价值的挖掘，体现的也是人对自身以外那些与己不可分割之物的亲近和依赖，这种情感本身也是非常美好的。

首先看到的是百日草，花谱上说这种花儿全草入药，用以清热解毒。菊科的植物往往由"舌状花"和"管状花"共同构成，舌状花又叫"边花"，也就是头状花序边缘

百日草

萱草

看上去呈花瓣形状的部分；而管状花又叫“心花”，指的则是花朵中央的部分。百日草的舌状花有多种颜色，白的、黄的、红的、橙的，笨笨的一大朵；我喜欢花盘中央黄橙色的管状花，边缘分裂成一朵一朵小花的模样，看上去像花中又生了花。

旁边还有橙红的萱草，还有玫红泛白斑的长春花，这是常见的观赏植物，好看是好看，但好看得四平八稳，犹如一个标致却少风情的美人。

太阳花大概是我小时候见得最多的一种草花了，妈妈在小花坛里栽了好多，它们生得很快，太阳出来就开花了，到了傍晚或者阴雨天就闭合着。花朵颜色丰富，红的、黄的、白的、粉的、紫的，热热闹闹排在一起。我每天背着小书包把它们清点一遍，再欢欢喜喜去上学。长大以后，才知道它们的通名是“大花马齿苋”。阔叶半枝莲是和它长得很像的栽培品种，花朵几乎一样，只是叶子形状不同，看见时有重逢故友的欢喜。

我一直喜欢锦葵科的植物，这里有好几种。黄蜀葵花朵极大，大得简直不像一朵花，植株又高得不近人情，我想摸一摸它浅黄得漫不经心的花瓣，跳了半天也没够着。木芙蓉也开了，远远望去，一树团花亭亭如盖。这紫红色的花朵此时开得健康饱满，念及它们竟然是朝开暮落的，心上觉得有点可惜；再一想，这花儿一张开朗的大笑脸，伤春悲秋之类的情绪，实在不必跟它联系在一起。

黄蜀葵

木芙蓉

海滨锦葵

白花败酱

海滨锦葵是初次识得。花瓣粉红，轮廓和质地都接近单瓣木槿，但花冠要小巧不少，花蕊也截然不同：鲜黄色的蕊柱圆浑结实，理直气壮地探出去老远，特别符合锦葵科植物坦荡率直的个性。

白花败酱开细细小小的白花，密密地生成伞房状圆锥聚伞花序。据说它入药始载于《神农本草经》，是非常古老并沿用至今的中草药材，还是一种传统的救荒野菜。金荞麦开白瓣子，靠近花心处有淡淡的黄斑，配上粉红的花药，非常明净温柔。它的中药名叫“开金锁”，主治咽喉肿痛、肺热咳嗽等病症——所谓“开金锁”，是指把金嗓子释放出来的意思吗？

一块花地上生了大片的峨参，高高低低开着干净清新的小白花。我向来偏爱伞形科的植物，每次去野地碰上野胡萝卜、水芹、芫荽（也就是我们爱吃的香菜！）都忍不住采一两枝回来插瓶里。眼前的峨参比我以前见到的其他伞形科植物更加轻简灵秀，星星点点的碎花凝聚得像降落伞一般，仿佛是从天空款款飘下、送给大地的洁白祝福。

柳叶菜开紫红色的四瓣花，每瓣中央都有小小的缺裂，显得轮廓更加柔和多变；顶端四裂的花柱像一个精细敏感的探测器，小心翼翼打量着外面的世界。九头狮子草名字宏伟霸气，其实是一种玲珑乖巧的小花。它让我想起七八月在家乡野山上随处可见的爵床（它们同是爵床科），同样柔和的紫色，唇形花瓣上都有细心的斑点，不过后者更加低调谦让，细小得不愿让人发现似的。相较之下，九头狮子草上下两片花瓣舒卷有致，像一个伸出舌头的俏皮表情，细长的花丝也历历可数。

黄花草乍一看很不起眼，要仔细观察才能发现它们的独特个性：四片黄色的花瓣不像我们通常看到的那样沿一个圆周生长，而是只长了一个半圆，像一段渐入佳境却戛然而止的旋律，让人惊异之余又觉出某种奇妙的动人之处。我想这花儿可能是个急性子，长着长着就没有耐性了——或许它原本就无意久留，才会总是一副跃跃欲飞的

金荞麦

柳叶菜

九头狮子草

爵床

黄花草

含羞草

姿态。果实披着精密的腺毛，又细又长的圆柱形有的劲直，有的带着波纹，都毫无例外带着指点江山的张扬姿态。

含羞草开花是一团粉紫色的小绒球，配上翠绿的羽状叶子，一株一株生得水灵讨喜。所谓“含羞”，通常说的是它的羽片和小叶触之即闭合而下垂；但我更愿意理解成一语“双关”，因为它团团的小红花球也颇像少女羞红的脸颊。

茑萝开成片的样子真好看。园子里有橙红茑萝和羽叶茑萝两种。橙红茑萝又叫圆叶茑萝，叶子大大的，是一个圆润的心形，衬得花朵特别娇小秀美；花冠橙红作底，又从“喉部”由深至浅地洇开一个小圆斑，有时也延展开来，凝成一枚五角星的形状。

羽叶茑萝细长如丝的翠绿叶子新鲜欲滴，沿着花架四处攀延，像烟雾笼罩，像细纱披拂，更像一汪碧水在汩汩地流动漫溢。碧水之上，浮动着五角星形状的小花，有深红色，有纯白色。叶灵凤那本动人的小书《能不忆江南》里写到过红色的茑萝，那是孩童时期一个清苦寂寞的夏天，他“在小小的天井里种了一些茑萝，打发了一个夏天”。“……那些细小的嫣红色烛形的花，以及嫩绿的松叶一样的细叶，令我特别欢喜。我为了要想知道它是怎样沿着竹竿往上爬的，往往一人在阶下枯坐很久，目不转睛地望着它，怎样也看不到它有攀动的形迹。可是睡了一觉起来，它往往已经攀高了半尺多……”

那么白色的茑萝呢？——脑子里跳出来的竟是一些跟这花儿似乎毫无关系的句子。我想起格非在《一个人的电影》里引用瓦尔特·本雅明谈论普鲁斯特《追忆似水年华》的美妙比喻：“一张巨大的网撒入水中，拉起来却什么鱼都没有，唯有水滴在阳光下闪闪发亮。普鲁斯特正是这些水滴的收藏者，它是记忆中不可磨灭的一个个瞬间。”也许，我想说的是，白色的茑萝花，是“阳光下闪闪发亮”的水滴，是“记忆中不可磨

茑萝

鸭跖草

饭包草

灭的一个个瞬间”。茑萝花、水滴、记忆的瞬间，是不是也可以是本雅明那永远也说不清道不明的“灵光”呢？——“为了更清楚地解释‘灵光’，必须想象自然事物的‘灵光’。我们可以把它定义为遥远之物的独一显现，虽远，犹如近在眼前。静歇在夏日正午，沿着地平线那方山的弧线，或顺着投影在观者身上的一截树枝——这就是在呼吸那远山、那树枝的灵光。”（瓦尔特·本雅明《迎向灵光消逝的年代》）

万物都有其灵光，而我们是否能在某一个瞬间“呼吸”这灵光，靠的是缘分，还是别的什么呢？对我来说，柔和的阳光轻轻踩在那些我喜欢的蓝色花朵上，在花瓣上泛出神秘的、微微跳跃的光泽，正是“灵光”凝聚之处。而此刻置身的园子，“灵光”简直四处闪烁呢！

鸭跖草从初夏开到了夏天的尾声，如今头顶两枚支棱着的蓝色小耳朵已经开始微微卷缩，然而蓝色本身依然是很精神的。旁边的饭包草也开着可爱的小蓝花，如果不认真分辨，会误以为这就是小了一号的鸭跖草。细究起来，发现它们确有微妙的区别：鸭跖草三片花瓣中下方那一枚干净洁白，花丝通常也是白色的；而饭包草三片花瓣和花丝都是宝石蓝，浓郁得仿佛永远不会褪色。叶子也不同，鸭跖草的叶子基本无柄，而饭包草有明显的叶柄。

还有各种各样的鼠尾草：天蓝鼠尾草开花，的的确确是一种"天真之蓝"，蓝得那么明亮、开朗、无忧无虑；花朵和叶子还散发出一种干干净净、快快乐乐的香气，难怪漂亮的青凤蝶、红珠凤蝶都喜欢它！据说它的花可用来泡茶，是否真有"清除油脂、美容养颜"的功效不得而知，但那清爽的香味的确能给人带来好心情。

还有蓝花鼠尾草、林下鼠尾草，开成片的样子都很好看。鼠尾草属的植物无论在东方还是西方，都有古老的药用历史；作为多年生草本芳香植物，它还是著名的西式香料。想起我非常喜欢的民谣《斯卡保罗集市》(*Scarborough Fair*)，开口一唱就芳香

红珠凤蝶

林下鼠尾草

四溢——

你正要去斯卡保罗集市吗?

那里有欧芹、鼠尾草、迷迭草和百里香；

代我向那儿的一个人问好,

她曾经是我的爱人。

这四种迷人的香料植物在歌中被反复吟唱，它们的香气缭绕在一切美好事物之上：要做一件“不要缝口，不用针线”的麻布衣服，用欧芹、鼠尾草、迷迭草和百里香将其熏染；要寻找一块理想之地，在“海水和海滩之间”，一定要开放着欧芹、鼠尾草、迷迭草和百里香；要用皮镰小心地收割它们，然后“用石楠花将它们捆扎成一束”……这原本是一首古老的英国民歌，保罗·西蒙将其改编，并把自己创作的一首反战歌曲《小山坡》（*The Side of A Hill*）作为副歌放入其中，在这首唯美的、带一点超现实主义色彩的歌曲里加进现实的因子，使其更有张力和弹性。他与黄金搭档阿特 · 加芬克尔合唱，

蓝花鼠尾草

出神入化的吉他演奏，两人甘美和谐得犹如神赐的嗓音，与这优美到极致、伤感到极致的词曲配合得天衣无缝，成为民谣史上永恒的经典。

原本想一次逛完整个植物园，却发现当我从药用植物园出来的时候，已经是下午五点半了。我有点不忍离去，但也知道不能再往深里走了，于是只在另一个岔路口的边角溜达了几步。看到前方有广阔的野地，开着好大几丛黄灿灿的忽地笑——这花儿的名字起得真好啊！仿佛忽然从泥土里冒了出来，开得欢天喜地；微风一吹，就没心没肺地哈哈大笑，似乎让它快乐起来的理由是无穷无尽的。我想，此刻它满脸的笑意，是为了迎接即将升起的晚霞吧。我知道时间不早了，只能恋恋不舍地离开，走的时候脸上和心里就像这金色的花儿那样笑意满满，因为它的爽朗感染了我，也因为我看到忽地笑的后面，还有大片凋谢的红花石蒜——残留的几片猩红花瓣告知我今年已错过盛期，然而这有什么关系呢？重要的是，我知道了这大片野地上遍生红花石蒜的向往，并非只是奢侈的痴人说梦。明年，当它们重新燃烧成片，我一定会再来！

对折的情书，送给即将离去的夏天

每年八月上旬和中旬之交，就“立秋”了，但其实离秋天还远着呢。不知道北方如何，在我的家乡以及我念书的江浙地区，“秋老虎”是非常凶猛的，从“立秋”到“秋分”的这段日子，并无多少秋意，夏天虽然只剩了个尾巴，却依然痴心不改。这段时间多晴少雨，每一个艳阳普照的日子里，都伴随着或脆亮或嘶哑的蝉鸣，它们把阳光越叫越亮，兴许太阳那孜孜不倦的热情，都是被它们卖力的歌唱给鼓动的。

只要夏天没有走，小昆虫们就还会高高兴兴地跑出来晒太阳。去植物园那天，在一丛白花败酱里发现了一只圆溜溜的瓢虫，躲在小白花里面，让人无从细数它身上到底有多少个黑色的圆点。但我知道它肯定不是我一直盼望见到的七星瓢虫，因为仅露出的部分已经超过“七星”了。不过没有关系，我可以耐心地等待。

另一株白花败酱上有好几只赤条蝽爬来爬去。它们身上的“小盾牌”比我六月在山中见到的硕蝽好看多了，通体红褐配上黑色的条纹，在白花绿叶中悠闲地踱步，看上去简直光彩夺目。别看现在一副乖巧无害的样子，其实它们臭腺发达，一旦遇敌就会放出强烈的臭气，你只好捂着鼻子跑开。

那天在校园附近闲逛，看到一只红带新鹿蛾恋恋不舍地围绕着路边几丛粉花绣线

赤条蝽

红带新鹿蛾

咖灰蝶

稻眉眼蝶

菊飞来飞去。它黄绒绒的腹部上有一圈圈黑色条纹，更好看的是黑色翅膀上大小不一的透明翅斑——仿佛全靠它们给黑沉沉的翅膀减轻了重量，飞翔起来才能那么轻松自如。后来在植物园又看到一只停在黄金菊上的红带新鹿蛾，金灿灿的花瓣映在它双翅的透明斑点上，就像有柔软的烛光在闪烁，看上去又温暖又明亮。

还在路边的金边黄杨上见过一只雄性咖灰蝶。这种小巧的家伙跟所有的灰蝶一样，性情过于聪慧好动，总是东看看、西嗅嗅，不肯在任何一处多做停留。我着迷于它扑动翅膀时一闪一闪的神秘幽光，似乎在每一个翅膀打开的瞬间，都会从中升起一个蓝色的气泡，在被阳光照亮的刹那间破裂，消失得无影无踪。为了看清那个蓝色气泡，我固执地在路边等了好几分钟，终于，这只咖灰蝶在一片叶子上停了下来，不再乱蹦乱跳，而是轻轻地、缓缓地，将自己的双翅一开一合。于是，我看清它翅膀反面的灰白底色上有很多短小的白色条纹，后翅前缘有两对清晰的带白环的黑斑，靠近臀角处有一对更大的带橙红环的黑斑；而当它平展开小小的翅膀，就像在绿叶上突然绽开了一朵小蓝花，仿佛所有那些曾经从翅膀中心升起又消失了的蓝色气泡纷纷在无形中降落、回归，将自己的蓝色光泽重新凝聚在翅膀之上，如果没有翅膀边缘上那一圈黑褐色的阻拦，那微微涌动着的蓝色小波浪简直就要漫溢而出了啊。

三角枫是常见的行道树，但是在南京我看到好多地方把它栽培成绿篱。有一天在一段低低垂下的三角枫叶子上看到一只稻眉眼蝶，它紧紧闭合着双翅，无法知道它翅膀正面的模样；只看见翅膀反面有一条贯穿前后翅的灰白色带状斑纹，又大又圆的眼斑里总像潜伏着一个有血有肉的灵魂，就那么又专注又机灵地注视着你，让人心跳不已。

想要看到更多美丽的蝴蝶，紫金山脚下的植物园是极好的去处。曾经看过一个报道，在紫金山地区，共有八科四十一属七十六种蝴蝶，占南京地区蝶类的百分之七十点四。之所以获得蝴蝶们的青睐，除了这里温度、日照、雨量等气候条件都特别适宜蝶类生存之外，很重要的就是它丰富的植物资源。报道上说："(紫金山地区的）植被以天然次生落叶阔叶林为主，东北部主要树种为刺槐及部分杨、柳树，东南部主要树种为栓皮栎、麻栎、白栎等原生林及化香、黄檀、山槐等次生林，灌丛以牡荆、珍珠绣球、圆叶鼠李、一叶萩等为主，这些都是蝶类最喜欢的生存环境。"正因为蝴蝶对植被的要求很高，对生态的变化比较敏感，所以"蝴蝶种群及数量的消长变化已成为评估某地域植被生态状况的重要参数之一"。

虽说这里是蝴蝶的伊甸园，但你也不要妄想一旦走进来，各式各样的蝴蝶就会缭绕在你身边，让你一次欣赏个够。上天赐予了世间不计其数的美，而蝴蝶的美，颤动在所有美的最细微处。这趋于极致的体验，就像好运一样不可多得，你能有什么样的邂逅，几乎全凭偶然，不可强求——邂逅蝴蝶的美妙感受，正来源于这种不可强求的偶然性，因为只有当你怀着一颗绝不贪婪的心去领受自然的馈赠，才能体会到最大程度的惊喜。

在重庆的时候，每次看见青凤蝶都如获至宝，因为这漂亮家伙实在难得一见，即便遇上了，也总是很清高地飞舞在那些遥不可及的花树最顶端，只剩下我在树下惆怅地打着转张望。然而去中山植物园那天，却见到了好多只青凤蝶，简直超过了我过去所见的总和。这大约是因为植物园里有很多樟树，大大提升了以樟树为寄主植物的青凤蝶数量。这里的青凤蝶不仅数量多，性情也特别平易近人，它们低低地飞舞，长时间停留在白花败酱、天蓝鼠尾草，甚至狗尾巴草上。阳光下，它们翅膀上由菘蓝和青绿调和而成的长长斑纹泛出神秘的光泽，像某种深藏在蓝色海底的珍稀宝石。

很少有人不喜欢蝴蝶，但是大部分人都不喜欢毛毛虫吧。常在野地里走，经常能见到这些鳞翅目昆虫的幼虫，自称铁杆昆虫迷的我也不得不承认，大多数情况下，我

金凤蝶

柑橘凤蝶

看到它们的反应是大惊失色、掉头就走。当然也确有例外，比如我在植物园见到的金凤蝶幼虫。它白白胖胖的身体干干净净，没有一丝引人不快的细毛，只有深黑和嫩黄相间的明亮斑点；看它慢吞吞地爬在同样干干净净的峨参花茎上，真是稚拙可爱。而你如果知道它蜕变成蝴蝶之后，是怎样的华美夺目，一定会更加喜欢它。

成年的金凤蝶乍一看跟柑橘凤蝶很相像，但掌握了要领便很好分辨了：柑橘凤蝶的翅底为白色，而金凤蝶的翅膀是暖黄色，微微泛出金光；更显明的区别是，柑橘凤蝶前翅中室是清晰的纵向条纹，而金凤蝶同一位置则是一片模糊的灰色。

八月里我见过一只拟态成红珠凤蝶的雌性玉带凤蝶，现在我结识了被模仿者本身。它体背黑色，颜面、胸侧、腹部末端密生红毛。前翅浅黑底色上有灰白色的脉纹；后翅深黑色，正反面中室外侧有三到五枚明亮的白斑，翅缘的六至七枚斑点从正面看去是黄褐色的月牙形状，反面看却是赤红的胖圆形状，反面的臀缘还有一枚细细弯弯的红斑。我最先看到一只红珠凤蝶飞落在它的寄主植物马兜铃上，细细的六足攀在心形叶子的边缘，腹部弯到叶子背面——从这个姿势判断，这应该是一只雌蝶正在产卵。后来又看到好几只不辨雌雄的红珠凤蝶（因为它们雌雄花色相同）纷纷停落在几丛天蓝鼠尾草上吸食花蜜，它们腹部和翅膀上深黑与艳红的配色原本就妖冶十足，再衬上

鼠尾草明快的鲜蓝色，真是色彩的豪宴啊。

然而红珠凤蝶的美丽与神秘，远远不止如此，虽然它们不会轻易展现；只有当一阵莫名其妙的风将我们习以为常的世界吹开一个边角，你掀开那张无形的幕布走到日常生活的背后，所见的一切让你相信这样的诗句——

我们准备着深深地领受
那些意想不到的奇迹，
在漫长的岁月里忽然有
彗星的出现，狂风乍起。
——冯至《十四行集》

这个“意想不到的奇迹”发生在某一天晚饭后，我当时正在校园里散步。阳光肆虐了一整天，此时已从树木和花朵上滑下来，天色不再刺眼，但还远远不会黑下来；远方有霞光，空气中似乎缓缓降下一种彩色的薄雾，晚风把桂花的香气送往校园每一个角落。我一个人漫无目的地走着，恍惚觉得那彩色的薄雾掠过了我的皮肤，有清凉潮湿的感觉。四周弥漫着某种难以说清的迷人气氛，像悬而未决的时刻，像将吻未吻的瞬间，心里又甜蜜又紧张。我走到一个无人问津的偏僻之地，看到一棵开花的牡荆树，满枝的小蓝花被晚霞抹上了一点紫。二十几只（或许甚至有三十多只）红珠凤蝶蹁跹而至，缭绕着这棵花树欢喜地忙活个不停，我站在树下，那些翻飞的翅膀近在咫尺，我可以清晰地看到它们精美的斑纹如何在傍晚的天光中跳动；有几双翅膀甚至毫不慌张地从我的脸颊轻盈地扫过——它们似乎视我为无物，或者就把我当作了树的一部分。那一刻我觉得这块地方被施过魔法，而我站在树下，也被魔法所笼罩和吸纳，魔法穿透我的身体，让我与之成为了一体。

我记不清自己在魔法里站立了多久，只记得脑子里出现了一些想不起出处的句子——“太阳在呼吸着的草地上洒满了花边”，“树叶丢掉了自己闪光的包袱，轻松了”，“头顶上是钻石般的苍穹，还有神灵的喃喃低语”，“没有哪只手会去打破月亮闪闪烁烁的倒影”，“宛如一种熟悉的恐惧，沉默吹落到他的身上”——此刻，沉默也吹落到我的身上，“神灵的喃喃低语”包裹住了我，让我整个晚上都寡言少语。

后来终于记起，当时回旋在我脑中的那些亮晶晶的句子，是“蝴蝶迷”纳博科夫写下的，而我是从让·布洛为他写的传记《蝴蝶与洛丽塔》里零零碎碎看来的。布洛说纳博科夫是“展现瞬间的专家，他喜欢通过转瞬即逝的东西来表现世界”，因为他相信“在时间的深处，似乎隐藏着某种超越时间的东西”。用他自己的话来说：“我承认我不信任时间。我喜欢在使用后把我的魔毯这样折叠起来，使图案的一个部分重叠在另一部分之上。”（纳博科夫《说吧，记忆》）纳博科夫的那些句子从具体的文本、语境以及作者本人的一切中飘然脱落，孤零零地嵌在我的脑海里，在我看到那一树蝴蝶的时候蹦跳而出，重叠在我眼前的景象之上，这似乎也印证了纳博科夫的信念——我相信那个傍晚我所见的一切，连同重叠之上的美妙诗句，将会作为一个“超越时间”的瞬间，永远刻在我的记忆里。

又想起朱尔·勒纳尔在他的《博物志》里也描述过这般无与伦比的体验：同样是

牡荆

一个傍晚，勒纳尔在钓鱼，鱼儿总没有上钩，他却“获得了近来少有的高兴”，因为“正当我把着竿儿的当口，来了一只翠鸟落在那上头”。“没有比这再花哨的鸟儿了。它好比在长茎梢儿上开着的大翠花。竿儿给它沉甸甸压弯了。我屏住了气，为了被翠鸟错当了树，而得意非凡。”它停留良久，终于飞走了；勒纳尔“认定它不是为了害怕而飞去，而是以为不过是从一个枝儿迁飞到另一个枝儿吧”。

这本小书里充满了这类妙趣横生的可爱句子，比如他说蜗牛“伤风的季节里怕出门，缩着长颈鹿般的脖子”，“仿佛堵塞着的鼻子似的闷着”，“天气一好，它便满处溜达。可是只晓得用舌头走”。说蜘蛛是“一只抓住了头发在发僵着的，黑黝黝、毛茸茸的小手”，“通夜，它用着月亮的名字，在贴封条儿”。还有青蛙，“以突如其来的反射练她们的弹簧”，“宛如滚油点子自草中溅起”；另外一些时候，她们“跟青铜的镇纸一般危坐在阔大的荷叶上”。而黑夜最大的秘密是什么呢？——“没有一个角落是夜幕深入不到的。于是荆棘把它剐破，寒冷使它冻裂，泥污将它弄坏。每天早晨，当夜幕升起的时候，破烂布片便纷纷地撕落下来，东一片，西一块。这样便产生了蝙蝠。”

当然，也有送给蝴蝶的句子——“对折的情书，在寻找花儿的地址”。纳博科夫曾经想写一本带插图的《艺术中的蝴蝶》，打算收入从古代埃及到文艺复兴时期关于蝴蝶的画作。如果有一天，我能写一本《文学中的蝴蝶》，一定会收入勒纳尔的这句话。这当然只是一种遥远的畅想，不必多说；还是想想眼下想画的“博物学地图”吧。这天傍晚的奇遇，一定将是南京这座城市的“博物学地图”上浓墨重彩的一笔；而假如要给这段奇遇加一些注脚的话，我还是顽固地想用纳博科夫的句子（谁叫他是个让我着迷的“瞬间收藏家”呢）——

“一天，你在我的森林深处迷了路，你和一条小白裙……我呢，我把道路打上结，我让树木旋转，我从树叶间窥视……”“一切都将过去，除了我的幸福，将镌刻在街头路灯潮湿的投影中，将镌刻在通往运河黑乎乎的水边的石阶梯那略略起伏的曲线里……在上帝为了拥抱人类的孤独慷慨创造的一切事物之中。”（让·布洛《蝴蝶与洛丽塔》）

十月采绿

秋风带来了什么

秋风也能吹开花朵

记得在上海读书那几年，每逢十月第一周，几乎都会下雨；有时候淅淅沥沥下上一整周，有时候干脆利落地用一两天把一周的雨全部下完。雨水把夏天的色彩和温度一遍遍冲洗；雨一旦停了，就送给我们一个干净爽快的秋天。我料想南京也会是这样——果然，十月初下了几天雨之后，秋天就真的来了。除了最初的几天雨，整个十月的天气都晴朗敞亮、阳光灿烂。

在我的家乡重庆，秋冬两季阴雨天居多，像我这种贪恋阳光的人，一入秋就开始伸长了脖子张望春光明媚的日子，等到春风拂面之时，已经快变成长颈鹿了。而上海的秋天则是另一番面貌。记得在上海度过的第一个初秋，每天都开出一大朵太阳；在我的经验里，只有盛夏才会有这样的天光，于是一直傻乎乎地穿着夏天的衣服，直到感冒发烧才意识到季节早已转换了。在上海待了那么多年，对这座高楼多、绿树少的城市，并没有太大的亲近感；但我的的确确非常喜欢它的秋天，阳光充沛，湛蓝的天空清澈高远，每次抬头仰望都觉得世界开阔明亮。

我很高兴南京的秋天也是这样。如果仅仅从视觉上去感受初来乍到的秋天，四处跳动的光影似乎跟夏天一样活泼耀眼；然而打开所有的感官，你会发现秋天来了，嗅觉、触觉、听觉的感受，都不同了。盛夏热烘烘的空气甜腻凝滞，在鼻腔里软绵绵发胀；初秋的空气则轻快伶俐，你会不由自主愿意多做几个深呼吸。夏风吹来是肉嘟嘟、圆滚滚的质感，沾上皮肤就变作一身腻腻歪歪的汗珠；秋天来了，风变得骨感、冷淡，带着古老的青铜色，吹在身上洒洒脱脱、毫不胶着，绕个弯就头也不回地离去。蝉声依然敞亮，但没有了酷暑的陪伴，这声音听上去也不再使人焦躁，清瘦的空气似乎能将声音传递得更为旷远，你甚至会在恍惚间听到某种空阔的回响。

十月的校园已经没有太多花朵开放，我把校园的边边角角都搜寻了一遍，只有很少的几种野花依然开得欢喜。好几处野地遍生红花酢浆草，绿汪汪的叶子是三枚心形凝在一起，层层叠叠生长，像大地汩汩涌出的爱心。它们的花期真长，每年从五月开到十月，只要遇上晴朗的天气，就绽得眉目舒展：粉红色的五片小花瓣在阳光下朗朗如新，像第一次张望这个世界那般喜悦，绝不因为花龄不再年轻而有丝毫的懈怠。五月里将四野装点得金光灿灿的大朵黄鹌菜早已销声匿迹，现在各处静悄悄冒出来的细碎黄花是一种小型的黄鹌菜，花朵的大小只有前者的二分之一，植株也娇弱稚嫩，总是安分守己的模样。秋风扫过，它们也只微微地点点头。

在江宁区的翠屏山上看到了另外一些花。八月底离开重庆的时候，小区里的葱兰已经临近凋谢，此时在翠屏山脚看到鹅掌楸和香樟树下被葱兰密密覆盖，花瓣水润洁白，像是正值豆蔻年华。上山路上看到菊科紫菀属的山白菊丛丛簇簇散落各处，金黄的管状花配纯白的舌状花，跟六月里遍开的蒲儿根一样，是一枚一枚小太阳的形状。如果金黄亮眼的蒲儿根是盛夏的烈日洒在大地上溅起的火花，那色调清简的山白菊则无疑是秋日阳光在四野留下的足迹了。

几种豆科植物还正当盛时。木蓝小小的玫红色花串配上清秀的羽状复叶，从山脚一直开到山顶，让人一路心情愉快。杭子梢粉白花冠洇出紫红，在风中簌簌摇动。山顶有几丛多花胡枝子，腋生的紫色蝶形小花呈总状花序生一长串，从高处随意垂下几支，就足以拦住我的目光。

黄鹌菜

山白菊

木蓝

杭子梢

多花胡枝子

鸡冠刺桐

高处的鸡冠刺桐红光满面，遥遥望去跟小时候很熟悉的龙牙花很相像。按照花谱上的说法，鸡冠刺桐的小叶长卵形或披针状长椭圆形，而龙牙花小叶菱状卵形——但对照实物的时候，会发现通过叶片来辨认其实挺困难的。但假若将两者的花朵排在一起比较，就很容易看出不同了：龙牙花的旗瓣细细长长，像个小辣椒；而鸡冠刺桐的旗瓣是汤勺一般圆润的倒卵形，或许正是所谓的“鸡冠”吧。

从另一头下山，山脚有一片湖水，水边一丛红色的蔷薇临水晃动，在这秋意弥漫的时节尤显明媚。旁边几株野生的翅果菊蹿得很高，金黄的管状花、浅黄的舌状花，比四月里的中华小苦荬花朵大了近一倍。

水中开了一片凤眼蓝，十几朵大大的紫色花呈穗状花序长成一簇，花冠最上面那一枚有一个外围天蓝中间明黄的斑纹，有点像孔雀羽毛上的图案；微风扫过，又好似扇动睫毛的妩媚眼睛。这花儿浑身沾满水珠，看上去干干净净，清明的色彩把黯淡的秋水都点亮了。

虽然零零星星见到了一些喜爱的花朵，然而要想在十月的城市里看到鲜花满地的盛况，恐怕还是只有去植物园。

一走进药用植物区，首先注意到我心仪已久的几种桔梗科植物。半边莲五枚粉色的花瓣只生了半个圆周就戛然而止，却因此拥有了小鸟一般跃跃展翅的姿态。纯白的荠苨已经过了最好的花期，花瓣上生了小小的斑点；然而花冠小铃铛一般的轮廓依然精巧饱满，与花冠等长的花柱像极了铃铛里的小锤，细风吹来之时，它们会不会发出银铃般的响声呢？——我这粗糙的耳朵恐怕是听不到了，兴许在它们花冠里爬来爬去的小昆虫们能够听到。旁边的石沙参蓝色的花冠、白色的花柱；我因为偏爱这花朵的颜色，就猜想它们敲打出的丁零声会比白色的荠苨更加清脆悦耳。桔梗花大一些，花

龙牙花

凤眼蓝

荠苨

石沙参

桔梗

龙胆

冠不像荠苨和石沙参那样羞答答地向里收拢，而是坦坦荡荡开成阔钟状；花朵上神秘的蓝色仿佛来自海的最深处，阳光下灿灿发亮的模样，又让人想起海面的粼粼波光。

龙胆的蓝则是另外一种，轻松，开朗，天真无邪，像一头扎进水里的瞬间，清凉的水花四处溅泼。翠芦莉漏斗形的花冠蓝中带紫，对生的叶子是细长的披针形。卷萼铁线莲则是沉沉的深蓝色，我们以为那反卷的四瓣是花冠，其实却是它的花萼。

不管走到哪里，最吸引我的都是这些蓝精灵，然而正如科莱特所说，“万物的创造者把蓝色的花朵赐予我们人间的时候显得有些吝啬”。科莱特自称是“鉴赏蓝色的高手”：为了“钻研”蓝色，她会长时间地凝望普罗旺斯的天空，“以至于有时冷落了地中海”。尽管如此，她还是对大海熟稔至极，她知道“只要黎明一诞生，大海的蓝色就会被熄灭了天空最后一颗星星的阴险的绿色狠狠地咬上一口”。而“在普罗旺斯光线最强的时候，天顶像蒙着一层灰。短短的影子都躲到树下，紧紧挨着墙根，鸟儿也沉寂了，母猫在泉水的沿上接一颗颗滴下的水珠”，此时科莱特感受到的是，正午正在“百般刁难”我们心爱的蓝色。那什么时候的蓝色最快乐呢？科莱特说，满月“在星辰的白雪中潜行，直到黎明时分，那些在白天始终闭合不开放的沙地上的白百合，将变成蓝色”。(科莱特《花事》)

地上开着橘红色的剪秋萝，花瓣顶端有不整齐的深裂，像流苏，又像要破开秋水的小剪刀。泽兰含苞这时最好看，米粒大小的紫红色花蕾排成一束一束的头状花序，又在茎枝顶端排成复伞房花序，看上去严整有节、纹丝不乱；开花时从苞片里喷出细丝般的白色花瓣，顿时换作一副披头散发、放浪形骸的模样了。

十月的木芙蓉比九月开得更盛，有玫瑰红色，也有纯白色。这园子里的木芙蓉似乎有不同的品种，但我不大分得清，只看得出单瓣重瓣之别。看科普作家贾祖璋《花鸟虫鱼与文学》，里面有一篇专门写木芙蓉，提到古诗词里出现过黄色的品种，据《群

翠芦莉

春萼铁线莲

剪秋萝

泽兰

野棉花

木芙蓉

芳谱》说“黄色者种贵难得”，贾祖璋从未见过，我也从未见过。另有一种三醉芙蓉（又名弄色木芙蓉、转观芙蓉），“《学圃杂疏》说：‘三醉者，一日间凡三换色，亦奇。’《群芳谱》说：‘醉芙蓉朝白，午桃红，晚大红者，佳甚。’”

贾先生引苏轼“溪边野芙蓉，花水相媚好”，范成大“袅袅芙蓉风，池光弄花影”，说：“木芙蓉最宜于临水栽培，花时水光照映，愈觉鲜艳。”我倒觉得木芙蓉的团团大花看上去颇为踏实敦厚，并不怎样“袅袅”，也无太多临水顾影自怜的气质。锦葵科的植物大多如此，飘逸清雅的仙气与它们无缘，它们是朴素的、日常的，有一种生机勃勃的乡野之气，如一个天性欢乐、无忧无虑的姑娘，面颊饱满，两腮绯红，动不动就嘻嘻哈哈笑得前仰后合。

最喜欢野棉花，花苞酒红色，沉甸甸地把花茎都压弯了，一望便知是预备好了要大显身手的。果然，开出的花朵是粉红色的瓣片配黄色的花蕊，华丽丽的一大朵，在风中摇摇晃晃的模样，是一种逼人的冶艳。之所以叫野棉花，应该是因为它的瘦果密被棉毛吧，像棉花一样是云朵的形状——确切地说是风如何撕扯它们，它们就是什么形状。这花儿另有别名“大头翁”“野牡丹”等，我最喜欢“大火草”，热烈，奔放，野性十足，像一股任你如何阻拦也捆束不住的爱之激情。童年记忆里那个可爱的名字“打破碗碗花”“打破碗花花”，也是它的俗名。“打碗花”则是我们都很熟悉的一种旋花科植物，它们总是迎着初夏的第一抹阳光开放，而“打破碗花”通常来说指的是夹竹桃科的羊角拗。

从药用植物园出来再往里走，穿过红枫岗，有一片辽阔的平坦之地，种了很多花草，远远望去五彩斑斓。走近这片花毯，首先看到好大儿丛柳叶马鞭草，嘈嘈切切的紫色筒状小花一簇一簇生成聚伞花序，一阵风吹来，它们摇头晃脑，把这一方的空气染得有了紫意。

柳叶马鞭草

随意草

高砂芙蓉

勋章菊

唇形科的随意草（假龙头花）正当花盛之时，淡紫色小花极为繁密地呈穗状花序生长，那种密不透风的感觉，仿佛一个结实得让人窒息的拥抱。高砂芙蓉一看就知道是锦葵科的，花瓣反面一条条水红色的线纹，为这花儿平添了几分柔美，又有一种思路清晰的感觉。因着自己对锦葵科植物的偏爱，回去特意查了查花谱，得知它是粉葵属的，还有别名"戟叶孔雀葵""戟叶粉葵""矛叶锦葵"。

另一处有好几种菊科植物。勋章菊舌状花有白色、黄色、橙红色，最耀眼的是黄底配橙红色斑纹的品种；它们生得低低的，几乎贴着地面，真像扣在地上的一枚闪闪发亮的大奖章。松果菊中心的管状花金红色，粉红色的舌状花总是或轻微或显明地顺着地心引力向下生长，像穿了一条百褶裙，又像一顶顶小帽子。天人菊中心的管状花红褐色，这浓郁的颜色流泻到舌状花瓣上就成了橙红色，等慢慢浸染到花瓣顶端就淡作了浅黄色。大滨菊则只是简简单单的黄色心花围上一圈纯白的边花。荷兰菊紫红色的花蕾，绽开之后坦露出漂亮的淡紫色舌状花。黄金菊和大花金鸡菊都生着金黄色的舌状花，然而黄金菊的黄色是实沉的、光线穿透不过，大花金鸡菊的花瓣则轻薄如梦，仿佛它原本透明无色，是阳光在上面轻轻涂上了一层暖黄。

此时给金鸡菊涂上色彩的，已经是夕阳了。天色渐渐暗下来，没有风，一种生着紫色叶子的狼尾草却在轻轻地摇晃。夕阳的柔光降落下来，映照出它毛茸茸的穗子上衰草一般的枯黄色，那是它沾染上的秋意吧——是啊，看多了这一地繁花，我都快忘了现在已经是秋天了。

松果菊

大滨菊

黄金菊

大花金鸡菊

花谢了，你还认得我吗

大部分植物，我都只在开花的时候认得它们；花朵们要么色泽艳丽，要么花型独特，总之会散发出某种独一无二的韵味，让你能够感知它。花谢了，面对看上去大同小异的叶子和果实，我往往就陷入了茫然。

然而看梭罗的《野果》和《种子的信仰》，就会明白真正的博物学家，不仅能够根据叶片、果实、种子、根茎辨识植物，甚至能够通过它们散出的气味、发出的某种微妙声音与之相认；只懂得赏花、仅仅用眼睛来观看，是远远不够的，真正的植物迷，会将自己的视觉、听觉、触觉、嗅觉全部敞开，这样才能感受到植物身上的每一处细节之美。

五月里，我也曾注意到开花的玉竹，在互生的椭圆形绿叶呵护之下，悄悄垂下一对对水滴般晶莹乖巧的白色小花，花筒末端裂开的小瓣子上有几抹清淡的翠绿色，像春天新生的青苔。花谢之后，我就再未留心过它，只知道花谱上说它的浆果是蓝黑色的；然而梭罗却说："这种精致的植物长在山边，漂亮叶形包裹的叶茎婉转低回，通常结两颗青中带蓝色的浆果，实际上那大小如豌豆的浆果是深绿色，不过外裹一层带着蓝色的粉霜，吊在叶柄上，轻轻摇荡。"

玉竹

猪屎豆

再比如猪屎豆，我只在它开出一溜润黄的小花时认出过它。然而梭罗却能听见它豆荚里结子的顽皮之声。一八五七年十一月的一天，他“在收完麦子的地里踩到什么咔咔作响，这一来就发现猪屎豆了”。于是整个冬天，他“就很注意听那些种子在豆荚里咔咔响”，他觉得这声音“就像印第安人腿上戴的饰物那样，又像响尾蛇的声音”。“说不定，许多吃猪屎豆的动物也是靠这种声音发现它的。同样，闻着它们发出的特有臭气也能找到它们，被脚踩碾过后，它们就会发出臭味。就像檀木会发出香味提醒樵夫一样。”

他会在春天“揉搓一下菖蒲嫩嫩的枝干”，感慨这妙不可言的幽香“是年复一年从潮湿的泥土里吸取来的”（《野果》）。他说“普罗旺斯有种梅子叫‘嘘嘘梅’，因为这种梅子太酸了，吃后半天舌头没法恢复感觉，以致不能吹口哨”。“凤仙花的种皮轻轻一碰就会像手枪一样脱去，这个过程经常突然又饱含威力，就算你有所准备，还是常常会吓一跳。它们的种子弹出来就像子弹一样。我把它们带回家时它们甚至在我的帽子里爆炸。”假如你里里外外看尖叶马利筋的籽荚，“就会发现它的形状像是一个独木舟。干枯以后，它们向上翘起，沿着外面的楞线裂开——显示出里面棕色的种子，银色的白膜就像最好的一尘不染的丝绸”；看到它们在空中翻飞，梭罗随手摘下一些，“美丽的丝线立即弹开——它们变成了一个半球形，相互之间全无牵连，所有的线都折射出棱镜似的色彩”。

尤其迷人的是，在梭罗那里，最精深微妙的细节，是与一个最辽阔的宇宙相连接的，两者相互流通灌注，就像大自然生生不息的能量交换那般流转自如。看到“森林里萦绕着浓浓的雾，稍远一点儿的东西就全笼罩在蓝色的朦胧雾气中，远处的山峦也披上了这层蓝色的轻纱”，他会想起“覆盖在苗叶上的粉霜”。而尝试去理解一只野生梨表面的小斑点，也能将所思牵引至漫天星斗的夜空：“仔细端详，发现其实这些斑点是很有序地分布着，就像一个有小气孔的叶盖，在果皮最薄的地方喷射了出来，把那些红色的点点喷在果皮上，一个小点点就像一只小眼睛。每一个小点实际上都是星状，有的四角星，有的六角星，都是使劲从皮下挣脱出来的……如果说苹果反射了太阳的光芒，那么这只色彩暗淡的梨（就像夜空一样暗淡）则是从自身内部迸发出星光的。它们暗自私语，庆幸借得这些星星终于能够成熟。”梭罗说，这些小小的斑点“的确能有助于我们理解星星是如何将光芒越过空间送到我们身边的”。

也许是受了桫罗的蛊惑，也许是因为入秋了，花渐渐变少，叶子和果实有了凸显自己的机会，我对植物除去花朵之外的其他部分有了一种格外的珍惜之心。植物园南园进去走几步，就能看到一片水杉林，它们笔直的树干上生长着一种藤蔓植物，一串串奇数羽状复叶长得茂盛繁密，卵形的叶子绿意正好，叶缘的锯齿轮廓清晰。回去翻花谱、四处询问，才得知原来这就是我非常喜欢的厚萼凌霄。眼前的厚萼凌霄藤蔓没有花朵的点缀，但茎叶的柔美配上水杉的刚毅俊直，颇有对比的美感；想象一下来年六月底七月初花开满藤的模样——漏斗形的花冠细长俏丽，花色橘红中调入金黄，预示着盛夏阳光将有的热情。别看其花枝袅娜纤弱，枝丫间暗藏的气生根却极为柔韧有力，它们攀缘着树干、竹篱、棚架、墙面向上生长，很快就能将绿叶覆盖得满墙满架，而花盛时铺天盖地的红焰冉冉，怕是会让空气里都充满噼里啪啦的炸裂之声吧。

秋天是果实累累的季节。校园里，悬铃木的果子从六月开始就挂在枝头，到了十月还是那么不慌不忙、无所用心地在半空摇摇晃晃。栾树树冠上覆盖着密密的蒴果，初时翠黄色，慢慢就变成粉红色、橘红色、红褐色，远远看去像是满树繁花。很快果子就掉落一地，不管掉在什么地方，都是一副干净又安详的模样。捡起来观察，会发现它们有十分精巧的构造：三片网纹分明的果皮贴合在一起，形成三个机灵的棱角，

厚萼凌霄

秤锤树（花）

秤锤树（果）

包裹着圆溜溜的淡黄色小种子。

教学楼前有一片休憩地，里面种有一棵秤锤树。这是我非常喜欢的一种树，只有南京及其周边地区才能见到。以前在上海读书的时候，最喜欢去共青森林公园，在那里我也曾留意到这种树。它不太高大，枝干瘦弱，冬天树叶掉光的时候，看上去有点弱不禁风；然而春天一来，它就一天比一天美丽。早春的风吹开它的新芽，小小的卵形翠叶衬着纤细的枝条，在阳光下寸寸生长，虽然稚嫩弱小，却总给人明亮的希望。到了四月中下旬，树叶就舒展得丰润饱满，全心迎接花朵的到来。花开时三五成簇，细长的花梗轻柔地把花儿垂下来，洁白的瓣子、明黄的花蕊，像结了一树晶莹剔透的小雪花——我一直觉得秤锤树是春天里最美的花树，连樱花、梨花、李花、杏花与之相比都要略逊一筹。这时节的秤锤树挂出了栗色的木质坚果，一串串纺锤形状的果子沉甸甸的，让这纤柔的树看上去有了分量——这美得缥缈的花儿终于在秋天里归于笃定踏实，让人放下心来。

翠屏山上的大叶女贞结出细小的青色初果，构树的果实依然红得新鲜亮眼。马交儿四处牵藤扯蔓，捧出翠绿青涩的小果子。火棘的小果子漫山遍野，有些还只是青黄

构树果实

马交儿

火棘

水栒子

中微微透出橙红色，有些已经红得娇艳欲滴、红得如火如荼，红得让人忍不住想伸手摘下一把，又担心那炽烈逼人的艳丽会将自己的双手灼伤。只有到了这个季节，才能明白它为何另有“火把果”“赤阳子”“豆金娘”“山楂红”“满山红”等大把热辣辣的别名。在山顶看到一种很像山楂的红果子，引人垂涎的模样逗得我差点一把抓来直接往嘴里塞，旁人劝阻之下，我取下一枝回去查考花谱，发现原来是蔷薇科的水栒子。

在植物园里见到的果子就更多了。今年错过了海州常山的花期，现在它们已结出溜溜发亮的蓝紫色果子。比较特别的是，海州常山有漂亮的宿存花萼。花萼是位于花冠外面的被片，它在花朵含苞之时，起着保护花蕾的作用；而所谓“宿存花萼”，指的是花冠凋谢时不随之脱落而伴着果实继续发育的花萼。海州常山的花萼最初绿中泛白，之后会慢慢生出淡淡的粉紫色；当它白色或者粉红的花冠脱落之后，五瓣宿存花萼就开始膨大，颜色也由粉紫变成了浓郁的紫红、大红，将小巧的蓝紫色果实紧紧地包裹在内。

酸浆的宿存花萼更好看，它们会在花朵凋谢之后，膨胀成或橘红或深红、具有五个棱角的灯笼形状，甜蜜地包裹住一粒橙色的浆果。它的俗名“红姑娘”“挂金灯”“锦灯笼”“泡泡草”，都是为这个别致的结构而起的。风吹日晒雨淋，有时会把小灯笼（也就是它们的宿存花萼）身上的肉质磨掉，只余下花萼里的维管束；这一条条透明的白色纹络，像是一个藤编的精致小笼，保护着中间那枚楚楚动人的小红果。

最美的要数紫珠。看花谱上说它的花朵有纯白、粉红、淡紫几种，我只见过纯白的品种，繁密的聚伞花序上长长的花丝、鹅黄的花药朗然可见。九月开始结圆滚滚的小果子，最初是洁白或稍微带点青黄色；成熟之后转变成纯正的紫色，一粒粒光洁饱满，就像最会歌唱的鸟儿那带着金属质感的嗓音。

药用植物园对面有个树木园，门口有两株枸骨树，挂了满树干燥的暗红色果实。

海州常山

酸浆

紫珠

枸骨

这树姿态硬朗、色调严肃，似乎并不怎样温暖亲切，不知为何会被欧美国家选择为“圣诞树”。它的叶子长得很奇特，叶端的尖刺、叶形的左冲右突，似乎都漫过了语言的边界，让人不知道说什么好——连鸟儿们都为之感到不知所措吧，要不然怎么会有俗名“百鸟不停”“鸟不宿”呢？然而伸手摸一摸，会发现它的新叶其实是柔软随和的，并不像看上去那么锐利而富于攻击性；只有等到叶子干枯了、僵硬了，顶端的刺角才会变成伤人的利器。四月的时候它们会开小小的黄色花朵，给嶙峋的枝叶带去一些妩媚和弹性。它们并不怎样娇艳的红果子性情顽强，经历整个冬天都不会凋落。

树木园里的冬青结枣红色的果子。木绣球垂下深红如醉的椭圆形核果，成熟之后，会变成深黑色。蔷薇园里花树繁多，我最偏爱湖北海棠。它们花期在四月，修长的花梗总有优美的弧度，坠下的花苞粉嘟嘟的；绽开后则是洁白的五片花瓣，配上水红的花药，温存得像附在耳边的一句细语。此时它们垂下满树玲珑的果实，翠黄中微微飞出潮红，青涩又甜美。

轻盈的气息

特别喜欢在初秋的午后散步，太阳当空照，洒下明亮通透的光线，却不再蒸腾出盛夏那般耀武扬威的高温，空气的触感暖和而清爽。入秋之后，再也没有见到过蜻蜓。蝴蝶的数量也开始减少，偶尔瞥见一只，就不由自主跟踪半天。在成片开放的红花酢浆草丛中，偶尔能看到宽边黄粉蝶小巧的身影。这种小蝴蝶飞行比较缓慢，但警惕性特别强，稍有动静，都会把它们吓跑。当它们黄灿灿地停在红花酢浆草紫红色的花瓣上，就像携带了一抹小小的阳光，把身旁的花朵照得明媚发亮。

有些蝴蝶品种会因季节的不同而在色彩、外形方面呈现不同的形态，这就是所谓的“季节异型”；比如这宽边黄粉蝶的季节异型现象就特别明显。它们春夏型和秋冬型在外形上有很多细微的区别，给我留下深刻印象的有两点：秋冬型的宽边黄粉蝶前翅正面外缘的黑色斑纹往往消失不见了，而翅膀反面的褐色斑纹比春夏型要明晰浓郁得多。

学校操场旁的一方小土里，开了几丛毫不起眼的牛膝，一只黑纹粉蝶绕着它们飞来飞去，逗引我在那里驻足观看了好几分钟。后来在植物园又看到它们三五成群地在树林里飞舞不休。跟大部分的粉蝶一样，黑纹粉蝶的翅膀没有耀眼的花纹，只是简单

宽边黄粉蝶

黑纹粉蝶

朴素的白色底上生黑色脉纹。唯一的点缀也许就是翅膀反面的前翅顶角和后翅有黄色的鳞粉，后翅基角处有一个橙黄色斑点。它们也是季节异型的品种，分为春型和夏型：春型体型稍小，翅膀显得修长一些，黑色部分颜色深郁；而夏型体型较大，体色稍浅。

六月在重庆见过几次小红蛱蝶，进入盛夏之后，就不见其踪影了；到了十月，它们又开始多了起来。这是因为小红蛱蝶一年发生两代，第一代以卵越冬，所以我们在六月见到的小红蛱蝶应是其第一代成虫，第二代成虫则常见于九月、十月。它们特别喜欢在菊科植物上吸食花蜜，我就曾经在植物园的一大丛苣荬菜上看到过十几只小红蛱蝶：它们一起在花间忙忙碌碌；停落的时候，骄傲地铺展开自己漂亮的翅膀，橙红色的斑块在金色花朵的映衬下显得加倍明艳。后来又看到一只歇息在天蓝鼠尾草上的小红蛱蝶，轻轻闭合着翅膀，露出翅膀的反面——反面的花纹比正面复杂得多，还有好几个圆溜溜的眼斑，色泽是一种如同深秋落叶的灰黄。

黄底飞黑斑的黄钩蛱蝶应该是十月里见过次数最多的蝴蝶了，泽兰、荞麦、松果菊上都见过它们轻快活泼的身姿。这种蛱蝶雌雄差异不大，只是雌蝶翅膀的底色黄得更加浓厚。一个地区某种蝴蝶数量的多少，跟它的寄主植物分布情况有很大关系。黄钩蛱蝶的幼虫主要以葎草为食物，这种生命力旺盛的杂草遍地滋蔓，有它们的地方，就不难见到黄钩蛱蝶的身影。

猫蛱蝶

黑脉蛱蝶

斐豹蛱蝶（雌）

斐豹蛱蝶（雄）

同样黄底飞黑斑的猫蛱蝶以朴树为寄主，就不像黄钩蛱蝶这么常见了。这种蝴蝶动作敏捷、飞行迅速，我常常追赶不上。它们翅膀的线条圆润柔美，停在花朵上会十分相宜，但它们偏偏不爱访花，喜欢围着苍劲硬朗的大树打转，吸食树木流出的汁液。

以前翻看昆虫图谱，很喜欢斐豹蛱蝶，特别留意到它们的寄主是堇菜科植物。根据我在上海读书那几年的经验，每年初春，整个华东地区的野地里遍生早开堇菜、鸡腿堇菜和紫花地丁，这里一定会有很多斐豹蛱蝶——果然，我在植物园里同时见到了雌雄双蝶，昆虫迷们都知道，在如今城市的生态环境里，这还真是挺不容易的呢！雄蝶的翅膀正面是橙红的基色配上黑色的、圈圈点点的豹斑。雌蝶的成虫体型比雄蝶大，前翅的正面隐约泛出一种似乎正在微微眨眼的宝石蓝，翅端还有几条珍珠色的白斑——当它们停落在某朵花上的时候，那潇洒开阔的双翅往往将花朵整个地覆盖住了，仿佛它即将取而代之，将自己站成一朵花；而花茎摇摇晃晃，似乎因获得这美丽蝴蝶的垂青而得意万分。

遇到的所有蛱蝶中长得最有特点的是黑脉蛱蝶，深黑的底色上布满长长短短的纵向白斑——经典的黑白配看似素简，实则是用色彩的两极构成最强烈的视觉张力，而后翅外缘那一列形状不规则的赤红色斑，那么炽热浓郁，跟黑白的主调再次形成鲜明对比。

药园的高处垂下几簇开白色小花的飞来鹤；此时飞来的不是鹤，而是一只动人心魄的麝凤蝶。凤蝶几乎都喜欢穿晚礼服，而麝凤蝶这一身尤为华丽飘逸：全身黑底子，前翅有均匀整洁的灰色细条斑纹，后翅边缘配上猩红色的月牙图案；最优美的是那一对修长的尾突，袅袅然如同绕梁不绝的天籁之音。

我曾经说过想要写一本《文学中的蝴蝶》，收入古今中外文学作品中关于蝴蝶的一切段落，哪怕仅仅是只言片语。然而我最想写进这本书的，却是一段跟蝴蝶并无明显关联的话。这段话来自蒲宁的一篇短篇小说，小说里那位“一小时比一小时漂亮”的、早逝的少女，生前曾跟她的女友讨论过“一个女人怎么样才算得上是美丽的”——“要有像沸腾的焦油一般的黑眼珠”，“要有像夜一般乌黑的睫毛，要有泛出柔和的红晕的面颊，要有苗条的身材，要有比一般人长的手指”，“要有一双纤小的脚，要有丰满适度的胸脯，要有圆得恰到好处的小腿肚，要有颜色跟贝壳一样的膝盖，要有一对削肩膀”，

麝凤蝶

黄尖襟粉蝶

“——而最主要的，你知道是什么吗？要有轻盈的气息！我恰恰有这样的气息，你听，我是怎么呼吸的——对吗，是这样吗？”

少女轻盈的气息太柔弱，而毁灭美的粗暴力量总是来势汹汹，忧伤的作家无计可施，又不愿过分流露内心的悲哀，于是在结尾若有若无地说：“如今这轻盈的气息重又在世界上，在白云朵朵的天空中，在料峭的春风中飘荡。”（蒲宁《轻盈的气息》）

蒲宁之所以相信少女死去了，她轻盈的气息将会飘然飞升、转换成其他形式，我想，那是因为蒲宁感受到了一种永恒的美之灵魂——这灵魂化作“轻盈的气息”吹到少女的身上，让少女拥有了不可思议的美；少女的肉体消亡了，这美之灵魂却会生生不息地转换和传递。

多年来我一直相信蒲宁所言不虚，每当我邂逅了某种趋于极致的美——比如蝴蝶的翅膀——我就会感受到这种“轻盈的气息”。记得有一年在杭州郊外踏青，在一丛清灵洁白的明党参上看见一只黄尖襟粉蝶，它翅膀上青绿色的花纹，让人想起在水中轻柔摇摆的海藻；它的前翅在空气中划出优美的弧线，聚拢成一个弯弯的尖角，我看到那又温柔又俏皮的线条曲折处，因为凝结着“轻盈的气息”而微微颤动。

帕乌斯托夫斯基说蒲宁写每一篇小说、每一首诗，都像拥有一块法力无边的磁石，“能把一切意料不到的东西，包括披着霜花的树丛中的一抹阳光和穿着瓦灰色丧服的乌云的碎片，都吸到他身边来”。

“世界是由色彩和光线的无穷混合构成的”，而“蒲宁的光色感是敏锐得罕见的”，帕乌斯托夫斯基引用蒲宁在《阿尔谢尼耶夫的青春年华》中的段落来帮助我们感受其“对色彩所抱的感情，对自然界的色彩所持的态度”：

……我一连好几个小时站在那里，眺望着大热天里在绿荫如盖的树冠上方，在骄阳的对面，空中所呈现的那种渐渐向淡紫色转化的美不胜收的湛蓝的颜色，那一簇簇的树冠仿佛是在这片湛蓝中沐浴。从此我对天空和地面的各种色彩永远怀着最深厚的感情，体味到了它们真正美好、崇高的意义。我在总结生活所赋予我的一切时，发觉这是最重要的一个总结。从枝丫和树叶的空隙间透露出来的这种渐渐转化为淡紫色的湛蓝的颜色，我是至死也不会忘却的……

不光是色彩，蒲宁还说，“不管他动笔写什么东西，首先必定要‘找到声音’。‘一旦我找到了它，其余的就迎刃而解了’”——“那颗在东半天上静静地闪烁着的七彩的星星，它高悬在果园边很远的地方，高悬在村外夏日田野的尽头，有时从那儿隐隐约约地，因此也就特别迷人地传来一只鹌鹑遥远的啼声”。

帕乌斯托夫斯基相信，蒲宁过人的色彩感、节奏感和音乐感不是偶然产生的，而是“基于对祖国语言丰富的知识和精深的理解”。帕氏说“俄语中有许多字本身就放射出诗意，一如宝石之放射出闪烁不已的神秘光泽”，而“大部分有诗意的词都和我国的大自然有关”：“俄语中有关四季时令以及各种季节的自然现象的词汇是非常丰富的”；“凡是存在于自然界的一切：水、空气、天空、云、太阳、雨、树林、沼泽、河流、湖泊、草地、田野、花朵和青草，在俄语中都有大量传神的字眼和名称”。所以“要想充分掌握俄罗斯语言，要想不失去对俄罗斯语言的语感，我坚信不仅必须经常同普通的俄罗斯人交往，而且还必须经常去接触牧场、树林、河川、老柳树、鸟儿的鸣声和榛树丛下每一朵晃动着脑袋的小花。”

帕乌斯托夫斯基跟蒲宁一样，也是一个对自然之美极度敏感的人，他会注意到小水塘深处“一刻不停地冒出一股股静静的水流，越橘的枯叶和发黄的松针在水流中打着旋”；他能听到一种蒙蒙细雨在“昏昏欲睡地悄声絮语”，“它在树丛中窸窸窣窣地忙碌，仿佛在用柔软的爪子一会儿摸摸这片树叶，一会儿又摸摸那片树叶”；而“椴树花的香味只有从远处才能闻到。一走到树跟前反而闻不到了。这种香味像是一个巨大的圆环，把椴树闭锁在中间”。

他深谙语言之美的根柢与大自然千丝万缕的联系，所以他能体会到“霞光”是俄语中最美的词之一，“人们在念这个词时总是轻声轻气的。甚至很难设想可以用大喊大叫的声调去念这个词。因为这个词迹近于更残漏尽时的岑寂，这时乡村果园内树丛的上空吐出了清澈如洗的淡蓝色的微弱的晨光”。

基于对自然和语言的认识，他梦想着“收集与自然界有关的各种词汇，编成一部辞典”，包括“‘森林词汇’‘田野词汇’‘草场词汇’，以及有关四季时令的词汇、气象的词汇、河川湖泊的词汇、植物词汇和动物词汇”；“每个词目都应当有释文，并摘引作家、诗人、学者著作中从科学上或从诗学上涉及这个词的段落，附于释文之后”。他真的动手开始了其中的部分工作，某一年夏天，“我差不多把全部时间都用于收集花草的名字。我根据一本老的植物图鉴得知了花草的名称和特性，并把它们一一记到我的笔记本里”。(帕乌斯托夫斯基《金蔷薇》)

当然，这个宏愿最终并没有完成，我想那是因为自然的辽阔伟大，实在是一部再大再厚的辞典也框束不住的。然而我们应该如何理解这种不切实际的狂热激情呢？在《金蔷薇》中，帕乌斯托夫斯基引用了蒲宁写于一九一八年七月十四日的一首无题诗：

麦穗、芳草、蜜蜂、花木，
蔚蓝的天空，中午的酷暑……
大限一到，上帝便问游子：
“你在尘世生活得可幸福？”

可我会把一切都忘掉，
只记得芳草和麦穗间的那条小道，
甜蜜的泪水使我来不及回答，
就伏倒在仁慈的膝下颂祷。

十一月采绿

野苹果成熟的季节

深秋的树

秋深了。蝉声消敛，空气一天比一天冷静。每下一场雨温度就降下一些，身上的衣衫由单层外套渐渐换作棉衣。无雨的日子，太阳依然绽放得明朗亮堂，只是此一时节的天空退得格外高远，阳光的热情被整个世界的空阔稀释得清淡克制、若有若无。

风的威力与日俱增。走在校园的主干道上，悬铃木树叶纷纷下落的样子把时间拉得悠长，牵引我停下脚步仰望：它们缓缓地，一纵一纵或者打着旋儿飘落，姿态那么从容优美，仰赖的是树身的魁梧高大给予其充足的舞蹈空间。落叶在地上铺了厚厚的一层，风一吹就四散开来，有枯脆的响动；抬眼看，树上的叶子依然很多，有绿有黄，仿佛掉落不尽。

校园里有好几棵高大的全缘叶栾树，春夏时密密的二回羽状复叶翠绿可爱，八月底九月初会开出金黄带红斑的小花。如今叶片已经黄了大半，有些边缘染上了黄褐色，

悬铃木

银杏

还微微卷折了。银杏精致舒展的“小扇子”不知何时开始皱了、收拢了，边角也有了破损，青油油的色泽被明黄的潮水一遍遍淹没、浸透，在秋阳的照射下暖融融地泛着金光。

七叶树大大的掌状复叶在十一月上旬就凋落了大半，疏朗的姿态依然颇有风味。每年四月上旬，它们展开由五到七片小叶组成的“绿色手掌”，在春天的阳光里挥舞摇摆，随意改动着满地光斑的分布和形状。待到四月末五月初，“绿色手掌”伸展得饱满宽厚，花儿就开放了，长长的圆锥花序在绿叶的掩映下摇曳而出，遥遥望去像被一只只温柔的大手轻轻托起。花儿在高树上迎着太阳绽放，我只有通过相机镜头拉近距离，才能看清每一束上都凝结着无数细花：小小的四片白瓣子，从花心处微微沁出几抹浅黄；六枚细长的雄蕊远远生出花冠之外，微风拂过，像昆虫的小触须，机灵地动来动去。花谱上说它的果实外形和味道都很像板栗，所以又名猴板栗。

中山植物园里有一个树木园。我想象深秋的森林，应该是红叶漫天，仿佛将晚霞挽在了枝头。然而此时的树木园里，实际上是墨绿和蓝黑的世界。夏末时节初见这片林子，万物繁盛，彼时的树，只见树冠不见树叶，眼里只有一团一团黄绿、翠绿、深绿在争先恐后地膨胀。秋深之后，狂热褪尽，树干上绿色的云霭消散了。凭借着落叶的成全，那些尚留在枝头的叶子才有了一个松阔的空间展示自己，在秋日阳光的轻抚下，它们的个体之美仿佛第一次被照亮。

春天的光叶榉翠叶楚楚，树干光洁率直；此时眼前的这棵榉树，还未剥落的老树皮轻轻覆盖在树干上，有青灰和深褐的斑驳之色，叶子已经脱落了不少，留在枝头的则有的沉绿、有的灰黄，却依然叶脉朗朗、叶缘的锯齿完整清晰。

树叶的美，除了色泽、形状、在枝头凝定或摇动的神情、在风中飘零的姿态，还有一个不可忽视之处——那就是叶脉。小时候很有一段时间着迷于做叶脉书签，至今记得叶片去除了肉质之后，一丝一丝的细网是如何的纤巧精美，如美人修长浓密的睫毛投在面颊上的阴影，让人怦然心动。

做叶脉书签，叶片的选择是大有讲究的，其中之一，就是要尽量选择“网状叶脉”。树叶的脉序可划分为三大类：分叉状脉、网状脉和平行脉。“分叉状脉”指的是叶脉从叶基生出，呈二叉状分支；通俗地说，就是叶脉的主轴不断重复分为两个枝杈的形式。这种脉序是比较原始的类型，除却银杏叶，在种子植物中为数极少，但在蕨类植物中

光叶榉

朴树

是很常见的。

“平行脉”则主要是单子叶植物所特有的脉序。其中又分为四类：所有叶脉都从叶基发出，彼此平行直达叶尖，细脉也平行或近于平行生长，称为“直出平行脉”，比如麦冬的叶子；所有叶脉都从叶片基部生出，彼此之间的距离逐步增大，稍作弧状，最后距离又缩小，在叶尖汇合，称为“弧形平行脉”，紫萼、玉簪的叶子即是如此；所有叶脉均从叶片基部生出，以辐射状态向四面伸展，称为“射出平行脉”，如棕榈叶；侧脉垂直或近于垂直主脉，侧脉之间彼此平行直达叶缘，则称为“横出平行脉”，譬如芭蕉、美人蕉的叶子。

而适合做叶脉书签的“网状脉”，具有明显的主脉，经过逐级的分枝，形成多数交错分布的细脉，由细脉互相联结形成网状，这是大部分双子叶植物的叶脉特征。其中有一条明显的主脉，侧脉自主脉的两侧发出，呈羽毛状排列，几乎长至叶缘，称为“羽状网脉”。如果主脉的基部同时产生多条与主脉近似粗细的侧脉，再从它们的两侧发出多数的侧脉，复从侧脉产生极多的细脉，并交织成网状，就称为“掌状网脉”。有的从主脉基部两侧只产生一对侧脉，这一对侧脉明显比其他侧脉发达，就是“三出脉”；当三出脉中的一对侧脉不是从叶片基部生出，而是离开基部一段距离才生出时，则称为“离基三出脉”。

眼前有一棵高大的朴树，树干爽净，高处的叶子已掉落得稀疏，在低矮的“断臂”处生出一些幼枝，新叶还未及张开就遭遇深秋，于是叶面上破了小洞洞、叶色也不再鲜润，但叶脉三出的走向依然清晰可见——实际上我一直是通过叶脉来辨认朴树的。我家小区一条路上种了一溜此树，春来开白色的小花，我喜欢从树下走过，低处的叶子轻轻拂过我的头顶。阳光下，它们碧翠叶片上的三出脉简洁明快、一目了然，如其名字一般朴素简单。每年五月中旬，枝头会吐出一粒粒深绿的圆果实，到了十月转成橙红色。

这园子里的枳椇树（拐枣），其叶也是三出脉，可惜此时它们略带心形的宽卵形叶子已经凋零了大半，剩下来的也被小虫子咬得残破不堪、眉目不辨。在我熟悉的树木中，还有构树、桑树、朱槿、山麻杆，都有着三出叶脉。小灌木山麻杆的叶子有点特别，初春的新生叶是娇嫩的紫红色，逆光观看，叶背被金色的阳光穿透，会呈现出十分媚人的鲜红色；然而这夺人心魄的红颜会被时光带走，随着春去而慢慢转为褐色、暗黄色、灰绿色，不复有引人驻留的魅力。

要举出叶脉为“离基三出脉”的例子，则是这园子里随处可见的樟树（小叶樟、香樟）。樟树的香味闻名遐迩，这种常绿乔木全身各处都散发出馥郁之气，一年四季从不间断；

山麻杆

香樟

美国山核桃

白蜡树

而每年的四五月，枝头开出黄绿色的细花，会让这树的香气达到全年中的顶峰。记得在上海读书那几年，曾有那么多暮春时节的傍晚，走在成排的香樟花树下，天光沾染了晚霞，所有的色彩、声音和气味都降低了锐度，肿胀模糊如一滴浓墨在纸上渐渐洇开，樟树的花香就趁着人的眼睛和头脑有些失焦的时刻汹涌而来，越发让人醺然有醉意。时值深秋的樟树叶，香味依旧，只是叶片上生出了或疏或密的黑点点，就像一脸的小雀斑。

从树木园出来，觉得有些累了，就坐在路口的石凳上休息。眼前这条长路两旁，都种着美国山核桃，抬眼望一望，它们高高的树冠从路的这一头，一直延伸到了森林的深处。四月末五月初，高枝上会垂下青绿的柔荑花序，那是它们的雄花开放了。我知道此树雌雄同株，却从未见过雌花的模样。眼前这一片深秋的美国山核桃，树干坑坑疤疤、磕磕绊绊，很沧桑的模样；羽状的肥美叶子还没开始大批掉落，树冠依然饱满。同样是大树，树冠的姿态是很不同的。记得杭州植物园那片香樟林里的大树，树干粗壮，可能要三个人才能合抱过来；树冠并不急于长高，而是向四面八方宽阔地展开，最下围的枝叶从高处俯身下来，伸长脖子欲要亲吻土地——树冠的心思，是想用最广厚的绿荫来回报大地的恩泽吧。而美国山核桃是特别向上的树，少有左冲右突的横向分支，长长的柱形树冠，像是踮起脚尖眺望蓝天。

我在山核桃树下坐了没多久，听到有什么东西“咚”地掉落，旁边一位瘦削的老婆婆矫捷地跑了过去，拾起来放进了她的大口袋里。过了一会儿，另一处又有“咚”的一声，老婆婆再跑了过去。如此反复几次，我终于忍不住好奇，开口问老婆婆到底捡了啥——原来是美国山核桃的果子掉落了。每隔几分钟，就掉下一颗。我也跑去捡起来，老婆婆教我如何摔开外面的厚壳、剥掉一层苔绿色的肉质、再破开一层薄壳，一枚黄褐色的桃仁就袒露出来了。我惊喜地翻看，发现这不就是我很喜欢吃的碧根果嘛！超市里买来的碧根果加了各种调料香精，所食已经不是其本味；尝尝手中的这一枚，味道清醇有回甘。那天我捡了一大捧，老婆婆说拿回去在太阳下晒个几日，吃起来更加香脆。

捡山核桃之地的斜对面，有几棵红果榆。它们初春发出的新叶正反两面都有细细的茸毛，待到叶子成熟了，茸毛就会悉数褪去。入夏之后，满树光洁翠润的叶子形成一个丰美蓬松的大树冠，树下透明的绿色空气惹人流连，我甚至每每有爬上树去的冲动；而此时这些叶片开始纷纷脱落，树冠就渐渐松散下来。“红果榆”这名字甜美妩媚，我曾经以为它们会结出红彤彤的浆果，四月末看到其果实随风散逸，才发现原来是跟榆钱一样的翅果，只是中间那一枚种子是红色的，不同于榆树种子的翠色。

所谓翅果，又叫翼果，它们的果皮是由子房壁发育成的薄翅状附属物，轻轻地包裹住种子。这样结构的果实质地轻盈，能够被微风送得很远。木樨科梣属的白蜡树果实，大概是我见过最飘逸的翅果了。四月末五月初花期结束之后，就能看到对生的奇数羽状复叶下面，白蜡树修长的翅果在微风里摇摇晃晃；入秋后，叶片开始泛出橙黄色，成熟了的翅果由青绿转为黄褐，我想象它们如果被秋风吹落，一定会在空中欢快地旋转起来——然而我却从未见过这样的情形。后来在梭罗《种子的信仰》里看到“白蜡树的刀状种子据说会保持一个冬天”，此说来自于乔治·爱默生《马萨诸塞州森林自然生长的树木灌木丛报告》，里面写到白蜡树“翅果一冬都挂在树上”。摘下其翅果仔细查看，会发现一枚扁平的种子结在最顶端，而果皮远远地延伸了出去，分明将自己生成了翅膀的模样。拥有了翅膀，却不肯飞翔，不知这其中包含的心绪究竟是如何。

之前提到的榆钱，通常指的是榆树的翅果。众所周知榆钱是可以吃的，饥馑之年它是救荒的恩物，如今再吃它，大约多是为了体验一种久违的野趣。我的家乡不大有吃榆钱的习俗，问遍了外婆、父母、七大姑八大姨，都说当年不曾吃过，我自然也从未领略过个中风味。这可能主要是因为重庆的榆树是不太多的。看刘绍棠的《榆钱饭》，里面写到几种吃法：一是捋下来直接吃，“生吃很甜，越嚼越香”；再有就是摘下不老不嫩的杨芽儿“清水洗净，开水锅里烫个翻身儿，笊篱捞上来挤干了水，拌上虾皮和生酱作馅，用玉米面羼合榆皮面擀薄皮儿，包大馅儿团子吃”；而所谓“榆钱饭”，则是“九成榆钱儿搅和一成玉米面，上屉锅里蒸，水一开花就算熟，只填一灶柴火就够火候儿。然后，盛进碗里，把切碎的碧绿白嫩的青葱，泡上隔年的老腌汤，拌在榆钱饭里；吃着很顺口，也能哄饱肚皮”——作者说这叫“混个树饱”。榆钱的吃法肯定还有很多，不过对于我这种任何吃法都未曾尝试过的人来说，想象其美味是困难的；只觉得榆钱生得油绿乖巧，做成美食，视觉上一定是清爽可人的吧。

枫杨的叶子黄了。五月初就挂出的翅果如今已远走高飞。跟美国山核桃同为胡桃科的枫杨也是雌雄同株的单性花，也许因为花太小，我从未在春天时注意到它们。然而花期过后，从枝头垂下的柔荑果序，却十分引人注目：每一个长串子上都有无数对青黄的小翅膀，每对翅膀里面包裹着一枚绿色小果。阳光下，它们椭圆形长叶上的羽状网脉清清爽爽、纹丝不乱，衬着串串绿莹莹的果子——我该如何形容它们带给我的

枫杨翅果

青枫

青枫翅果

羽毛枫

愉悦感觉呢？也许就像那些静悄悄的、昏昏欲睡的盛夏午后，倏然听到没有拧紧的水龙头里一颗凝聚已久的圆润水珠滴落下来，午睡的人睁开眼睛，觉得空气的氛围因这偶得的乐声而变得清凉幽美。

拥有最漂亮翅果的大概是那些槭树科的植物，比如我很喜欢的鸡爪槭（特指青枫，也就是入秋后才会变红的品种）——它们真是一种浑身都美的植物啊。每年初春，掌状新叶在枝头闪闪发亮，青脆得如同早晨的第一缕微风；过不了多久，嫩叶间就垂下玲珑的紫红色小花，它们在逼人的新绿映衬下显得尤其水灵剔透。鸡爪槭的园艺变种红枫（红槭、紫红鸡爪槭）春夏秋都是红色，只是随季节转换红得深浅不同。初春时它们也会开红花，然而与淡红的叶子没有色彩上的对比，美感就打了折扣。校园里还有一种很特别的日本红枫，开春叶片是浅浅的枣红，随着温度升高逐渐变成绿色，只有顶梢的嫩叶依旧泛出水红色。

五月初，你还来不及为槭树花谢而遗憾，就看见一树“小精灵”飞了出来，轻快的翅膀有的鲜红，有的翠绿。梭罗曾经尝试着解释这些巧慧的翅果纤逸欲舞的姿态从何而来：“为了给果子留下足够的空间，这些果梗会优美地向上和向外支开，它们不均匀地分布在枝条上，在风里打战，常常还会混作一团。”（梭罗《种子的信仰》）

我每天赶个大早去图书馆，就为了能坐在我喜欢的一个靠窗的位置。从落地窗看

青枫

红枫

出去，刚好能瞥见图书馆背后的庭院里一株姿态优美的青枫。看书看累了，就站在窗前望一望这棵树，太阳忽隐忽现，它们枝叶投在地上的阴影也就忽淡忽浓。有时候看得出神了，在光影的变化里，能看到时间的流动。月底的某一天，突然发现它的一树叶子全红了，心想，这正是去栖霞山的好时候吧。

栖霞山以秋景著名，主要是因为成片的枫树。秋天的脚步深浅不一地踩在树叶上面，让它们呈现出不同的色彩层次。羽毛枫细手细脚的叶子一片金黄，再过段日子还会变成橙红色、灰红色。青枫的数量很大，表情各异：有的依然固执着自己的绿，只在秋风的催促下薄薄地覆盖上一层浅黄；有的已换作一树翠黄，再生出水红、艳红、褐红的渐变色；也有的已经猩红如醉，与红枫混在一起，在枝头蹿起熊熊烈火。红枫红得太久太久，对红色的魔法谙熟至极，嫩叶在初春粉中带红，盛夏红得发紫，到了秋天似乎又归于一种纯粹的赤红；到了生命尽头，干枯蜷缩的叶片上会呈现出盛夏的晚霞所特有的一种紫，那种紫像所有的奇迹一样转瞬即逝，如今却被枯叶留在了自己的面容上。

苹果的故事

都爱说深秋是寂寥的，不知道别人从哪里生出这样的情愫。在我的感受里，即便去植物园也看不到鲜花遍放的景况，大地也许有点寂寞；除去在翠屏山见到一只停在落叶间的雌性斐豹蛱蝶之外，再也没有看到蝴蝶和蜻蜓舞动的身影，空气大概也很寂寞；树叶酝酿了三季，终于等来了飞翔的时刻，它们纷纷在空中打旋儿，一脸的陶醉，果实们在枝头眼巴巴地望着，内心更是寂寞得很吧。

学校天津路门口，有一棵苦楝树，入秋以来，我看着它满枝孤零零的果子由青绿慢慢变作姜黄、再转为枯黄。这一兜一兜的核果有叶子陪伴的时候，显得光洁饱满；随着叶子相继离开，它们也一天天枯瘦憔悴，有一些甚至皱皱巴巴地干瘪了下去。

一直觉得苦楝树很美，像其名字一样美。柔韧的枝条旁逸斜出，姿态袅娜，像要去温柔地触碰什么。我极爱它们嫩生生的羽状复叶，或散淡或浓郁地覆上枝头，光影婆娑时尤为清新活泼。春末夏初，翠叶间开出秀丽柔美的淡紫色小花，每从树下走过，我都驻足眺望、不忍离去。而到了这个季节，虽空留一树黄果，蓝天下枯枝俊逸，依

苦楝树（果）

海桐

女贞

然是好看的。

深秋的喜树只宜远观。植物园里那几棵高大的喜树，叶子基本已经落光，遥遥看那一树青绿的瘦果倒也轮廓清爽。学校周边一条小巷子尽头也有一排喜树，树冠低矮，刺拉拉的果实近在眼前，顿时觉得它们满球的窄翅嶙峋得很，像一个考虑不周全的计划，让人心上不能妥帖。不过这树也是漂亮过的，暮春时节，它们胖胖的叶子边缘光滑，绿得亮晶晶的，是鼓饱饱的生命力在发光。

中旬在翠屏山半山腰看到海桐青黄的果实长满了黑斑，好几颗果皮炸裂，露出了鲜红的种子。一路上无数女贞树，垂下来的蓝紫色果子上覆盖着一层细细的白霜。白英在九月会开出白底微微带点紫色的小花，是典型的茄科花模样；此刻果实娇滴滴地红着，像甜蜜的心跳之音，怦怦怦怦，一声一声柔润而清晰。香樟的叶子锈了大半，但那一树的小圆果子黑油发亮，匆匆走过时，恍惚以为树丛里有一个小兽物探出头来，闪过了一个机灵的眼神。

一朵紫色的牵牛花从路边大丛灰暗杂乱的野草中凸显出来。它的花瓣已经皱了，但花朵的颜色依然鲜活饱满；花畔结了一颗圆嘟嘟的果实，很想摘回去种在宿舍阳台上，转念一想，宿舍空间太局促，那么自由自在的洒脱之物，还是应该生长在野地里——夏风一吹，它们就四处伸手蹬脚、开花开朵的模样，一直是我珍藏于心的美好画面。

栖霞山的火棘果子不想输给漫山遍野的枫树，红得越发纯正浓烈；或者，是那火烧火燎的枫树把自己的红光映到了火棘果子的容颜上，让这些圆溜溜的小果子更加神采奕奕。红叶子、红果子，把整座山都点燃了，到处灼灼生辉——这是秋天不甘寂寞的把戏，还是植物们不忍秋意凄凉的恻隐之心呢？

看了一路澎湃的红，突然眼前出现一片山胡椒林，顿时，色彩收缩了，目光聚拢了，被闹色鼓荡得激昂的心绪似乎也澄净了一些。山胡椒的叶子都已经枯黄，阳光把它们的叶脉照得朗然悦目，像一位不再年轻却依然美丽的老人脸上细致的皱纹，宽柔、静美、天然，仿佛蕴藏着最温润沉稳的力量——那满树凝结的、庄重的蓝紫色果子，或许就是这力量的见证。

走到一片荒僻处，远远看见一棵叶子已落得光秃秃的小树上，垂下两三颗一提的枣红色果子，那模样，真符合我对野生苹果的想象。然而我知道，这一定不是野苹果。凑近了一看，原来是一棵海棠树。

虽然所见并非野苹果，但我还是想来讲一讲苹果的故事，这正是讲述的最佳时机——因为梭罗曾经说，十一月的野苹果最好吃。当然梭罗还说，苹果“吃起来再怎么香，也不如闻起来香”，“苹果成熟后散发的香气，尤其在黄昏时分特别浓郁”。在他看来，苹果的香气，苹果的色泽和形状，连同那“难以捉摸的美味”，都是人们无法复

白英

山胡椒

制也不能进行买卖的——我们古怪的梭罗先生总是有那么多古怪的观点，这大概跟他有一双古怪的眼睛有关，他总能看到一些我们常人看不到的东西，比如，“每每看到一个特别工于算计的人，把又香又大的苹果运到集市上去卖时”，梭罗眼前出现的是这样一幅图景——“刚一上路，那些苹果就开始一个个从大车上溜走。车老板不时停下来查看，拍拍麻袋，觉得货物都在，可我却分明看到苹果一个接一个飘摇升天，带着它们最美好的那一部分去了天堂，运到市场上的只是它们的皮囊和果核。这已经不能算苹果了，只是一堆果渣。”

那一个接一个飘摇上天的、苹果最美好的部分，究竟包含了一些什么内容呢？

梭罗相信，如果擦去了“果皮上的那层粉霜”，“也就是擦去了最优秀最美好的那部分”——也许我们听来这不免显得夸张而玄虚，然而我想，在梭罗的理解里，果皮上的粉霜，是大自然化作风、霜、雨、露去亲吻苹果的脸颊留下的痕迹，这痕迹在他看来当然是弥足珍贵的。

梭罗“不将苹果仅仅视为树上结出的新鲜有机混合物，而是满怀喜悦和感激地将其视为上苍厚礼”，他特别留意人们对苹果表示敬意的各种仪式，比如“把酒浇在树根上”，“把烤面包掰碎撒到树枝上”，“围坐在当年苹果结得最多的一棵树下，连饮三巡”。

特别有意思的是英国的很多地区除夕之夜举行的“喊苹果号子”活动：

一些男孩儿结伴，依次来到各家果园，围着苹果树，不断念诵这样的句子：

树根呀，扎得紧紧的！树尖呀，伸得高高的！

上帝保佑，来年丰收。

每枝每丫，苹果个个大；

每棵每株，苹果多又多。

然后其中一位吹牛角号，其余的就在号声伴奏下齐声高唱。在喊号子过程中，他们会用小树枝敲打树干，据说这是对树敬酒的表示，也是对果树女神献祭的古风继承。（梭罗《野果》）

这个场景让我想起沈从文的小说《长河》里写湘西人种柑橘：“每在岁暮年末，用糖汁灌溉橘树根株，一面用童男童女在树下问答‘甜了吗？’‘甜了！’下年即可望味道转甜。”——这些通常被我们现代人斥为“迷信”“无用”的繁文缛节，在沈从文看来却十分重要而必须，它们“把生活装点得不十分枯燥”，“排泄她们蕴蓄被压抑的情感，转换一年到头的疲劳”，不论日子如何“平凡而单纯，在生命中依然有一种幻异情感，或凭传说故事，引导到一个美丽而温柔仙境里去，或信天委命，来抵抗种种不幸”。按照张新颖老师的说法，这些现代的眼光中所谓的“迷信”，实际上与乡人“生活的完整性”密切联系，是人们情感、信仰和精神“正常循环的流通渠道”：“生活的完整性是人类在漫长的历史中建立起来的，保持和维护生活的完整性是人类生活的基本意识和行为，就是在因此而生的一些仪式、礼俗、风尚当中，也自有一份与久远历史相连、与现实生活相关的庄严。”（张新颖《沈从文精读》）

回过头来说苹果。迈克尔·波伦在《植物的欲望》里告诉我们，苹果的每一枚种子都含有一个全新的、与众不同的苹果树遗传结构。一枚种子生长出来的苹果，与其父母之间只具有那些最粗略的类似之处。如果没有嫁接这种无性繁殖技术的话，世界上的每一个苹果都将成为它自己独特的品种，它从自己那棵树上落下来之后，就不可能再是它了——也就是说，从一颗种子长出来的苹果会成为一种野果。

而梭罗曾经兴致勃勃地想要为那些数不清的野苹果种类命名，他不想用拉丁文和希腊文，“还是用咱们普通人说的话来叫这些野苹果吧。我们可以从以下这些事物获得灵感呢：朝阳，夕阳，彩虹，秋林，野花，啄木鸟，金翅雀，小松鼠，呱呱鸟，彩蝴蝶，等等，还有十一月份仍走在旅途上的游客，逃学的顽童，都能帮我们想出好名字。”最后，他这样翻写波德乌斯的诗句：

纵有千条舌，
纵有百张嘴，
纵有金石声，
写出万行诗句，
也无法说尽这一切

梭罗深信野苹果的味道比嫁接改良过的苹果更美妙，而那些被精心挑选出来用于嫁接的苹果、被果商们第一时间喜滋滋采摘下来认为能卖出好价钱的苹果，在梭罗看来并没有什么强烈的独特味道。他恰恰喜欢被农人认为不好吃而遗弃在枝头一直待到十一月、完整经历了自然成熟的全部过程的苹果，它们才真正带着“浓浓的美国风格的野劲儿”：

这些野苹果挂在野外树上，经历风吹雨打，霜冻日曝，也就将各种天气特质悉尽吸收浓缩，转化成种种味道，让我们一一回味……不过有一点很值得注意——我为之大唱赞歌的野苹果在野外吃起来味道是那么清爽、特别，一旦拿回家里，味道就变得粗且涩，很不堪了。”“要想好好领略这些十月份长大的果子的美妙滋味，就得在十月或十一月里走到野外呼吸那时的清新空气。户外的空气和锻炼让人口味也会随之变化，久坐时觉得不好吃或难以下咽的果子，这时也会觉得分外可口。（梭罗《野果》）

无独有偶。《植物的欲望》里那位把欧洲的苹果种子带到美国大陆的先驱者，苹果佬约翰尼（约翰·查普曼），也是一位深知野苹果的重要价值之人。他乘着独木舟登上新大陆，寻找一片适于定居的荒野开辟一个苗圃，然后等待移民们前来，把已经长成的苹果树苗卖给他们，而他则继续上路，寻找新的荒野。

值得注意的是，他的树苗全部是由种子培育出来的，而不是通过嫁接。他当然知道嫁接技术可以改良苹果，然而在他看来："这只是人的一种把戏，用这种办法来斫砍树木是不道德的。正确的方法是挑选好的种子，把它们种在好地里，只有上帝才能去改良苹果。"

迈克尔·波伦特别注意到这位苹果佬身上奇异的悖论，一方面他是一个文明的代理者，除却苹果种子，他还为新大陆带去十来种药草植物，其中包括毛蕊花、益母草、蒲公英、鹿蹄草、薄荷和臭甘菊，以此来驯服荒野。而与此同时，他在没有被驯化的荒野中如鱼得水：

他那些同胞视为折磨人的、野蛮的、需要去征服的地方，在查普曼看来却充满了上帝的仁慈，他"热心信奉的这类信仰会扩展到整个天地——那些河流和树木，那些熊和狼还有乌鸦，甚至是那些蚊子——一切都带上了神的光彩"。

在我眼里，梭罗和苹果佬约翰尼当然都是十分可爱的人。虽然他们的智慧，他们鲜野的鉴赏力，今天的我们未必真能理解，我还是想就他们反对嫁接的态度提出一点异议。我们毕竟不可能要求所有人都有那样一种"户外人的""野蛮"的味觉，我们挑选出喜欢吃的苹果，将其树枝结合在一起，让新生的果实分享其父母的那些美好特征，这就如同查普曼用苹果种子将杂乱无章的荒野"驯化"为统一的苹果林一样——假如我们认可"驯化"大自然具有其自身之合理性的话——嫁接技术同样是人类对自然的一种"驯化"方式，前者或许并不比后者更值得批评。人类为了生存和发展，难免需要对大自然做出一些有利于我们自身的规划和剪裁，这种对大自然的人为简化和驯服或许是不可避免的；只是，这样的人类行为是不是应该有一定的限度呢？

冷藏技术和全国性的苹果市场出现之后，事情也许的确有些不同了。"工业集聚过来，判断如果以种植和推广若干个大牌苹果品种来简化市场将会是聪明的。对于十九世纪苹果所包含的大量的不同特性来说，这样的市场是不需要的。现在，这些特性中只有两种是重要的：好看和甜。苹果的好看就意味着一种同一的红色，还有个大。""至于甜，这个词原有的那种复杂的隐喻共振已经变得单调，这主要是因为现在很容易得到便宜的糖。原来那种复杂的欲望已经变成了一种单纯的渴望——甜甜牙齿……红蛇果和‘黄金美味’——它们是靠着市场天才斯塔克兄弟才联结到了一起（他们为这两种苹果命名并申请了专利）——就以它们那种异常的甜，开始成为美国果园里大片的、嫁接方式的单一种植了……数以千计的苹果特性，还有把这些特性编码化了的基因，随着苹果佬约翰尼的种子种植而繁花似锦的苹果多样性如今已经荒废掉了，被淘选得只剩下了几个。只有那几个苹果品种才能通过我们关于甜和美的狭隘观念的针眼。”（《植物的欲望》）

除了品种的极度单一，人们还发明了一些奇特的方法让苹果更加投合市场，比如说给苹果套袋。为什么呢？“一是为了好看。苹果在日月星辰之下，风吹雨打是必然要经受的，这样就难免表皮不那么光滑，形状也可能受损，而且不会长得齐齐整整，像一个模子里出来的。套袋却能够使它们在黑暗和隔绝中长得光鲜整齐，讨人喜欢。”（张新颖《苹果的种子和文学的想象力》）

——这样的做法，也就是将苹果与大自然、与其自身的根源相隔绝，如此生长出来的苹果，就像流水线上产出的千篇一律的工业产品一般，真的是美的吗？早在近两个世纪以前，梭罗就告诉我们，苹果在自然之手的抚摸下千奇百怪的不完美，恰恰正是诗意的凝结之处：“几乎所有的野苹果都长得疙里疙瘩、果皮粗糙、颜色暗淡，但怎么看都觉得它们有种大气。但凡那种特别疙里疙瘩的苹果必有另外的特异之处，甚至会因此而令人觉得好看。比方说，在突起的瘤上或特别的凹陷里会有一抹晚霞的红晕。夏日绝不会不在苹果的某一面留下痕迹，那是一片红色的星星点点，这就是和那些曙光与夕照迎来送往的见证；有的地方会出现生锈似的黄褐斑，那就是阴霾和雾气的纪念物，那种日子里什么都会发霉；苹果表面大部分都是绿绿的，那就是大自然慈祥面孔的写照——绿绿的，就像田野一样；也可能会是黄色的，那就意味着味道特别醇厚，因为那黄色或微微的褐色是丰收的象征。”（《野果》）

当然，对于食用水果来说，所谓“诗意”也许原本就是无足轻重的。我们再来看看套袋的第二个作用：阻隔农药。“在果实成长期间，隔不了几天就要喷一次农药，少了农药就长不成。为什么需要这么多的农药呢？在《植物的欲望》这本书里，给出了一种解释：一种植物及其害虫是持续共同进化的，可是，在嫁接品种的果园里，这些苹果品种从遗传上来讲一代代都是同一的，苹果树不是用种子繁殖的——不是有性繁殖，而性是大自然创造新的遗传组合的一种方式；相反，那些病毒、细菌、菌类和虫子却仍然通过有性繁殖来继续进化，发展得能够战胜苹果曾经拥有的抵抗能力。现在，没有农药的帮助,苹果自身根本就不能够抵抗病虫害。”(《苹果的种子和文学的想象力》)

人们会说，这是为了获得适合我们口味的苹果所必然要付出的代价，并不值得如此大惊小怪。我只是想特别强调，我们为了这个代价所采取的对策中一些特别重要的地方。一方面我们需要使用现代化学的工具来救这些树，另一方面，如《植物的欲望》里所言，就是“帮助苹果人工进化”。在美国纽约有一个叫作“杰尼瓦”的果园，或者说，这是一个苹果多样性的博物馆。它的管理者费尔·佛思莱恩立志献身于保存和扩大苹果遗传多样性的事业。在他看来，如今我们“对苹果树的驯化已经走得太远，走到了这个物种在大自然中生存的适宜点已被危及的地步”。“苹果品种减少到只剩下若干个遗传上同一的嫁接品种以适宜于我们的口味和农业生产，它们失去了那种至关重要的可变性——野性——这种可变性是有性繁殖所赠与的。”

而为了帮助失去了野性的苹果人工进化，就需要尽可能多地保存不同的苹果基因。也就是说，哪怕仅仅从实用主义的角度来看，保持“生物多样性”也是至关重要的。十九世纪四十年代在爱尔兰发生的马铃薯事件，就是一个关于“生物多样性”的前车之鉴。当地人在广阔的土地上只种植单一的马铃薯品种，当枯萎病来袭时，由于这种品种不具备抵抗性，惨绝人寰的饥荒悲剧就发生了。而最终把爱尔兰马铃薯从那种枯萎病中拯救出来的抵抗基因，是科学家们在安第斯山脉生长的野生马铃薯中找到的。那片地方生长着世界上品种最丰富的野生马铃薯，换言之，是马铃薯的“多样性中心”。然而，我们现在生活的这个世界，野生之物所赖以生长的野地正在缩小，也就是各种野生事物“多样性中心”正在缩小。当野生马铃薯、野生苹果，还有其他各种各样与我们的生活密不可分的野性生物消失了之后怎么办？“这个世界上最好的技术也不能创造一种新的基因，或者是重新创造一种已经消失了的基因。这就是为什么费尔·佛思莱恩要献身于拯救和传播所有形态的苹果的原因——好的、差的、无关紧要的，而最重要的是野的——要赶在这一切已经太迟了之前。”

基于这样的信念，佛思莱恩从世界各地收集不同品种的苹果，更致力于拯救苹果

“多样性中心”哈萨克斯坦整片的野生苹果树森林——他说，也许就在这些野苹果树中，就可能发现抵抗病虫害的基因，以及超出我们想象的苹果品质。由于这些野生苹果的生存现在已经成了问题，他就收集了数十万颗种子，在“杰尼瓦”的空地上尽可能多地种植，然后又把剩下的提供给世界各地的研究者和培育者。

享受着现代文明种种好处的我们，当然不会否认驯化本身的合理性，只是我们不能忘记，“驯化依赖于野性——所有东西都依赖于野性。”“‘在野性中保存着这个世界，’梭罗曾经这样写道。一个世纪之后，当许多荒野不再是荒野时，温德尔·贝里提出了一个必然的推论：‘在人类文化中保存着野性。’”(《植物的欲望》)

很多年前，张新颖老师在给我们上“中国新诗”的第一堂课上，说到我们大部分人不当诗人、不做诗歌研究，我们为什么还要阅读诗歌呢？其中一个原因，就是我们如今的教育、整个社会“一体化”的进程，让我们在很大程度上变得趋同，而文学，尤其是诗歌对世界那种很精微的观察和感受，能让我们保持对差异性的敏感，哪怕这仅仅是一种很小、很微弱的力量。当年的我，自以为非常理解这个意思，尽管可能理解得抽象而模糊；当我开始提笔记录身边的花草树木、飞鸟鱼虫，面对着大自然的丰沛，我才真真切切感受到了多样性当中蕴藏着的诗意；或者，应该倒过来说，生命的诗意，蕴藏在多样性之中，生命，蕴藏在多样性之中。这就是我愿意不厌其烦地絮叨自己所见的每一种生物、每一处细节的原因——用这一支笨拙的笔，向我感受到的诗意和生命致敬。

迈克尔·波伦在快要结束苹果的故事时，提到华莱士·史蒂文森的一首诗，想来他指的应该是《坛子的轶事》，我特意找来录在下面（赵毅衡译）：

坛子的轶事

我把一只坛放在田纳西，
它是圆的，置在山巅。
它使凌乱的荒野
围着山峰排列。

于是荒野向坛子涌起，
匍匐在四周，再不荒莽。
坛子圆圆地置在地上
高高屹立，巍峨庄严。

它君临着四面八方。
坛是灰色的，未施彩妆。
它无法产生鸟或树丛
不像田纳西别的事物。

仅仅是一个摆在田纳西山巅的罐子，就使得四周的森林都改变了。“他描绘了这样一个人类非常平常的制作如何‘支配了每一处地方’，使得它周围‘懒散的荒野’有了秩序，就像黑暗里的一丝光亮。我在想，如果一棵野树种在了一片有秩序的土地的中间，则可以导出相反的一面发生，可以松弛这个整洁紧张的园子；我的意思是，它可以让围绕着它的所有那些栽培出来的植物唱一唱它们自己天生野性的清晰音符，这些音符现在是被压抑下去了。没有野性就不会有文明，这样的一棵树将会提醒我们：如果它那苦涩的反面缺席的话，甜也就没有了。”（《植物的欲望》）

十二月采绿

初冬的童心

蓝天与阳光，还有变色的叶子

有一天上课,老师问起大家心目中校园最美的地方在哪里。我想了想,不同的季节,答案是不同的。十一月的校园,当是有长排银杏树的那条路最美。那一树又一树的金黄,在深秋阳光的照耀下似乎每分钟都在变得更加明净灿烂，站在路中央，总有被某种圣洁的光芒所笼罩的感觉，我想象自己的脸庞会在一瞬间被点亮，如同微波粼粼的湖面反射过来一缕阳光，让人几乎想要闭上眼睛。

进入十二月，风刮得越来越凶猛，几场雨过后，冬天是确凿无疑地来了。一夜大雨后的清晨，雨还有点淅淅沥沥的，我撑着伞穿过校园，看到一地落叶狼狈不堪地贴在泥泞里，充满挣扎后的颓丧。然而走到那条两侧都是银杏树的路口，像沉默的夜空突然一声清脆的鸟叫，接天连地的金黄从灰褐的泥地中超脱出来，映满我的眼睛——修长的一条路被银杏的扇形叶子铺了厚厚的几层，落叶的色泽没有被污泥浊水掩盖，反而在雨水清洗下加倍地晶亮鲜艳，让黯淡的天光显出不知所措的神色。我被眼前的一幕深深撼动，半天不能动弹。造物主的慈悲总是这样毫无预兆地突然呈现，我们除

三角枫

枫香

鹅掌楸

了以这样的方式领受，还能如何呢？虽然最终还是会被时间摇醒，回过神来继续赶路，但我一直顽固地相信，被真正的美洗礼过的人，内心的气象会有所不同。

雨后放晴，初冬的阳光清冽洁净；天空蓝得高阔爽朗，让人忍不住一再仰脸凝望。主干道上那两排悬铃木，原本是遮天蔽日的蓬勃茂盛，深秋以来日渐消瘦骨感、树影疏离，如今抬头看，叶子已凋零了大半，空落落的枝丫简练遒劲，在空中布展成网状，仿佛要承接住如洗的蓝天。

再走几步，悬铃木的枝叶退出视线，澄蓝天空之下，加入了灿烂的金黄色，还有明艳的鲜红色——虽说冬天是色彩黯淡的季节，然而只要有这红、黄、蓝的三原色，大自然丰富的色彩能量就会得以保存。金色的无疑是银杏树，而那大片曳动的红，是三角枫的叶子在风中摇摇摆摆。它们胖阔的卵形叶三裂成掌状，春来翠色欲滴，能染绿一方空气；入秋后生出黄色，又渐渐转红，原本肥嘟嘟有些憨傻的形态，因色彩的转换而变得妩媚多端。

金缕梅科的枫香，春天时比三角枫美，叶子三裂的姿态纤盈灵秀、轻扬欲舞。入秋后叶子渐变成黄褐色，来不及盼得一树彤红，就被秋风秋雨打得纷纷掉落，只留下稀稀拉拉的小部分，衬着刺茸茸的果实。冬天了，顽强留在枝头的叶子才开始泛出红晕，寥寥的几片，不甘心似的在风中大幅度晃动。

鹅掌楸的叶子枯黄了，一点点落尽了。这树因奇形怪状的叶子颇似马褂，所以又名马褂木。春来叶子茵茵地生在枝头，像挂了一件件精巧的小衣服。五月时，树上开绿莹莹又黄融融的小花，如果查询花谱，会发现通常的描述是："花被片外面绿色，内面黄色"。当花冠和花萼长得很像而无法分辨的时候，我们就将萼片和花瓣合称为"花被片"。

跟鹅掌楸同为木兰科的玉兰，也是类似的花被结构。校园里有好几棵长得很好的玉兰树。记得去年三月来参加入学考试，正值花期的玉兰开了满枝纯白的大花，春光下的花被肥腴润洁、柔泽满覆。此时玉兰树上只留下一些泛黄的叶子，在午后阳光里反射出温柔的暖光。走近了看，它们叶缘卷了、皱了，叶面破了小洞、生了锈斑，让人想起钱钟书先生所谓"动人怜惜的缺陷，像古瓷上一条淡淡的裂缝，奇书里的一角缺页，使你心窝里涌出加倍的爱惜"。

回想我曾经写过的花儿们，还真有不少是像鹅掌楸和玉兰这样花萼与花瓣浑然不分的，木兰科的含笑、广玉兰、黄桷兰；百合科的玉竹、野韭、萱草；鸢尾科的扁竹根；蓼科的红蓼、野荞麦；商陆科的垂序商陆；苋科的喜旱莲子草；还有新加坡植物园里那些各式各样美艳绝伦的兰科植物……

另有一些植物的花被结构也很独特，它们没有花瓣，或者花瓣发育得很不起眼，花萼则取而代之，生长成了花瓣的形状。比如六月里开放的紫茉莉，可爱的细喇叭有玫红、粉红、嫩黄、纯白，还有红黄相杂、粉白相间，实际上都是它的瓣化花萼。再比如十月里见到的大火草（野棉花），那丰润水灵的粉红色瓣片，也并非花瓣，而是由花萼发育而成。毛茛科盛产这种颇具个性的美物，在我所亲见和熟悉的花朵中，银莲花属的鹅掌草、铁筷子属的铁筷子，都有类似的花型特征。

鹅掌草，又名林荫银莲花，每年四月左右开始绽放。柔韧窈窕的花茎，弯出试探的、

鹅掌草

铁筷子

欲说还休的弧度，像天鹅修长的脖子一样安静好看；花瓣形状的萼片洁白无瑕，小小巧巧生了一轮，在密密覆盖住泥土的绿叶衬托下，显得格外清美；逆光看去，萼片会呈现出羞赧的粉红，那是四月阳光变的戏法。

我从未见过含苞的铁筷子，只在四月里见过一次盛放的模样：彼时花萼已经舒张得宽阔圆润，白腴的底色上泛出细致的紫红色斑纹；也许因为花茎难以承受那么饱满的一大朵，这花儿总爱微微垂着头，再加上植株低矮，仿佛它们只愿意绽放给自己根柢所系的土地看，而我们想要一睹芳容，则必须跪下来趴在地上了。

本来要说冬天的树，我怎么跑题说了那么多花儿呢？实在因为入冬以来，校园里除却上个月回暖的几天里意外开放的一株反季节的垂丝海棠，以及打着花苞的结香，再难寻到其他花信了；对花的痴心无处寄托，只好借文字遣怀。此时结香灰绿色的细长叶子掩映着青黄的花苞；随着气温的下降，叶子就纷纷掉落，孤零零的花苞只能毫无庇护地待在枝头，枯等一个完整的冬天过去——它另有别名“梦冬花”，我想这其中的意思，不是将梦想托予冬天，而是要在漫漫冬日里持续地做梦，才能挨过严寒的寂寞吧。梦叠着梦，包裹了一冬，会在来年的三月炸裂成花：花萼长成的四片小瓣子呈筒状聚合成一个个小绒球，明黄的色泽暖意融融，似有一层温和的柔光薄雾般笼罩住花冠，我猜那就是被梦想一遍遍细细浸润过的证明吧。积蓄了一冬的能量还要释放在

结香

异叶地锦

香味里，初春万物清新，唯有结香花发出沉郁厚实的浓香。香气顽固地四处散漫，怎样都撕扯不开，即便雨水也不能将其稀释；傍晚时分尤其强烈，像某种神秘的巫术，很多人不喜欢这味道，大约正是嗅出了其中令人不安的成分吧。

回过头来继续说树。校园里大部分树失掉了叶子，也就失掉了柔软和弹性，顶着嶙峋的干枝在蓝天下全无表情地站着。似乎只有在这样的时候，我们才会注意到有些树上爬满了异叶地锦。其他季节里我们不在乎这种四处蔓延的木质藤本植物，或者还会嫌弃它们生长得乱糟糟的，攀附在大树上也算不得光彩。然而此时，它们的绿叶变得红彤彤的，遥遥望去，深色树干上点缀着一长溜大大小小的心形，它们把单调的落叶树调剂得活泛了，令周遭的空气少了几分冰冷坚硬，多了几分缠绵多情。

相较于高树的萧索，培育作绿篱的灌木因多半是常青植物，显得稍有生机一些，然而也是寻不到花朵的。此时校园里的灌木只有南天竹的果实颇可一观，圆溜溜的小果子红得甜美可爱，剪下一枝放在清水里供养，容颜也经久不褪。

这个季节的植物园什么模样呢？如果去南园，我总是会先去前湖畔看望两棵我喜欢的树，一棵榔榆，一棵乌桕。我家小区的那片湖边，有几丛乌桕的树苗，小小的一蓬，大约只有一米多高，枝条柔软，临水簌簌摇动。它们边缘圆润的菱形小叶子初生时嫩红色，到了深秋又变作枣红。记得上个月在栖霞山，看到好几处交错种植着银杏、三角枫、鸡爪槭和乌桕树，黄黄红红、层层叠叠的一大片，十分明艳照人。然而相较于乌桕红叶的厚和实，我还是更喜欢它们暮春之后、深秋之前的青翠叶色，在阳光轻抚、水光辉映之下，那么通透纯净。

前湖畔的这棵乌桕树身姿高高细细，记得十月底来看它，还是一树碧色。秋风来来回回，带走了一些叶子，如今那些飘然垂下的修长枝条疏朗清爽，迎着湖面轻轻松松摇曳不息。高处结着果实，当青墨的外皮转成了灰黑，就裂成了心形的三瓣，炸出里面饱鼓鼓的白色种子。此时眼前的这棵树，漂亮叶子被冬天的风收得一枚也不剩了，干枝在空中划出僵滞苦涩的线条，线条末端的胖白种子为其画上句号。

进北园，我一定是先去药用植物区，因为这里的花最丰盛，每次都能带给我无数惊喜。然而十二月的药园，竟也荒芜了，除却一些果实还泛出光泽，其余皆是一堆枯木衰草。红枫岗的鸡爪槭（青枫）都已经变色了，有的青黄中微微染了红，有的被晚霞的红色浸透，也有的已经是枯萎前的深枣色。色彩的盛宴固然很美，然而更美的是它们投在树干和地面上的影子，失却了颜色，扭曲了轮廓，却获得了阳光和风才有的轻快与自由。

红枫岗背后那片辽阔之地，往日鲜花遍布，此时望去也只是一片黯淡。我不甘心地走过去，细细搜寻一番，喜见几丛墨西哥鼠尾草和紫娇花还在开着。墨西哥鼠尾草

南天竹果

乌桕籽

墨西哥鼠尾草

紫娇花

深紫色轮伞花序，遍覆一种带着天鹅绒质感的细毛，冬日明亮而清冷的阳光照耀着它，更衬出其傲然的贵气。紫娇花的花茎细细高高、纤长优美，花被紫色中糅进了几分红，再加上质地娇嫩，看上去比前者平易柔顺。

离开前去了树木园那片我喜欢的水杉林，没有了叶子，这些水杉显得越发笔直高大，阳光无所阻拦地照透了这片林子，洒下的不再是被树叶筛选过的细碎光点，而是大片大片完整的块状光斑。我选了一个阳光丰沛处坐下来。想起初秋的某一天来植物园，看花看得太投入，错过了吃饭的时间。那天恰巧没带干粮，植物园里的饭堂也已没有吃的了。我饥肠辘辘，锐气大减，只好坐在树木园外面那排美国山核桃树下晒太阳，阳光暖融融的，让我觉得有了一些力气。那一刻只恨自己不是一株植物，不能进行光合作用。

这冬天的太阳虽然也很明亮，可晒在人身上只是稀薄的一层。天空蓝得清楚明白。地上已经没有多少小草的覆盖了，大地的原色裸露出来，在阳光下是比水杉的树干更深一层的红褐。冬天真是精简啊，精简得让你只能如实描述，一切天花乱坠的想象都被剥落了，好比老树剥落旧皮，新生的纹路质朴清晰。这样也是很好的，我想。

多识鸟兽草木之名

记得第一次来南京，我坐在公共汽车上，看到一路无数高树上筑着巨型的鸟巢，当时就纳闷，那里头究竟住着何种肥大的鸟儿呢？待到来南京念书，很快就发现，原来里头住着的是家喻户晓的吉祥之鸟喜鹊。《诗经·鹊巢》说“维鹊有巢，维鸠居之”，就是后来所谓的“鸠占鹊巢”吧；翻看我很喜欢的《毛诗品物图考》，在这句诗下引的是朱熹《诗集传》的注释：“鹊善为巢，其巢最为完固。”

据说喜鹊原本在全国各地广泛分布，但是二十世纪八十年代以后，它们在很多南方城市逐渐消失了，原因尚不明确——难怪我很少在家乡重庆看到这种鸟儿。然而在南京简直可以随处遇见这些胖嘟嘟的家伙，校园里、植物园里尤其多。它们身型颇大，停留的时候，只见头颈、胸、腰背都黑黢黢的，黑得看不清眼睛的流转，只有肩羽和肚腹干净洁白；一旦飞起来，翅膀舞成优美的扇形，就会展露出它们翅膀外缘另有一圈白，扑棱间在空中划出的是阵阵明亮的小闪电，靠近肩背处的羽翅还泛出一种带着荧光的深蓝。这鸟儿与人亲善，喜欢在人多的地方活动，它们在枝头刮刮乱叫，喑哑的声音并不动听，却还得意万分地把长尾巴一翘一翘，或者在草地里大摇大摆走来走去、捉小虫子吃，似乎完全不怕人的样子。然而你一旦真的想要靠近，它一溜烟就飞没了。

前面提到的《毛诗品物图考》，是一本专门阐释《诗经》中涉及的博物学知识的书。作者冈元凤是来自东瀛的汉学家，他将全书分为七卷，草部二卷，木部、鸟部、兽部、虫部、鱼部各一卷，每篇“先列经文、传义，次及《郑笺》、《孔疏》、朱熹《集传》等，兼引其他著作，辩以己意”，并配有精致的手绘图谱加以参照。据说此书在日本最早刊本为天明甲辰年（一七八四），后流传到中国，到清末时期已很流行。

我第一次知道这个书，是看鲁迅先生《朝花夕拾》中一篇，里面提到一个远方的叔祖，这位“胖胖的、和蔼的老人，爱种一点花木，如珠兰、茉莉之类，还有极其少见的，据说从北边带回去的马缨花”。当时还只是个十几岁少年的鲁迅，在这位叔祖的书斋里“看见过陆玑的《毛诗草木鸟兽虫鱼疏》，还有许多名目很生的书籍。我那时最爱看的是《花镜》，上面有许多图。他说给我听，曾经有过一部绘图的《山海经》，画着人面的兽，九头的蛇，三脚的鸟，生着翅膀的人，没有头而以两乳当作眼睛的怪物，……

可惜现在不知道放在哪里了。”“此后我就更其搜集绘图的书，于是有了石印的《尔雅音图》和《毛诗品物图考》，又有了《点石斋丛画》和《诗画舫》。《山海经》也另买了一部石印的，每卷都有图赞，绿色的画，字是红的，比那木刻的精致得多了。”（鲁迅《阿长与山海经》，《朝花夕拾》）

周作人出版于一九三七年三月的《瓜豆集》里有一文专门写其兄长，特别谈到鲁迅从小就喜爱书画，其中一个细节正是关于这本《毛诗品物图考》的：“顶早买到的大约是两册石印本冈元凤所著的《毛诗品物图考》，这书最初也是在皇甫庄看到，非常歆羡，在大街的书店买来一部，偶然有点纸破或墨污，总不能满意，便拿去调换，至再至三，直到伙计烦厌了，戏弄说，这比姊姊的面孔还白呢，何必换掉，乃愤然出来，不再去买书。这书店大约不是墨润堂，却是邻近的奎照楼吧。这回换来的书好像又有什么毛病，记得还减价以一角小洋卖给同窗，再贴补一角去另买了一部。”

后来在周作人出版于一九五三年三月《鲁迅的故家》、一九五四年四月《鲁迅小说里的人物》、一九五七年三月《鲁迅的青年时代》里，都提到这本书，所述本事大致相同，但各自补充了一些细节。

鲁迅先生珍藏的这套石印本我未曾见过。我手中这一本，是山东画报出版社二〇〇八年八月重印的，与网上可见的北京市中国书店据光绪丙戌年（一八八六）上海积山书局影印之版本比较，体例已发生了变化，请后人做了点校、加了注释。而原书的图谱，则力求保存原貌，精意印刷。我不通经学，对书中的考据以及后人的校注功夫，不敢妄断；但书中图谱，是十分喜欢的。就拿刚刚写到的喜鹊为例，“维鹊有巢”篇里那只鸟儿立于水畔，屈身后顾，炯炯的目光投向流水，俏丽的长尾巴翘得又高又直，正是一个跃跃欲动的姿态——黑白线画没有色彩的助力，全靠这线条的曲折饱满、风骨有度取胜。周作人说鲁迅少年时代读《诗经》是“硬读的，因此难以发生兴趣”，想必对《毛诗品物图考》的百般珍爱，无关乎书中的文字，而全在于图谱吧。

除却冈元凤的这本书，我还曾在日本国立国会图书馆网站上下载过一套极美的《诗经名物图解》，据说作者是江户时代的儒学者细井东阳（细井徇）。这一套图谱分草、木、禽、兽、鳞、虫几类，绘画风格稍有些接近中国传统文人的小写意花鸟画。其中我尤爱草木和虫部，譬如《邶风·简兮》的苓（甘草）、《豳风·七月》的薁（郁李）、《小雅·苕之华》的苕（凌霄）、《大雅·緜》的堇（紫花地丁）、《小雅·小弁》的蜩（蝉）、《豳风·东山》中的宵行（萤火虫）……无不纤秀俊逸，引人顿生爱惜之心。

转念想我们本国是否有类似的《诗经》博物图谱呢？冈元凤在《图考》最末说："梁有《毛诗图》三卷，唐有《毛诗草木虫鱼图》二十卷，宋有马和之《毛诗图》，久既失其传焉。"实在是很遗憾的事情。

谈到对博物画谱的关注，周作人其实是不输其兄的，他曾说冈元凤的图谱，比徐鼎的《毛诗名物图说》要好得多，又说"喜多川歌麻吕的《画本虫撰》乃是近来新得的"，"全书凡十五图，每图二虫，配以花草，上记狂歌以虫为题，凡三十首，作者宿屋饭盛等皆当时有名狂歌师也"，"永井荷风在《日和下驮》第八篇《空地》中云，我对于喜多川所作《画本虫撰》喜爱不已之理由，盖即因此浮世绘师择取南宗，与四条派之画家所决不画的极卑俗的草花与昆虫而为之写生也"——言语间正能见出作者的审美趣味。（周作人《书房一角》）

实际上周氏三兄弟皆极为喜好草木虫鱼之学——从前述对图谱的爱好也可窥知一二——这是很有意思的事情。三弟周建人是一名生物学家，我曾读过他一本《花鸟虫鱼及其他》。当年正是鲁迅鼓励他研究植物，给他寄去很多相关图书和一架显微镜。

周作人《雨天的书》里的《鸟声》《故乡的野菜》《北京的茶食》，《药味集》里的《四鸣蝉》《野草的俗名》，《看云集》里的草木虫鱼系列，还有《鲁迅的故家》里说不完的百草园、上坟记事中的山头花木……都是我爱读的小品文，加之散落各处的相关诗文画谱的推荐、介绍，假如归拢来合出一册"周作人的博物学"，也是厚厚的一大本了吧。不能不提的还有他翻译的《枕草子》，文辞的古雅自不必说，更好的是较之其他译本有更周到细致的注释，与正文形成极为美妙的互文关系——比如注"嫩菜"："原文'若菜'，指春天的七草，即是荠菜、繁缕、芹、芜菁、萝菔、鼠麴草、鸡肠草。七种之中有些是菜，有的只是可吃的野草，正月七日采取其叶食作羹吃，云可去除百病，避邪气。"还有我很喜欢的胡枝子，他也注得极美："原文作萩，但中国训萩为萧。盖是蒿类，并非一物。《救荒本草》有胡枝子，叶似苜宿而长，花有紫、白两色，可以相当。'萩'字盖是日本所自造，从草从秋，谓是秋天开花，有如山茶花日本名为椿花，从木从春会意，非是形声字也。"

鲁迅先生自幼喜欢描摹画谱、抄写古书，注意一下他本人以及周作人回忆文章中列出的书目，会发现其从小所倾心的就不是正宗的诗文，而是一些谈论神怪野史、花鸟虫鱼的东西。被鲁迅称为“我最初得到，最为心爱的宝书”的《山海经》，就是一部充满神话色彩的先秦古籍，记述古代地理、动物、植物、矿产、神话、巫术、宗教、医药、民俗等等。十几岁时影写的古书中有一本叫《唐诗叩弹集》，鲁迅花了很长的时间在其中“抄寻百花诗，如梅花桃花，分别录出”。后来不知从哪里借来一部《唐代丛书》,周作人抄了其中的《平泉草木记》,而鲁迅抄了“陆羽《茶经》三卷,陆龟蒙的《耒耜经》与《五木经》等”。

王磐的《野菜谱》也深得鲁迅喜爱。“它的品种虽是收得比较少些，但是编得很有意思，在每一幅植物图上都题有一首赞，似歌似谣，虽或有点牵强，大都能自圆其说。鲁迅影写这一卷书，我想喜欢这题词大概是一部分原因，不过原本并非借自他人，乃是家中所有，皮纸大本，是《农政全书》的末一册，全书没有了，只剩此一册残本，存在大书橱的乱书堆中。依理来说，自家的书可以不必再抄了，但是鲁迅却也影写了一遍，这是什么缘故呢？据我推测，这未必有什么大的理由，实在只是对于《野菜谱》特别的喜欢，所以要描写出来，比附载在书末的更便于赏玩罢了。”

在《瓜豆集》里还读到鲁迅《莳花杂志》二则，据周作人说，这是鲁迅在南京读书期间所写。选一则抄下来：“晚香玉本名士酡螺斯，出塞外，叶阔似吉祥草，花生穗间，每穗四五球，每球四五朵，色白，至夜尤香，形如喇叭，长寸余，瓣五六七不等，都中最盛。昔圣祖仁皇帝因其名俗，改赐今名。”

从日本留学归来之初,鲁迅一面教书、带领学生观察植物生态和采集各种植物标本,一面继续抄写古籍，“在这几年中不知共有若干种，只是记得的就有《穆天子传》,《南方草木状》,《北户录》,《桂海虞衡志》,程瑶田的《释虫小记》,郝懿行的《燕子春秋》,《蜂衙小记》与《记海错》，还有从《说郛》抄出的多种”——其中大部分都是古代涉及博物学的书籍。“这些抄本是没有了，但现存的还有两大册《说郛录要》，所录都是花木类的谱录，其中如竹谱笋谱等五六种都是他的手抄，时代则是辛亥年春天了。”

这些谱录的抄写对他后来辑录佚失古籍的工作有很大助益，比如辛亥前后他发意校勘《岭表录异》，就得力于前者甚多。这部受到鲁迅特别青睐的古书，是唐代刘恂所撰的三卷本地理杂记，记述岭南异物异事、物产民情，《四库全书总目》称其“记载博赡，而文章古雅，于虫鱼草木，所录尤繁”。鲁迅辑录此书的用力用心以及其中所体现的校勘学功夫，相关的传记、研究已颇多溢美之词，在此不赘。引我兴趣的是他一九一〇年写给好友许寿裳的一封信，特录一小段：“仆荒落殆尽，手不触书，惟搜采植物，不殊曩日。又翻类书，荟集古逸书数种，此非求学，以代醇酒妇人者也。”

——其间心绪看似颓废消极，但若真要深究起来恐怕没有那么简单，而青少年时期的鲁迅在抄写辑录古籍上所体现出来的口味偏好，对他今后的文学创作、思想发展又究竟有何影响，凡此诸种，需另辟文章详加考察，在这里实在不敢随便评说。但好谈神怪传说、花鸟虫鱼的天性，或许的确与贴近天地自然的原始初民之思维有相沟通之处，其中那一份天真未漓的赤子情怀，与他在《破恶声论》中所标举的未被文化传统污染之前的、“执着于内部生命真实的”素朴“白心”，实是一脉相连，在他看来这正是一个民族找回“本根”，恢复“神气”的关键所在。

出于特别的喜爱，我还想提一下鲁迅与郑振铎于一九三三年十二月编辑出版的木板水印《北平笺谱》。笺谱由当时在北平的郑振铎负责搜购笺纸样张、联系印刷装订，在上海的鲁迅负责取舍挑选、确定体例。鲁迅对印制的纸张、颜色、格式、开本等等都有精心的安排，对图案的择定就更是倾尽心力。都知道鲁迅爱画懂画，或许那“站在沙漠上，看看飞沙走石，乐则大笑，悲则大叫，愤则大骂”的形象太过深入人心，我看他个人收藏的画作，留下的整体印象，总是遒劲刚健、黑白分明的风格居多，动静间的巨大张力凸显的是一个强悍的伟大人格。然而在这《北平笺谱》的选画上，虽也绝不流于柔媚无骨，但无论是山水、人物抑或花鸟，都颇为温润柔和，充满圆融的生活情味。我个人的口味，当然是最爱其中花鸟虫鱼的部分，齐白石、陈师曾、金城……都是我极为喜欢的画家，他们笔下的牵牛、桔梗、南天竹，阶下的蟋蟀、草间的螳螂、花枝上的鸟儿，还有那开裂的豆荚，萝卜、白菜、大冬瓜，于我都是可亲可感可怀。转念想，世人熟知鲁迅战斗的一面，然而或许这悉心选画的温柔敦厚，才是他生命的底色吧。

赶紧收住话头，转回来继续说我见过的鸟儿。前面写到的喜鹊，还有一个近亲，在南京也数量巨大，那就是灰喜鹊。外形酷似喜鹊，只是羽毛的配色不一样，我尤其

灰喜鹊

喜欢它们双翅和长尾巴上的那片蓝——就像九月那些晴朗无云的傍晚，晚霞刚刚落下的时刻，天空的湛蓝稍稍浸了一点夜晚来临前的暗影——配上背部的小块银灰色，实在是很好看的。也许它们知道自己的蓝尾巴很美，总爱在枝头摆来摆去地炫耀；当它们落在草地上觅食，长尾巴就像一袭曳地的礼服，施施然扫过青黄的小草，就如裙摆掠过红地毯。这鸟儿喜欢聚众玩耍，叫声既不尖亮也不嘶哑，短促而单调，谈不上有什么韵律，然而一旦叫起来就此起彼伏，仿佛在相互应答，别有一种欢洽无隔的动人之处。

红嘴蓝鹊就不像喜鹊和灰喜鹊那么容易见到了。在校园里只见过很少的几次，大多只是惊鸿一瞥，看不分明。只有一次观察得特别真切，因为当时它正停在一壁爬满异叶地锦的墙上，津津有味地吃着它们深紫色的果子。这鸟儿长得实在太雍容华贵了，头部和颈部黝黑，头顶有几络白色，就像覆盖着一层纯洁的雪花，与肚腹细软的白毛交相衬映；弯弯的小尖嘴和细爪子是鲜艳的橙红色，眼睛也有一圈红，显得双目明亮灵活、顾盼生辉；翅膀和尾巴是极美的蓝紫色，在不同的光线下还有微妙的变化——它们是鸭跖草、桔梗或者我特别喜欢的勿忘草在六月最好的花期里才会呈现出的色泽——尾羽的末端有一抹白，内侧则有黑白相间的斑块花纹。这鸟儿固然浑身都生得好，但最好的还是那优美修长的尾巴，当它们展开翅膀骄傲从容地掠过，飘逸的尾巴会在空中展现出各种各样的姿态，有时候挺拔笔直，有时候打着俏皮的小弯儿，而大部分时候无可名状，也许像一支舞蹈，也许像一段音乐，还让人想起微风轻轻吹过稻浪。

图书馆对面的草坪上，常常有蓝白相间的家鸽走来走去觅食。因为早已被人类驯化，它们总是一派贤妻良母式的温顺祥和，绝没有红嘴蓝鹊那一脸的高傲孤绝。它们肥叽叽的体态，想必飞起来也没有多少轻灵洒脱之姿。不过我喜欢它们的圆眼睛，有一圈浅黄色的眼眶，就像一层妩媚的双眼皮。

在植物园南园的前湖畔，常常看到成群的黑水鸡。它们通体黑褐色，杂有一些白色羽毛，显得有些严肃乏味，好在有一个红黄相间的嘴喙艳丽夺目。虽说属于鸟类，但我从未见过它们飞翔，在草地上晃晃悠悠散步觅食的模样，倒有点小企鹅的姿态；它们善于游泳和潜水，喜欢成对在临水的灌木丛，尤其是蒲草、芦苇遍生之地活动，以水草、小鱼虾和水生昆虫为食。

红嘴蓝鹊

灰椋鸟

灰椋鸟也是到了南京才见到的一种鸟儿。对于华东地区来说它们是冬候鸟，开春了就会飞回北方，等到初秋才能再见。这鸟儿浑身灰黑，头顶、脸颊、肚腹和尾巴上间杂有一些白色；嘴和爪子橙黄色。别看这小家伙其貌不扬，但是性情非常活泼，总是成群结队地在草地上撒欢，在同一棵树上蹿跳不已，把树冠震得膨胀了好几分，然后又一起离去，让可怜的树冠缩回原形。它们还喜欢跟别的鸟儿玩耍，比如跟小麻雀一起在草间头蹭头地抢食物。我还经常在一块少有人迹的草坪上看到大帮鸟儿排成长队游行，定睛一看，走在最前头的是个头最大的珠颈斑鸠，然后是三两只灰椋鸟，扫尾的是几只小麻雀，三步并作两步还有些跟不上趟；它们一个个摇首摆尾、得意忘形，像在对这片领地里的小草一一检阅。

我宿舍的窗前有一株广玉兰。刚来的时候我对这棵树极为不满，我不喜欢它墨黑革质的粗大叶子，心想为什么不能是一株叶色翠亮清新的苦楝树、乌柏树或者榔榆、枫杨之类呢？更气人的是，树上还被住在高处的人扔了许多垃圾，乱七八糟地挂了满枝，真是狼狈不堪。然而鸟儿们并不嫌弃它，依然乐意飞来枝头唱歌玩耍。小麻雀叽叽喳喳叫得热闹，仿佛生活有咀嚼不尽的喜悦。乌鸫的歌声时常让人停下手边的事情，专心倾听。有时看书看得累了，扭头一看，刚好瞥见喜鹊或者灰喜鹊的长尾巴，像小姑娘长长的麻花辫梢，叫人忍不住想伸手去捉——于是，我开始喜欢上这棵树了。不止一次午夜梦回，睁开眼漆黑一片，却听到窗外有婉转多情的鸟叫声，那旋律弯弯拐拐，辨不清形状，但曲调里的卖力与急切清楚明白。这失眠的鸟儿叫什么名字、有什么衷肠呢？我回答不出。那一刻心中涌出的是一点歉意和很多的温柔与感激。

温室里的童心

在植物园的南园，有一个热带植物宫。入冬之后，就加倍想念那里，我知道那儿有久违的绚烂色彩。中国传统的审美文化以清淡为尚，所以人读了一些书，学习着鉴赏一点艺术，口味会渐渐变得清雅素淡，对于浓墨重彩、大胆泼辣的东西，往往斥之为俗，避而远之。假若私心藏着对鲜艳的爱好，也都颇有些羞于启齿似的。这大约是一个普遍的情况，我自己也不例外。

周作人曾说："就色彩言，长者以淡泊之色为尚，而在小儿则以刺激过弱，不觉其美。盖小儿如野人然，喜浓厚之正色也。"说"小儿如野人"，即是领会到儿童世界与人类生命的原生状态的内在相通，正是在这一思路的牵领下，引发了周作人持续终身的对儿童文学、神话学乃至民间文学的兴趣。他在《童话略论》中称："童话者不过神话世说之一支，其流行区域非仅限于儿童，特在文明之国，古风益替，此种传说多为儿童所喜，因得借以保存，然在在农民社会流行亦广，以其心理单纯，同于小儿，与原始思想合也。"后来在《知堂回想录》中再次谈及："以前因为涉猎英国安特路朗的著作，略微懂得一点人类学派的神话解释法，开始对于'民间故事'感到兴趣，觉得神话传说，童话故事，都是古代没有文字以前的文学，正如卡洛克的一本书名所说，是'小说之童年'。"钱理群先生对此的理解是："周作人对童话与儿童文学的迷恋，实质上是表现了他对于不受任何人束缚的原始的、自然状态的人，以及未被曲扭、未经粉饰的原始文化的神往。他认为，正是在原始人与文学里保存着人与文学的'自然之本相'。"（钱理群《周作人传》）

至于为何儿童与野人会以"浓厚"为"正色"，我想是因为儿童与野人天性上与自然的亲近，使得他们能够本能地通过直觉感受到大自然那种饱满蓬勃的生命能量，而这种能量的呈现之一种，正在于万物的色彩——也即是"自然之本相"吧。

周作人晚年回忆故乡生活："查阅旧日记，见上坟记事中多记花木事，这与我的记忆是相符合的。"因此又翻出旧作《儿童生活诗》之八："牛郎虽好充鱼毒，草紫苗鲜作夕供，最是儿童知采择，船头满载映山红。"他自己注云："牛郎花色黄，即羊踯躅，云羊食之中毒，或曰其根可以药鱼。草紫即紫云英，农夫多植以肥田，其嫩叶可瀹食。

杜鹃花最多，遍山皆是，俗名映山红，小儿折取玩弄，或掇花瓣咀嚼之，有酸味可口。”——我猜想假如没有一颗爱植物的心，恐怕是不大能够感受到这首诗中的色彩感的。羊踯躅又名黄杜鹃、黄色映心红，与我们熟悉的杜鹃花同一科属，花型也相似，只是杜鹃花如其俗名映山红，是玫瑰色、鲜红色或者暗红色，花冠中心有类似豹纹的深红斑点，而羊踯躅是明亮的金黄，中心的斑点换作了橙红。豆科黄芪属的紫云英，花冠中心白色，向外渐渐生出粉紫，再添上一点玫紫，在江浙地区的乡野被广泛种植，用以肥田、饲猪。我们想象一下这诗中深深浅浅的红色、黄色、紫色生长成片，在风中摇曳之时，会是怎样的盛况。

而当我站在热带植物宫门口，眼前展开的世界与外面的冬日之光判然有别，我突然觉得，我们不妨浪漫地设想，这寒冷天气里的一间温室，呵护的正是一颗爱惜色彩的童心。我欣喜地走进去，里面刚刚洒过水，所有的花草树木和它们周遭的空气都绽放出湿润的光彩。

首先扑入我眼睛的是几大丛开得正好的马蓝：漏斗形的花冠是悦目的淡紫色，也有的糅进了一点蓝。据说它们的茎叶可加工成一种靛蓝的染料，所以又名靛青根、蓝靛叶、野蓝靛。

我一直对那些懂得植物染色工艺的人充满歆羡之情，最近在读日本童话与奇幻作家梨木香步的小说《唐草人偶》，其中一位主人公蓉子就是一个研习植物染色的姑娘。对她来说，印染就是将草木的生命转换成颜色。她说梅树要歪七扭八、长满树瘤的老干才能染出漂亮的颜色，而不是新鲜的嫩枝；她懂得槲树叶适合染丧服，然而“即使同一个季节来采，也不见得每年都可以染出相同的颜色”；她会在清早采摘艾草，一部分趁着新鲜立刻熬汁，用来印染生丝，剩下的则煮进汤里，“艾草味噌汤散发着原野的味道。配菜只有祖母腌的梅子。”

植物在小说里可不仅仅是道具，它的气息弥漫渗透于文字的每一个缝隙。随意翻开一页，都可能发现作者又溢出情节的边界，陶醉不已地写生去了：“樱花季节过后，走在山野中经常会在出乎意料的地方发现紫藤花的帘幕。紫藤季节也过后，就开始发现开在高处的毛泡桐花了。那是比藤花再深一点的紫色。藤花由上方往地面垂挂，毛泡桐的花则朝向天空。”“从微暗的房子里看出去，可见庭院一隅高耸着几株蜀葵，花

黄花棯

蓝网纹万代兰

苞一直结到上面。等到最顶上的花开时，梅雨就结束了。”

锦葵科的黄花棯开放了。它们油绿的叶子生着细细的锯齿，此刻正湿漉漉地泛着光。淡黄的花朵娇小秀气，中心吐出的花蕊带着典型锦葵科植物的特征。对比旁边儿丛菊科的大吴风草和蟛蜞菊那种璀璨逼人的金黄，黄花棯的色泽是含蓄收敛的亚光，有令人安心的蕴藉。

在这里，兰花是见过很多了，文心兰、石斛兰、卡特兰、蝴蝶兰、兜兰……不过今天见到的这一簇蓝网纹万代兰我特别喜欢，所以要停留下来说一说。它的花被是白底配蓝色的网状花纹，那种既沉静又明朗的质感，好比青花瓷。想起柯莱特是写过兰花的。我打赌这位放荡的美人是边喝酒边写《花事》的，写到什么花儿都醉醺醺的。她说，“今天我的兰花是一个充满诱惑的变形的梦”。

天竺葵红焰滚滚，垂笑君子兰娇羞地低着头，粉芭蕉的色泽粉紫相糅，好得如同豆蔻年华。鹤望兰真像一只翘首企盼的仙鹤。前面曾经写到过花瓣与花萼浑然不分的植物，以及没有花瓣、花萼发育成了花瓣形状的植物；而鹤望兰则是花瓣和花萼各有其形，花萼的独特足以与花瓣媲美。这种又名天堂鸟的植物，头顶上那三束鲜艳的橙红色“鸟冠”正是它的花萼，而藏于其间的蓝紫色箭状物才是它的花瓣。

鹤望兰

杂交楼斗菜

类似这种花萼与花瓣同样具有观赏价值的植物，给我留下深刻印象的还有柳叶菜科的倒挂金钟、毛茛科的杂交楼斗菜和还亮草。楼斗菜生五片花瓣，与花瓣同等数量的花萼舒展得比花瓣更加开阔，整朵花看上去就像生长了两轮花冠，两轮色彩的深浅不一又增添了对比的美感。而还亮草是一色的清蓝，两对花瓣小小的，轻柔地护住花蕊，五枚萼片则开成一轮，还有一枚向后延伸，像翘起的小尾巴，又像田径运动员起跑时千钧一发的时刻。

倒挂金钟的花萼有红白两色，含苞的时候就像一枚精致的小果子。初开时，润阔的萼片微微裂成四瓣，心急的花柱就探出头来打量外面的世界；花萼渐渐舒张开来，向外翻卷出一个优美的弧度，一如驼走落日的大雁展动的双翅，坦露而出的花瓣有白色、粉色、紫色，单瓣的往往合抱在一起，或者轻微展开一点，重瓣的就层层叠叠地漾开来，八枚纤柔的雄蕊簇拥着它们飘逸修长的雌性花柱。

我在温室里来来回回，想要感受和捕捉到更多的信息，像是在追怀逝去的流光。外面是寒冷的冬天，而这里面的温度，大约正是春末夏初的时节。我的老师李振声曾经写过一本勾勒和评述中国“第三代”诗的专著《季节轮换》，他在后记里说：“我喜欢‘季节转换’这个书名。世间万物当中，岁时的更迭与季节的轮换特别给我一种难以言说的庄严的感觉。不过，在我栖身的这个城市，人们对繁华的敏感已经将岁时的意义荡涤殆尽，以致你要静静留意季节的流走、体验由此带来的内心的庄严，就不得不自己去另找地方。我一年中总要找一两次借口，到远离这个城市的地方去跑跑。”

他希望自己这本书的梳理工作，“就像自然季节转换的时候，一个手持竹帚的扫叶人在庭院或路旁，静静地、慢慢地清理一茬茬落叶一样”。而在全书的结语处，一向谦逊的李老师特地引用史蒂文斯《弹蓝色吉他的人》里的两句诗，来对自己可能有的欠缺表达歉意：“我弹不出完整的世界，/虽然我用尽了力量。”

还亮草

倒挂金钟

我想说的是，每次我试图记录大自然的一点一滴，心中的感受与写下那两句诗的李老师一模一样。李老师曾经说："跟天道相比，人道实在算不了什么。"然而如今的城市生活，已经将天空和大地割裂得支离破碎，我们只能在边边角角的地方零零碎碎地触摸一下自然，还有多少空间来完整地感受天地的运行呢？

然而总有一些了不起的作家，他们不会满足于像我这样割裂式地、零零碎碎地感受和描绘自然，他们能够浑然完整地感受包括植物、动物、人类在内的所有一切共同构成的大自然那种不可思议的纷繁复杂，并且把这种感受用文字呈现出来，比如梭罗，比如写作《沙乡年鉴》的奥尔多·利奥波德。

实际上利奥波德最主要的身份并不是作家，更是一个森林学家、土地科学家、"野生动物管理学"的创始者、率先提出"土地伦理"的生态主义者。《沙乡年鉴》正是他对于自己奉献了一生的这番事业的一个思考结晶。全书分为三个部分，第一部分是按月进行的"沙乡"农场生态环境记录。"沙乡"是位于奥斯康星河畔的一个由于滥用而几乎沙漠化的废弃农场，一九三五年利奥波德把这里买了下来，每到周末和假期就带着妻子和五个孩子来这里种草植树，尝试恢复这片土地的生态平衡。第二部分则有着更为辽阔的视野，作者回忆自己曾经工作和生活过的那些地方，"从威斯康星到爱荷华州，从俄勒冈到犹他，从亚利桑那到新墨西哥，从伊利诺斯到马尼托巴……几乎遍布北美大陆"。他为这些地方曾经所呈现出来的天地大美而倾倒，也为由于我们人类的破坏行为而逝去的自然共同体的和谐而痛心惋惜。最后一部分则提出自己的保护主义美学、对荒野价值的理解以及对"土地伦理"的倡导。

成天在野地里打转，能碰上多少有意思的事情啊，所以他的写作总是涉笔成趣、引人入胜，清晨去山丘里转悠，可能"会发现一只刚在夜袭后迟归的浣熊或水貂。有时，我们会打搅一只还未捕完鱼的大蓝鹭，或者惊吓了一只带着一支幼鸭护航队的母林鸳鸯，它正逆流而上，为的是找一个雨久花草荫。有时，我们还看见一只鹿正悠闲地返回树林，它刚刚用紫苜蓿花、婆婆纳和野莴笋填饱了肚子。但更常有的情况是，我们只看到那懒洋洋的牲畜蹄子在洒满露珠的、丝一样光滑的地上所踏出来的，错综交织的暗色的足迹。"

需要特别注意的是，作家笔下所有这些细节之趣，都不是孤立的个体，而是彼此交流汇通、息息相关的。他知道由于落叶松让土壤变成了酸性，才能生长出“兰花中最美丽的一种：拖鞋兰”；他夸赞一棵古老的三角叶杨，“因为在它年轻时，曾为北美野牛遮阴，并给候鸽戴过光环”；“我喜欢紫果卫矛，部分原因是因为鹿、兔子以及田鼠，是那样贪婪地吃着它宽阔的枝条和绿色的嫩芽；另一部分原因是，它那鲜红的浆果在十一月的白雪映照下，发着使人感到温暖的光。我喜欢梾木，因为它给十月的东蓝鸲提供食粮。我喜欢花椒，因为我的山鹬每天在它的刺丛中进行着日光浴。我喜欢榛树，因为它十月的紫色使我饱尝眼福，还因为它十一月的花穗喂养着我的鹿和松鸡。我喜欢美洲南蛇藤，因为我父亲喜欢它，同时也因为，每年七月一日，鹿便开始吃它的新叶，我一直记着把这个事件预先告诉我的客人们。”——在他看来，这样一种天地万物之间的相互联系、依存与共生，正是自然之美的核心与真谛。

利奥波德在书中反复申说荒野的价值、“土地共同体”的重要性，他一针见血地指出一种普遍的误解：看不到的荒野是没有价值的，未曾使用过的偏僻地区对社会是无用的。“对这些缺乏想象力的人来说，地图上的空白部分是无用的废物，而对另一些人来说，则是最有价值的部分。”

之所以说它是最有价值的部分，是因为在利奥波德看来，“荒野是人类从中锤炼出那种被称为文明成品的原材料”——也就是说，荒野是人类文明的源头和根基——“荒野从来不是一种具有同样来源和构造的原材料。它是极其多样的，因而，由它而产生的最后成品也是多种多样的。这些最后产品的不同被理解为文化。世界文化的丰富多样性反映出了产生它们的荒野的相应多样性。”

“在人类历史上，前所未有的两种变化正在逼近。一个是在地球上，更多的适于居住地区的荒野正在消失。另一个是由现代交通和工业化而产生的世界性的文化上的混杂。这两种变化中的任何一种都不可能被防止，而且大概也是不应当被防止的。但是，出现了一个问题，即通过某种轻微的对所濒临的变化的改善，是否可以使将要丧失的一定的价值观保留下来。”——而利奥波德写作《沙乡年鉴》，其实“是一个恳求，是为了使那些有一天愿意去看看，去感受，或者去研究他们文化属性的根源的人受到教育，为了保留某些残留的荒野，就像保存博物馆的珍品一样而提的恳求。”

可是在一个一切以经济动机为出发点的运行机制中，又有多少人在乎“我们是从何而来”呢？如果仅以经济标准来考量，“土地共同体的大部分成员都不具有经济价值。野花和鸣禽就是一个例子。在威斯康星，当地所有的两万两千种较高级的植物和动物中，是否有百分之五可以被出售、食用或者可做其他的经济用途，都是令人怀疑的。”那么，是不是所有这些没有“经济价值”的生物，就都是无足轻重的呢？生物链中有“经济价值”的部分，可以在无“经济价值”的部分缺失的情况下健康运转吗？

利奥波德告诉我们，土地共同体是一个高度组织起来的结构，它的运转依赖于各种不同部分的相互配合与竞争。如同人体一样，如果一片土地出现了问题，“病症可能发生在某个器官，而原因却在另一个上。我们现在称作保护主义的措施，在很大程度上都只是起着局部的镇痛作用。它们是必要的，但不能将它们与治愈混淆起来。”“今天，普通的公民都认为，科学知道是什么在使这个共同体运转，但科学家始终确信他不知道。科学家懂得，生物系统是如此复杂，以致可能永远也不能充分了解它的活动情况。”“在很多情况下，我们确实不知道，需要有怎样良好的行动，才能指望得到健康的土地，除非我们有一片荒野来与有病的土地作比较。”——也就是说，所谓荒野是我们的根基，不仅仅指一切文明来自于荒野，同时还意味着，我们永远需要荒野作为参照和依托来随时调整与矫正当下文明的走向。

荒野是一种只能减少不能增加的资源，要想创造新的荒野是不可能的。在利奥波德看来，假如我们还想保护好已经所剩不多的“文明之根基”，就需要建立一种“关于土地的伦理”——“迄今所发展起来的各种伦理都不会超越这样一种前提：个人是一个由各个相互影响的部分所组成的共同体的成员。他的本能使得他为了在这个共同体内取得一席之地而去竞争，但是他的伦理观念也促使他去合作。”然而我们以前的伦理观念只将这个“共同体”局限于由人所组成的社会，而利奥波德认为我们应该扩大这个“共同体”的界限，它还应该包括水、植物、动物以及承载这一切的土地。“简言之，土地伦理是要把人类在共同体中以征服者的面目出现的角色，变成这个共同体的平等的一员和公民。它暗含着对每个成员的尊敬，也包括对这个共同体本身的尊敬。”

“总而言之，了解荒野的文化价值的能力，归结起来，是一个理智上的谦卑问题。那种思想浅薄的，已经丧失了他在土地中的根基的人认为，他已经发现了什么是最重要的，他们也正是一些在侈谈那种由个人或集团所控制的政治和经济的权力将永久延续下去的人。只有那些认识到全部历史是由多次从一个单独起点开始，不断地一次又一次地返回这个起点，以便开始另一次具有更持久性价值探索旅程所组成的人，才是真正的学者。只有那些懂得为什么人们未曾触动过的荒野赋予了人类事业以内涵和意义的人，才是真正的学者。”

一月采绿

你遇到过精灵吗

家乡的冬天

寒假到了，外地念书的学生们开始准备回家过年。临走前，我再次去了植物园，跟那些熟悉的花花草草告了个别。回到家乡重庆，回到熟悉的园子里，真要感慨这里的冬天跟南京判然有别。一月的南京，空气是古城墙的颜色，干燥、冷硬，铁面无私。连植物园里都满目嶙峋，风过仿佛一片铮铮之声。我看着剃了光头的枯枝，真担心那些树之精灵因为无处藏身而再也不来了。而眼前的园子，草木依然茂密，空气泛出一种陈年苔藓的光泽；也还是冷，但这种冷浸透了绿色，触上皮肤有微微的绒毛感，抚去了针锋相对的犀利刻骨。

重庆的冬天多阴雨，少阳光。去峡谷散步，加倍感觉到空气的濡湿。峡谷顶端终年有活水坠下，形成一脉溪流，纵贯整个峡谷。春天水畔遍开淡紫色的扁竹根，溪水轻盈活泼，跳荡得太快，囫囵吞枣的节奏变幻让人听不仔细；夏天蝉声攘攘，把水声搅得破碎不堪，再加上膨胀的热气似乎能将声音涣散熔解，无法在耳朵里完整地凝聚，一如岸边蒲公英、黄鹌菜白绒绒的瘦果，冠毛遍覆，没有一个朗然的轮廓；秋阳灿烂的日子里，碧空高远，空气透明，溪边接骨草的橘红果子娇艳欲滴，这时的水声仿若空谷足音，最为清脆明晰。而此时正值深冬，层层雾霭笼罩，让天地都有些灰蒙蒙的，溪水声传来如有一种阻隔，显得沉闷混沌。水边生着几大丛南天竹，原本翡翠色的叶子现在红的红、黄的黄，成串的果子沉甸甸垂着，有深红色、枣红色，也有的已经漆黑发亮。

羊蹄甲的叶子依然像春天那样青春无敌。小叶女贞青色的小果结得丰盛。阔叶十大功劳的蓝紫色果子上覆盖着细细的白霜。冬青卫矛枣红的种皮开裂成一个好看的形状，里面橘色的种子已经不见了踪迹。

一侧石板路边有长排的水杉，春夏翠色逼人，小刷子般的叶片筛下细细的阳光。深秋的时候，满树叶子转为灰黄，是盛夏燃烧后的余烬。阳光灿烂时，一片金光闪闪，仿佛秋树被重新点燃。如今树干已经空落落的了，枯黄的细叶密密覆盖在树下的灌木丛和石板路上，每次路过都不忍惊动和破坏。

湖边有一丛一丛的芒草在飘动，映在水中的倒影真美。忽然，飞来一群白腰文鸟

山茶

蜡梅

停在上面，津津有味地啄食种子，像给时间打上了标点符号。曾经疯长的葎草此时皱了、锈了、残破了，但蜿蜒而下的姿态风韵犹存。蒲儿根金灿灿的小脸蛋一枚枚从湖边野地冒出来，它们是少受季节约束的野花，即使在寒冷的一月，照样能开得圆润饱满。

上环和中环开了很多山茶花，花色有洋红、玫瑰红、粉红，也有明亮干净的纯白；有的花瓣简单爽朗，有的花瓣层层叠叠、充满立体感。有一家小花园里，有姿态很美的茶梅正打着花苞。一直不太分得清山茶花和茶梅，只有等到它们凋零的时候才能见分晓——因为茶梅的花瓣一片一片散落，而山茶则是一朵一朵完整地坠下。后来有花友告诉我，山茶的姿态更像一株小树，有明显的、挺直的主干，而茶梅是矮生的灌木，在很低处就开始四面分支。

空气里有花香。或许因为长期浸在冷空气里，冬天的香气瑟缩着，羞赧而含蓄，不似盛夏的气味那般伸手蹬脚、奔放激烈。四季桂向来不是香味铺张的花儿，到了这个季节更加韬光养晦，似有若无的暗香只能在不经意间有所会意，假如非要凑上前去刻意猛嗅，反而什么味道也闻不出来。蜡梅树枝姿态孤绝，然而明黄的小花朵透露出暖意；它们的香气清冽遥远，却又绵绵不绝，一缕一缕、一层一层，终于弥漫了整个天地。

蜡梅科的植物只有两个属，一个是蜡梅所归的蜡梅属，另一个则是夏蜡梅属。我曾经在中山植物园见过夏蜡梅，没有腊梅那样的香气，外形也与之相去甚远：它由内外两层花被构成，外面的花被白色为底，边缘染了一点粉红或者紫红，还有若隐若现的斑纹；内面的花被是柔和的嫩黄，与其贴心保护的花蕊同色。我喜欢这种层次丰富的花儿，想要再次一睹芳容，就得等到五月初夏来临了。

当然迫不及待要去爬山。每次顺着灰扑扑的公路、曲曲弯弯的土路走进山脚下那个村落，眼前的世界顿时变得明亮开阔，有完整的天空、连绵不绝的山脉，还有层次朗然的农田——即便已是深冬，红褐色的泥土也并没有裸露得太多，青绿或浓绿的庄稼依然生长得很好。熟悉的那两棵小桃树自然早就光秃秃的了，但无数常绿的大树照旧顶着蓬松的树冠微微摇晃。田埂间大抱大抱的稻草堆，我最喜欢冲过去扑个满怀。水塘里两只肥美的大白鹅在谈情说爱。几个小男孩生了火，浓烟一点点升起来，映衬着远方绿意由深至浅的山峦，它们的轮廓暧昧又清晰。

脚边丛丛簇簇的野草，仔细看，一些心急的花儿还不到春天就开了。菊科的牛膝

夏蜡梅

牛膝菊

豆梨

青冈叶

菊五瓣白色的边花生得轻手轻脚、敛声屏息，纤小得仿佛生怕妨碍了别人，衬得黄色的管状心花所占比例有点太大；然而小归小，还不忘细细地三裂开来，像某种机灵的小兽物乖巧的蹄子。春天的繁缕总是开得几乎要溢出世界的边际了；此时还远远没有这样的阵势，只是间或蹦出几朵，因为没有同类的争抢，吸饱了土地的精华，开得特别丰润晶莹。

豆梨叶子凋落净尽，只有一两颗深褐色的果实顽固地留在枝头。爬到每年采山莓吃的地方，看到白色的小花已经开放了好几朵。春夏的青冈叶子绿意滋润，此时有的黄绿相杂，有的是一种介于明黄与枯黄之间的纯色，逆光望去脉纹楚楚。还有很多别的树，叶子凋零了大半，让人再也辨不清眉目、喊不出名字了。然而那些残留的叶子，叶形不再完整、颜色不再葱嫩，却自有一种说不出来的、洗尽铅华后的温润动人。

一路看到好多蕨类植物，紧紧地打着弯，像小小的蜗牛壳，有趣极了。半山腰垂下几株野生的紫珠。在南京中山植物园见到的紫珠，是精心培育的品种，一枚一枚颗粒饱满、色泽浓郁，充满了娇生惯养的贵族气息。眼前这野生的小珠子当然瘦小得多，表面也没有那么光洁，但那种紫色依然极为纯正，很容易就从一堆荒木野草中脱颖而出。

半山腰的那潭水显得很干净。水边的芒草摇头晃脑，也许是在轻轻唱歌。如果阳光再强烈一点，空气再通透一点，那美妙的歌声应该就会穿过竹林抵达我的耳畔。茜

茜草

浆果薹草

草结着蓝黑色的小圆果子。浆果薹草，又名红稗子、野高粱，它的个头大概只有高粱的三分之一那么高，叶子纤细瘦长，也比不上高粱叶的潇洒风度；然而这时节它们结出的果囊确有以假乱真的能耐，同一株上未熟的青色跟成熟的鲜红恰成对照，正是最好看的时候。

从潭水上方的这片竹林走到六月里采折耳根、七月里看蚂蚱蹦的另一片竹林路途中，发现了几丛草珊瑚。它们正结着红彤彤的果子，在这色彩黯淡的冬天显得特别娇艳欲滴，仿佛冬之精灵把爱情都献给了它们。

再往上走，我喜欢的两株连蕊茶还在那个熟悉的地方，已经打上了青色的花苞。到了二月，花苞上会慢慢飞出粉色的红晕；三月初，花朵就羞答答地微微展开，露出鹅黄色的花蕊。快到山顶的地方，有几大蓬蔷薇科悬钩子属的高粱泡，它们在八月里开白色的小花，引来无数美丽的蝴蝶、蜻蜓。此时枝头结出了鲜黄色的聚合果，也许成熟后还会变成艳红色。我摘了一大捧解馋，是微微成形的酸、甜和涩，不像那些驯化水果那般有强烈的味觉刺激。意外发现大片黄果子对面还有几朵开放的山白菊，孤零零的一株，花瓣已经有些残破，仿佛是贪恋这世间的光影，宁愿在寒风中瑟瑟发抖，也不愿随着季节的流转而离去。

雨后初晴，山中随处可见各种各样可爱的小蘑菇——准确地说应该叫真菌。我对它们叫什么名字、有什么特性，几乎一无所知，只泛泛地知道菌类虽然看上去跟植物接近，但因其没有根、茎、叶，也没有叶绿素，不能进行光合作用，所以并不归入植物界。我很喜欢这些小家伙，它们湿漉漉、圆嘟嘟，有着最天真生动的外形，也许给它们画上一个鼻子眼睛，它们就会笑出声，画上小手小脚，就会轻快地弹跳起来；还常常泛出极其梦幻的色泽——比如甜蜜的草莓红、鸡蛋黄、晚霞似的橙金色，比最远的天空、最深的海底更安详的湛蓝色，还有纯粹的透明无色，像阒无人迹的森林幽静处涌起的一眼泉水——仿佛刚从童话世界里返回，又或者它们原本就待在童话世界里，是我自己误闯了进来。

看了纪录片《植物私生活》和《植物王国》，才对这些精灵们多了一些了解：真菌不能产生种子，它们用一种极为细小的尘状孢子来繁衍后代；这些小小的颗粒随风飘过林地，四处都可以生长。我们看到的那些“小伞”一样的菌体，其实只是它们极小的一部分，也并非它们的常态——只有当其需要繁衍后代的时候，“小伞”才会从地底冒出来。其他的大部分时间，它们是一些在泥土里四处游走的细丝；它们会制造一些消化液，分解从各种渠道获取的有机物，然后伸出更多的细丝。这些细细的菌丝纵横交错，蔓延穿过森林，可达数百米，甚至更长。

纪录片能通过一些技术手段，把人类肉眼无法抵达的隐秘世界展示出来，比如真

连蕊茶

高粱泡

菌在地底的生长姿态、花朵和昆虫精妙的互动；也能将时间的流速改换成动物或植物的标准，捕捉它们最细微的生长变化，让我们能在荧幕上用很短的时间看到生物从出生到死亡的全过程。这其中我们会看到很多闻所未闻的奇特品种，它们或许有令人屏住呼吸的美艳，或许有令人叹为观止的怪异习性，让我们眼界大开；但我同样喜欢在里面看到那些日常的、我叫得出名字、为它们拍下过照片的常见种类，它们看似普通，却原来有着令人意想不到的巧思，这种重新发现的体验也是极为迷人的。

在《植物私生活》的最后，大卫·艾登堡神情庄严地说了一段话，我把它们抄在这里："植物有各种各样的能力，能在环境困难的居所生存，结冰的石块、冰川，或者严寒干燥的沙漠，它们有方法抵抗火灾和暴风雨、对抗动物的袭击，有些甚至能够反过来吃掉动物；但有一样东西植物抵御不了，那就是人类故意的破坏。人类不断地砍伐挖掘烧毁，如今我们破坏的规模更大。要知道我们破坏植物等于自掘坟墓，任何动物都离不开植物，可以毫不夸张地说，植物是地球上一切生命的基础，我们只能保护它们，否则只会是同归于尽。"

通晓植物灵魂的人

阴雨连绵的日子，正好窝在室内读书。眼下在看的三本，写的都是与老百姓日常的吃、穿、用紧密相关的植物：吴忆萍《台湾民俗植物》、刘克襄《失落的蔬果》《岭南本草新录》。两位都是台湾作家。每涉及一种植物，皆配有著者亲笔手绘的植物图谱，令人爱不释手：吴忆萍用的是水彩，线条和着色都充满了女性特有的温润甜美；而刘克襄则采用清简的黑白素描，别有一种干净浑朴的质地。

书中关于植物的民俗，大多来自台湾高山族从远古时代开始在大自然中讨生活而慢慢积累的生存经验。如今，现代化进程早已大踏步占领世界的几乎每一个角落，人类那些从大自然中习得的古老智慧，仿佛已经变成了屠龙之术，与我们现代人、现代生活多有隔膜了。今天的我们不再把植物视为亲人，即便是我这样一个自称"植物迷"的人，也只懂得把它们当作观赏的对象了。好在依然还有那些通晓植物灵魂的人，轻手轻脚把人类与植物曾经的亲密关系从历史的长河中打捞出来，温柔地捧在手心，如同捧着璀璨晶莹的无价之宝。我最喜欢在其中读到那些我见过、甚至就在我身边随处可见的植物。我也许曾经在它们树下歇过凉，曾经为它们花瓣的色彩、叶片的形状而陶醉，而现在我听闻它们是那么贴心贴背地参与过祖先们的日常生活，这种感觉真是奇妙而美好。

在《台湾民俗植物》里，我得知在翠屏山上见过的罗氏盐肤木，它的果皮含有白色乳脂状的咸味物质，曾经是盐的代用品；而"它的木质轻且有弹性，泰雅人取其木材制作成传统木琴，声音特别清脆悦耳动人"。我一直喜欢火棘红溜溜的小果子，原来它们是可以吃的，据说味道甜中带些涩味，像熟透的苹果。在印尼海岛上见到的黄槿，靠海的居民会摘其心形的大叶子当作糕粿的枕垫，而我家小区随处可见的艳山姜（月桃），因其叶鞘质地柔软，含丰富的纤维，常被人们拿来制成绳索或编织成凉席、挽篮之类。山棕的叶子是编织蓑衣的好材料。入秋后开得如梦似幻的木芙蓉竟然还是上等的野菜，将其花朵摘取后，除去花萼后清洗干净，即可油炸、煮汤或腌制泡菜，十分美味。江浙地区常见的无患子，"核果果肉饱满，内含有丰富的皂碱成分，搓揉或以木槌敲打后，便有泡沫产生；以前肥皂尚未普遍的年代，人们便以它的果实当作天然肥皂，用来洗

黄荆

鸡屎藤

头发、洗衣服”。我常去的湖边，有几大丛黄荆，从初夏到初秋一直开着淡紫色的唇形小花。它们的叶子因为有特殊的气味，人们常将其捆成束晒干，点燃之后能驱除蚊虫；还可以把叶子放在水果箱子里，用来催促尚且青涩的水果，据说经黄荆叶熏过的水果会很快成熟，而且有特殊的香气。

刘克襄写的都是自己亲口尝过的植物。跟所谓的“美食家”追求精致丰美的口感不同，他翻山越岭、上乡下野，四处搜寻未被驯化或濒临遗失的野菜野果，在他看来，这些老旧物种的朴讷苦涩才是“野性”该有的味道。《失落的蔬果》和《岭南本草新录》里所记并无什么奇芳异木，其中相当一部分都是我从小看到大的野草、在植物园里摩挲过多次的花果；然而除却蕹菜、鱼腥草等少数几种之外，我从不知道还有这么多竟都可以用作吃食。

比如关于鸡屎藤的文字就令我喜出望外。这种生长力健旺的藤本植物开紫心白边的小细花，颇让我倾心，但是叶子散发的味道，实在是臭不可闻（看看它的名字就知道了），谁能想到台湾人竟有拿它做成糕点的传统呢？将叶子拢集、清洗后，慢慢熬煮一个小时以上；再缓慢搅和，拌出特殊的香气；掺以糯米，做出一块块黑色的小粿糕，还不忘垫着香蕉叶。“为求美观和嚼食的口感，中间还放置一粒花生仁。放入竹笼后，再以圆形的土灶，用薪柴慢火蒸熟”——据说用艾草和鼠曲草做的，都不如它。如果想领略其叶的美妙，又嫌粿食工序复杂，也可以只简单地加油、蒜清炒；哪怕只随性地拌饭闷煮，开锅时也会香气四溢。(《岭南本草新录》)

虽然不懂野菜野果，但我是个很喜欢下厨的人。成为一个能给心爱的人做出满桌可口饭菜的甜美主妇，一直是我的人生理想之一。可惜进了厨房就变得笨手笨脚的我，离这个理想似乎还颇有距离，但我的的确确很享受在厨房里忙活的感觉。

最喜欢的就是洗菜切菜的过程。我喜欢拿起一个泥巴乎乎的胖土豆，在手里掂来倒去感受它的重量和形状；喜欢把它们细细地清洗干净，露出浅黄的温暖色泽，还有一粒一粒的"小雀斑"；喜欢菜刀切下去的声音，既不清脆也不钝重，是一种特别踏实的感觉。

还喜欢各种新鲜蔬菜摆放在一起的五彩缤纷。红艳艳的西红柿，深紫色的茄子，水绿的黄瓜、丝瓜、冬瓜……我喜欢把它们切成好看的形状，精心配置在干净洁白的盘子里，充满了对比的美感。我就这么乐此不疲、陶醉不已，导致做一顿饭用去的时间总是太长太长，等饭的人从饥肠辘辘等到饿过头、直至都忘记吃饭这回事了，饭菜才能端上来。我红着脸为自己开脱，引来一阵嘲笑——你这哪里是做饭，是在审美吧？！

其实我想说，有时候我所体验到的，是比审美更奇妙的感觉。我精心地准备配料，把香菜洗得干干净净，一朵一朵小绿叶子像小花朵一样展开；大葱小葱都要有，再加一点芹菜，齐齐整整切成小段子；肥嘟嘟的红海椒、青油油的尖椒，切作方方的颗粒；白胖的大蒜剁碎，生姜也斩为细末；还不能忘了洋葱，它们一层一层的淡紫色漾开来，好看极了……就在我欢快地使着菜刀时，所有调料的香味在一点一点地升腾，在空气中触碰、融会、交织，最后搅扭成一股小小的旋风在我面前席卷而过，把我袭击得睁不开眼，眼泪鼻涕全都不听使唤了，一连打上十几个喷嚏还停不下来……等一切终于平息下来，眼前一盘一盘惹人垂涎的配菜安然无恙待在那里，仿佛什么也没有发生过；但我心里明白，刚才是香料精灵们来过了。

正因为有过遭遇香料精灵的体验，我读到墨西哥女作家劳拉•埃斯基韦尔的小说《恰似水之于巧克力》时，别提有多高兴了。这部被称为"美食版《百年孤独》"的小说有十二章，每章开头都介绍一样东西的制作方法，除了第六章讲造火柴以外，其他各章都是一种菜肴或糕点。据说这些烹饪秘方全都是真实可行的。女主人公蒂塔从小在厨房里长大，跟她那几个在闺房里摆弄洋娃娃的姐姐不同，她从一开始接触的就是一个“广大的世界”——“那个广大的世界从通向房子内部的厨房门开始，因为和厨房后门相连的、对着的庭院、大果园和蔬菜地的世界是完全属于她的，是受她支配的。”

从小为“看到水珠儿落在炽热的饼铛上会怎样地舞动”而喜悦的蒂塔，一直是通过厨房和厨房外面的庭院来理解这个世界的。当她发现菜豆煮了很久都不熟，她相信那是因为菜豆目睹了她跟人争吵的模样而变得郁郁寡欢了，为了改变菜豆的精神状态，她得亲切地给它们唱歌，“在唱歌时最好是在记忆里寻找一个非常幸福的时刻，重新感受它”，只有把这幸福的情绪传递给了菜豆，它才能被煮得恰到好处。

这部小说并非有多么完美，但我喜欢贯穿整部小说的那种野性的思维方式、野性的想象力，落实到小说最核心的层面，也就是野性的语言。你能感觉到文字在手拉手跳舞狂欢，在枝枝蔓蔓地生长，色彩、形状、气味、声音碰撞在一起，嗤嗤燃烧，噼里啪啦炸裂，真像油香了，五花八门的食材投下去爆炒的瞬间。

作者劳拉除了精于烹饪，还喜欢编织和刺绣，认为它们“具有神圣的意义”。年轻时她曾认为这些都是落伍于时代的微不足道之事，她在学校里接受高等教育，知道了——“死人、石头、植物都不会说话，幽灵是不存在的，玉米神及其他的神仙都属于人类的原始而魔幻的想象，在理性而科学的现实世界里是不存在的。呜呼！我学了多少东西呀！那段时期，我感到跟那些一辈子关在厨房里的女人们相比，我特别有优越感。我深深地为她们感到遗憾，因为竟没有人告诉她们，冥冥之中，并不存在什么玉米神。我相信那些课本，相信大学里充满了世界的真相。”她参加轰轰烈烈的女权运动，投身到推动社会变革的斗争当中，认为这才是实现个人价值的正确途径。

直到一场爱情的爆发让她拥有了丈夫和女儿，为了喂饱他们，她重新回到厨房，回忆童年记忆中的菜谱。“就这样，我发现，真真切切如同我小时候就知道的一样，在厨房里可以听到声音。我清清楚楚地听到我母亲在给我一个一个地念菜谱。其后，又经过一段时间的实践，我能够听到我死去的外婆告诉我如何准备这个菜、那个菜。”随着跟过去的联系一点点加强，终于有一天，她发现自己跟自己的母亲、祖母所做的一样，让女儿踩在一颗谷子上表示敬意，“因为那里面有玉米神”。

与此同时，她不无痛苦地意识到，自己所参加的革命当中，“没有一场最终建立起一套适于‘新人类’出现的体制。这在一个不平衡的社会，一个只导向生产与消费的社会，或者一个不能平等地满足人类的精神与物质需求的社会，是不会出现的。”“亟须一场新的革命的到来，而且我认为这场革命不会是由外至内，而是逆向而行。这革命在于复苏我们的仪式，我们的典礼，在于建立一种新的联系——同地球，同宇宙，同神灵。”只有这样，才能“使我们在进入一个群体时带着我们的过往，从而知道我们从哪里来、该往何处去”。所以写作《恰似水之于巧克力》的她，是要向这样的女人们致敬：“她们没有忘记石头会说话，泥土是活生生的生命，她们会将每一个日常的举动变成一种跟宇宙相通的仪式。”

小说的最后，蒂塔与她的心上人佩德罗终于团聚，他们灼热的肉体迸发出明亮的火花，火花点燃了床单，床单又点燃了整个房子。“黑房间变成了一座欢快的火山，它向四面八方喷发着石头和灰烬。石头一飞上天就爆炸，碎石变成了五彩缤纷的烟火。”大火似乎横扫一切，只留下蒂塔的一本菜谱。“在灰烬下面，盛开着各种各样的生命之花，把那块土地变成了当地最肥沃的土地。”而这个家族的后人说：“只要有人按照蒂塔的菜谱做饭，她就仍然活着。”——我想，这是作者温暖的信念：不管遭受多少看似强大的、不可抵挡的毁灭性打击，由人类最深沉美好的情感累积起来的文明自有生生不息的力量，它们会在一些看似微渺的角落无声无息顽强生长；这种文明的力量可以体现在各种事物上，有时候——正如小说呈现的那样——它就体现在一本爱意凝结的菜谱上。

二月采绿

春天还有多远

是终结，也是开端

立春了。苇岸在他的《一九九八 廿四节气》里说，公历中立春基本固定在二月四日或五日，二十世纪“上半叶立春多在二月五日，下半叶立春多在二月四日”。花甲之年的父亲，在曾经度过的生日中，有一大半都恰好是立春那一天。我想，一个在立春出生的人，一定会有特别的幸运吧？

因为立春是四季的起点、是美好的开端啊。

当然，正如苇岸所说，在季节的圆周上，开端与终结是重合的。“它还带着冬天的色泽与外观（仿佛冬季仍在延伸）”；而作为春天的前奏，那隐隐潜伏着、萌动着的新希望，是特别需要我们焕发足够的敏锐去感知、发现和想象的——这一时节正是因此而显得格外的庄严、神秘而富于蛊惑力。

一九九八年立春那天，苇岸注意到“阳光是银色的，但我能够察觉得出，光线正在隐隐向带有温度的谷色过渡。物体的影子清晰起来（它们开始渐渐收拢了）”；“天空已经微微泛蓝，它为将要到来的积云准备好了圆形舞台”。而今年立春，我和老爸一致决定去山中转一转，我们都相信那里会是感受季节的终结与开端最好的地方。

天没有晴开，阳光躲在厚厚的云层后面，天空是青白中微微渗出一点灰蓝。山下那片农田绿意深浓，仿佛从未经历过寒冬。有人在田间生了火，白烟滚滚升起，试图抹去山的轮廓。然而群山的层次依然朗然可辨，最近的山峦是墨绿的，渐渐地褪作褐绿、灰绿、烟灰，直至最后遁入一片空茫，只牵出一些似有若无的慵懒线条，像用橡皮擦反复揉过，却毕竟是有痕迹的。

收割后的稻谷桩已经干枯如柴，一茬一茬竖在田里，一只瘦瘦的水牛在旁边慢悠悠地吃草。青菜大窝大窝坐落在田地里，肥墩墩的叶子，中间抽出的花茎上开着细致灿烂的金黄色花朵。豌豆花又爬上架了！我实在很喜欢这种植物啊，它们全身都好看。茎叶是明媚的嫩绿——这掐得出水来的颜色是初春特有的恩泽，每年，它们都愿意最先降落到豌豆的身上。开的花也很特别，让－雅克·卢梭在《植物学通信》里这样描述：“花瓣分为旗瓣、翼瓣和龙骨瓣。旗瓣像一把大伞覆盖在其他部分之上；翼瓣长在旗瓣下面的两片侧翼上，生得结实；龙骨瓣护卫着花朵的中心部位，庇护着豌豆花的幼嫩

青菜花

豌豆花

果实。”

我比较偏爱粉紫色旗瓣配酒红色翼瓣的品种，逆光望去，像小蝴蝶一样展开的旗瓣红得透明，花瓣上的脉纹纤弱而清晰。闭花授粉是这花儿更加与众不同的地方：不像那些开花授粉的植物，需要借助风或者小动物的力量来孕育生命；它们不待花苞张开，就已经完成了受精的全过程——所以它们绽开的是一朵朵“无用”花，难怪总是那么轻轻松松、无所事事！

远远望去，田坎的高处有一棵孤零零的树，叶子凋落殆尽，只余孤零零的枯枝。于是鸟雀们飞来做伴，在高高低低的枝杈间跳来蹿去，活泼的小黑点形成各个不同的布局，像五线谱上变换的音符，沉默地奏出流动的音乐。

进山的路上看到白花鬼针草还开得新鲜，也有一球一球的“鬼针”结了出来。这些黑色的小针一不小心就沾得满身都是，任你怎么拍也拍不干净，总在不经意的时候偷偷扎你一下，仿佛真是钻入灵魂的鬼之针。

山路迢迢，第一个休憩地，通常是农庄尽头的第一片森林。四月，这里有野生金樱子的瀑布，纯白的花朵干净无瑕。到了六月，又有大束摇动的地棯花，那是叫人合不拢嘴的艳丽逼人。此时，色彩和线条敛声屏息，只有一堆疯长的荒草，帮忙掩饰正在地底涌动的生机。山路两侧遍生一种细小的野花石荠苎，十月会开出紫色的唇形小花。

白花鬼针草

石荠苎

此时花瓣已经脱落，只剩下由青绿变作麦黄的宿存花萼，一串一串在枝头将总状花序的姿态保存得十分完好。

愈往山的高处与深处走，空气愈加清冷。太阳依然没有钻出来，雾气缭绕，光景显得有些灰暗。周围的一切都像降了半个调的音乐，旋律是熟悉的，只是声音原本的尖亮处，都减低了锐度、磨去了棱角、覆上了一层亚光。半山腰那几片竹林，在盛夏的阳光中是灿烂耀眼的“竹绿”色，此时尽管叶茂如故，但已绿得安分实沉，不再透明，也少有反光了。

铁仔脆冷的革质叶子，边缘还有锋利的小刺，全株看上去硬邦邦的；然而此时玫瑰色的腋生小花缀上枝头，顿时变得柔和亲切了。山中到处垂下菝葜的枝叶。这是一种攀缘状木质藤本，在山野里有非常强旺的生命力。微微带点“之”字形的茎干，为叶片交互生长提供了最好的空间，这样不但能高效地接受阳光，也形成了极美的姿态。它们的叶片有简洁清晰的脉纹，形状却变化多端、难以捉摸：每年初春新生的枝条不会开花，只专心进行光合作用，这种被称为“营养枝”的枝条生长得十分迅速，叶片的形状宽圆肥厚；到了第二年，它们才会生长出“开花枝”，此时的叶子往往会有各种各样的变形，有时简直叫人辨认不出。

不仅叶形多变，菝葜更独特的地方是叶柄上包覆着叶鞘，还长了打着小弯儿的卷须。有了这些卷须的帮助，它们能够更加顺利地缠绕、攀爬、扩张领地；待叶片凋落了，卷须依然坚守着稳固植株的任务。春夏时节，满枝的叶子翠绿逼人，还没有分派到攀附任务的小卷须彼此勾肩搭背地玩耍，十分有趣；深秋时，又“嘭”的一声捧出朱红色的果实，颗粒饱满，惹人喜爱；一冬之后，叶片转成了锈黄色，上面生出曙红的斑点，卷须也有些皱巴巴的了。

不过寒冷给植物枝叶带来的，并不都是遗憾。一路见到很多野生的蔷薇科植物，茎蔓上的针刺如今微微捎上了一点暗红，叶片则由深绿变成了青黄与枣红相混，是花青素的小小魔法。半山腰有山胡椒树，它们的叶子真美。春夏两季，别的树木大展风采的时候，它们姿色平平，韬光养晦；入秋之后，乌桕、柿树、黄栌、鹅掌楸，还有各种各样的枫树和槭树把天空涂抹得红霞漫卷之时，山胡椒叶子的枯黄之色就显出特别的沉静淡然来了——其实我总以为“枯黄色”无法表达出那样一种色泽的美感，然而搜肠刮肚，也拣不出更贴切的描述，不知是自己词汇贫乏，还是汉语的表现力在自然之精妙面前显出了窘境。

菝葜

想起以前有个懂日语的老师在课堂上感慨道，日语中涉及自然的词汇之丰富，往往教人拍案称奇，哪怕对“太阳透过树叶洒在地上的光斑”这个似乎微不足道的现象，都有详细的区分，并有相应的专属词汇来表达。我曾经看过一份《日本传统色彩名录》，专门研究日本古典文学中采用的色彩——这个民族对各种天然之色的划分竟然精细到四百多种，且所命之名既准确又极富诗意，实在令人叹服不已。好多色彩仅仅是默念一遍就引人浮想联翩，比如“红鸾色”“萌葱色”“海松色”“柳煤竹”“洒落柿”“胡桃染”……

如果按照日本传统色谱来描述，我想深秋的山胡椒叶子应该是一种“金茶色”。而此时，经过了漫长的冬天，果实已经凋尽，看上去似乎早该飘落的枯叶却依然牢牢地凝在枝头；唯一的变化，是叶面过于深重的色素似乎慢慢地挥发掉了。又或者因为冷空气剥夺了周遭大部分光鲜之色，在一片黯淡的衬托之中，山胡椒的叶片尤显出挑，呈现出一种岁月沉淀后的、含蓄的豁朗，视觉上似乎更加接近色谱中的“山吹茶”色。值得一提的是，枯叶间已经有嫩芽隐隐冒了出来，待到新叶生出，这些经冬不落的叶子才会离开枝头。

山苍子

走到接近山顶的地方，又看到好几棵与山胡椒同为樟科的山苍子（山鸡椒）。旧叶早已脱落干净，黄绿色的小枝上新芽跃跃欲试，似乎马上就要展开了。成串挂着的翠青小球，是它们待放的花苞。三月一来，它们会密密地开出米白中带点蜂蜜色的小细花，像结了满树的爆米花。

山中还有很多针叶树，可惜我只能含混地分辨出哪些属于某种松或杉，哪些属于某种柏，再也叫不出具体的名字了。掉落的松针厚厚地铺了一路，踩上去柔软而蓬松；更多的针叶树是常青的，它们在春天往往比不得阔叶树的青春靓丽，到了冬天就扬眉吐气了。不过针叶树还是要成片成片、远远观望才能看出效果，比如此时身在山林，近看四周，我首先注意到的还是那些阔叶树，哪怕它们早已被寒风吹得光头秃脑的了。然而当你举目远眺，对面的山脉一片苍翠，仿佛与自己置身的这个荒凉世界判然有别，你才醒悟是这些常青的针叶树所立下的汗马功劳。

在我喜欢的博物学家中，有很多树木专家，其中约翰·缪尔是特别突出的一位。常年流连山中，令他对各种各样的树木熟稔至极，能够根据周遭树种的分布判断出所处山地大致的海拔高度。写树之人有各种各样的偏好，有的人专注于树上开的花，有的人喜欢描写叶片的轮廓或色泽，而缪尔笔下最美的则是大树整体的形状和姿态，他在《优山美地》里说加州栎的“树枝向外扩展得很宽”，糖松的“主枝有时长达四十英尺，然而从头到尾简洁明快，除了接近树梢处，很少再有分枝，但是看起来并不会显得光秃秃的，因为众多披挂着流苏般针叶的细小枝条会将主枝密密地遮住”，花旗松的“第一批侧枝围绕着主轴规则地排成一轮，通常有五个，每个上面都垂挂着长长的羽毛状的小花枝，一串串地自然下垂，就像流水一般洒脱自在”。

他甚至还告诉你，同样的树种，位于不同的朝向，或者年龄和身高发生了变化，会有不同的形态。生长在山脊北坡的糖松有“更加细长的枝干”，年轻时的它们谨小慎微，成年后则变得自由奔放：“在树龄达到五六十年时，拘谨而随俗的外形开始被打破。一些与众不同的树枝冒出来，被硕大的球果压得弯弯的，形成一种独特的个性风格，并且一年比一年显著。”少年时代的巨杉会“显示出对蓝天的渴慕，长长的树梢急切而迅速地向上生长”；成熟以后，它那“宏伟的半球形树冠好像轻盈的云朵一样飘浮在空中，一点也没有直插云霄的感觉”。而高山铁杉“在达到五十或六十英尺的高度以前，它被茂密的枝叶裹着，一直盖到地面，树枝垂得很低，经过无数次分支，最终变成轻轻摇曳着的精致的小枝，以一种难以描述的优美的形式排列在一起，并且被大量褐色的小小球果装点着。”

真正懂树的人，不光了解树木本身，还洞悉与树有关的方方面面，在他们笔下会呈现出“动植物共同体”那种不可思议的相互联系。利奥波德在如诗如画的《沙乡年鉴》里，几乎每写到一棵树，都牵引出另一些美妙之物——他会告诉你，在某棵桦树下也许会生出一株龙胆汁；而松树下面，“将会长出一株五月花、一株水晶兰、一株鹿蹄草，或者一株北极花”。还有那些在树间跳跃、歌唱的鸟儿们：“当落叶松从绿色变成黄色的时候，也正是初霜把秋鹬、狐色带鹀和灰蓝灯草鹀携带出北方的时候。旅鸫大军正在从楝木林里剥取着最后的白浆果，剩下的空树干就像一层粉红的、浮在山上的雾。桤树上的叶子刚刚落去，露出了四处都有的冬青。黑莓树丛发着红光，为你指引着通向松鸡栖息之处的踪迹。”

当然，还有阳光。你可不要以为阳光只是用来进行光合作用的。约翰·缪尔说：“当阳光从一定的角度照射在上面时，整个树林都在发光，就像镀了一层银。”“在倾泻到这些高贵的银色松塔上的光线中，有一种东西更能触动内心：它被化为无数最最细微的耀眼的光尘，从空中降下，然后，仿佛从树的心灵深处放射出光芒，就像落在肥沃的土壤上的雨水，被吸收之后又在花朵的晶莹润泽中得到重现。”

而日本作家德富芦花注意到的则是阳光为树木带来的影子：“树下，落英和红萼，片片点点，连同影子贴俯在地面。一只白鸡，身上映着斑驳的树影，啄食落花。”更美的是：“满地的树影微微颤动。新树之间晾晒着衣服，其衣影也在地上翩翩舞动。”——显而易见，这还要借助风的力量。

此时的山中没有风，太阳终于挣脱厚云，露出完整的轮廓。刚刚经历了严冬，树木的投影还很枯瘦拘谨，阳光无论如何变换角度，也无法在地上拖出一个丰腴潇洒的形貌。先前站在山顶眺望远山，是隐约的一片苍蓝，这一刻柔光轻覆，呈现出一种润泽的苔绿之色。一地的斑茅摇动不息，大片的灰白仿佛是大地生出的银丝；现在碎金洒了下来，把它们的穗毛烘得蓬松、明亮而温暖了。我想象山脚那一棵高高的枯树，被阳光变作一笔剪影的瞬间，会让人产生一种天荒地老的感觉吧！

鸟儿为什么歌唱

二月中下旬，小区里紫叶李红褐的新叶和枣红的花苞一同生了出来。中环路口那棵深山含笑已经开了满树。峡谷的野地里，茅莓和小小的天葵已经含苞待放。金佛山荚蒾白花朵朵，凑成丰茂的聚伞花序；细长的花丝从花冠中探出橘黄的“小脑袋”，好似一双双感知外界温度的敏锐触手。

湖边的洒金桃叶珊瑚终年常绿，翠色的叶子上金光点点，如今结出红底黄斑的果实，显得更加花里胡哨了。垂柳发出新芽，一周之内就从嫩绿的小尖尖长成了各有飞舞姿态的细长溜儿。临水的马桑开花了，走近细看，只见满树红艳艳的花蕊，却找不到花瓣的踪迹。

再走两步，就是去年四月柽柳开花的地方；我曾在这里看到过一只完美无缺的雄性玉带凤蝶。此时的柽柳表面看来不动声色，其实每时每刻都在酝酿自己迎接春天的能量。一只雄性红尾水鸲停在湖边那条废船的船头，黑黑的圆眼睛东看西看。这鸟儿

深山含笑

金佛山荚蒾

红尾水鸲(雄)

二月蓝

的主食是昆虫而非鱼类，却喜欢站立在水边，沿着水面低低飞行，我在湖边看到过好几次。眼前这一只全身大体是一片均匀的深蓝，只有尾羽一片栗红；小小的个头，却生得圆滚滚、胖嘟嘟，可见一冬的寒冷清简一点也没有为难到它。

眼见着春色满园的日子就要来临，真有点舍不得离开啊；可寒假终究还是结束了，我不得不回到学校。稍得空闲，就赶紧去中山植物园探问春天的脚步。

进入南园的第一片林子，在大片衰草中发现了几株早开的二月蓝——它们在依然十分清寒的二月中旬，分外勇敢地将十字形的花瓣展露了出来。这最早一批的花瓣，蓝得很用力，在远不够慷慨的阳光下显得有向黑紫色过渡的趋势；等到三月中旬，春风和暖、阳光普照，这里会成为二月蓝的天下，那时的花瓣，要么蓝得清澈透明，要么是一种带点樱色的蓝紫，赏心悦目得让人恨不得躺倒在花海里。

头顶还是枯树一片，悬铃木的果子是硬朗枝丫上的唯一点缀。听到脚边有窸窸窣窣的脆响，探头一看，一只黑领噪鹛正在草堆中觅食，跳跳蹿蹿十分灵活，把落叶掀得四面八方飞溅；听到我的走动声，它“嗖”地一下飞到一棵广玉兰的枝头，东瞅瞅西看看、摇动摇动尾巴，清清亮亮、一波三折地叫来叫去。

我躲在一边偷偷观察，小家伙头顶、翅膀和尾巴棕黄色，翅膀下面各有一片鸭蛋黄的细软绒毛；洁白的肚腹，脖子那里有一圈“黑领”；眼睛后梢有一片黑白相间的杂色毛，显得一张小脸像画了个京剧大浓妆。据说这种鸟儿喜欢在低矮处流连，不大喜欢飞翔；果然，见周遭没有动静，以为我已经走远了，它又跳回原处继续觅食了。

在药用园里又见到一只雌性黑喉红尾鸲，个头小小的，周身大体覆盖着浅褐色的细毛，翅膀渐渐过渡成深棕色，上面有隐约的一条白斑，尾巴则是好看的橙棕色。我喜欢它圆溜溜的大眼睛，眼周有一圈白，衬得双目黑亮有神。小嘴紧闭的时候，有点故作严肃的表情；开口一叫，声音细小怯弱，仿佛害怕弄疼了空气。它在一棵小树上短暂地停留，然后踮踮小脚离开，这小小的动作让枝丫微微地晃动，帮助残留的枯叶飘落，于是我看到了两种飞翔。

红枫岗的枫叶，红颜早已褪去，此时蜷缩成一个个瘦骨嶙峋的小拳头，握着一小团朽黄色。板栗林里还是秃树一片，没有叶片的修饰，树干千姿百态的个性暴露无遗：它们鲜有一本正经笔直站立的，一个个东倒西歪、颠来倒去，似乎暗示了狂风的行迹，更像酒饮微醺后开起了森林舞会；到了四五月，这里将会花叶漫天，那又是另一番盛况了。此时从树干的缝隙望过去，这片林子的背景是一片雾霭笼罩的深紫色，有点仙气缥缈又有点诡谲森然，让我想起叶芝那本奇妙的小书《凯尔特的薄暮》里那些轻盈俏皮的精灵故事。

从南园出来，再去北园。热带植物宫里不复往日的热闹，草木安静，鲜有花朵开放。

黑领噪鹛

黑喉红尾鸲（雌）

黑尾蜡嘴雀（雄）

黑尾蜡嘴雀（雌）

只有门口摆放着一些瓜叶菊、白晶菊之类的培植品种，开得正好，只是终究囿于盆栽的小格局，缺乏一点参差随意的活泼野气。其中比较好看的大概要算蓝紫色的报春花，喉部青黄的一圈是花冠最佳的点缀。它别名樱草，似乎是经常出现在日本文学中的字眼。在前湖畔坐了下来。满目皆是枯树瘦硬的线条，一个个面目相似，让我再也喊不出它们的名字、回想不起它们枝繁叶茂时的模样。不过离得最近的这两棵，是我特别喜欢的，所以无论如何都会记得：右边是乌桕，左边是榔榆。

这棵榔榆姿态很美，旁逸斜出的枝条努力地探向湖水，只可惜树梢空空落落，并无可堪揽镜自照之处，实在怪不得此刻湖水的冷淡冰凉。待到四月，新芽陆续在枝头绽开，湖水也会变得温柔多情了吧。而春末到盛夏，则是榔榆最美的时候：叶片不再是稚弱的一小簇，它们舒朗地覆满枝头，形成一个蓬勃而优美的翠色树冠，骄阳下亮光闪闪，尤为动人——然而看看眼下的一切，只觉得距离那样的时刻，似乎还遥远得很哪。

当然枯树也有它的好处：没有密叶的遮掩，我们可以更加清楚地观看鸟儿们停落下来的一举一动。比如此时正好有一只喜鹊停在不远处的枝丫上，它的长尾巴一翘一翘，发出暗哑的叫声。过一会儿又飞到一大片草坪上，胖大的身体一扭一扭地走动，不时低头啄食。再来到水边的荒地，对一个废弃的编织袋表示出浓厚的兴趣：围着它转来转去，用脚踩一踩，小嘴啄了好几下，然后叼住一条纤维就开始狠命撕扯，全部扯出来之后再东看西看两下，“噌噌噌”飞远了——我猜它是把捡来的宝贝拿去筑巢了。你看那些喜鹊窝总是理直气壮地架在伟岸笔直的巨树主干上，好大的一团，十分招摇。

又在另一棵枯树上见到一只雌性的黑尾蜡嘴雀，灰褐色的头和身体，黄褐色的背，翅膀边缘有一圈黑色羽毛。记起曾经在家里小区见过其雄鸟，头部黑漆漆的，与雌鸟大不相同，很好辨别。但它们无论雌雄，都有个圆滚滚的肚皮，配上艳黄色的胖大嘴巴，一副煞有介事的模样，实在滑稽得可爱。据说这鸟儿平日很少开口，偶尔叫两声也只是简单重复的调子。到了求偶期，雄鸟就性情大变，开始在树枝上长时间歌唱，歌声清脆婉转，能投递到很远的地方。

一只棕背伯劳老是背对着我，薄薄的阳光笼罩着它，腰背和体侧橘红色的羽毛泛出温柔的光泽。然而听它在枝头尖声尖气叫得那么高亢激烈，就一点温柔的感觉也没有了，只觉得是个急躁好斗的家伙。我在不同的季节都见过这种鸟儿，印象中它们都是独来独往，从未见过成群结队的时候。别看其个头不算大，在飞禽中还属于有点凶猛的，不但捕食昆虫，还敢袭击其他的鸟类和体型较小的鹰。它们看似无所事事地长时间停在某个枝头，一旦猎物出现，一个俯冲就杀将过去，把对方一口咬住，再带回原地慢慢享用。

往伸入湖心的小岛走去，那里有大片芦苇在风中宽阔地摇摆。一只银喉长尾山雀

报春花

银喉长尾山雀

躲在其中，不时啄食芦苇的茎秆。这鸟儿玲珑的个头，有一溜几乎与身体等长的漂亮尾巴；小嘴短短的，像一颗黑色米粒，啃咬东西时，总是退开小脑袋看两眼，然后啄两下，再看两眼、再啄，似乎需要反复确认有没有搞错似的。吃饱了，就开口唱歌——音量小小的，带有一种银色金属的光泽，旋律蹦蹦跳跳，起伏得十分活泼。

在我读过的所有关于鸟儿的书当中，给我留下最深刻印象的，就是大卫·罗森伯格那本《鸟儿为什么歌唱》。看上去这是一本探讨鸟类歌唱的原因和它们究竟在唱什么的著作，然而读毕全书，你会发现自己对于上述问题不是越发明确，而是更加困惑了。在没有看过它之前，你可能像大多数人一样，认为鸟儿歌唱有两个最重要的功能，一是吸引异性，二是宣示领地、保卫家园。然而当你读到书中那些不可思议的故事和细节之后，就会意识到用这么简单的实用主义原则来解释鸟儿，真是捉襟见肘。

比如书中一种来自澳大利亚的阿尔伯特琴鸟，它会花上好几个星期的时间来建造一个直径约一米的土堆，作为自己歌舞表演的场所。它的歌唱，是对"和自己分享同一片家园的鸟儿惟妙惟肖的模仿——缎蓝亭鸟、玫瑰鹦鹉、黄喉吸蜜鸟、笑翠鸟。""有些鸟儿能够在几星期内学会歌唱，阿尔伯特琴鸟却要用至少六年的时间才能学会这支歌。"

循环唱了好几遍之后，它又开始一种来回往复的舞蹈。"用两只脚抓住藤蔓使劲摇晃，使得身前身后的树木都晃动起来。"唱唱跳跳好几个回合，才会停下来稍事休息："用庞大的脚爪抓挠森林的覆被，寻找可吃的树根和幼虫。然后走上舞台，再度开始演出。"

"在物竞天择的世界中，如此特殊的歌舞只有一个解释——取悦雌性琴鸟。雌性世代相传的喜好使这些表演、歌曲，以及看起来疯狂而极端的行为得以留存。"雄性琴鸟们在冬季日日笙歌，不肯或停，然而凭借如此华丽精美的歌舞表演得以成功交配的概率却极其微小："雌性阿尔伯特琴鸟每两年仅产卵一枚。它们数量稀少，为取得它们青睐的竞争也就格外激烈。"

当年，这个鸟类世界的极端故事让达尔文相当困扰，因为他的进化论无法充分地解释："为什么这种严重缺乏效率的行为有存在的必要。即使自然选择理论是近代最伟大的理论成就之一，要想用它解释鸟儿为何歌唱，也还是甚为困难。"达尔文倾向于认为，在许多物种当中，"雌性有天生的审美观念，它们会偏向于某些特质，仅仅是因为喜欢"。当然，这个看法一直受到同时代及后来者各种各样的质疑。

另一个有趣的例子是，“为什么明知歌唱会让它们暴露于黑夜的危险之下，夜莺还是会选择在夜里唱歌？”“为什么它们在无人回应的歌唱中也可以找到乐趣？”因为一直没有找到合理的解释，十九世纪的鸟类学家威尔森·弗拉格作出了一个大胆的猜想：夜莺只是为自己而唱，用歌声“缓和黑夜的忧伤”。

特别有趣的还有一种欧洲沼泽林莺，“它在北欧的湿地与灌木林中繁殖，能够模仿在同一栖息地生活的所有其他鸟类的声音，一首接着一首，毫无重复。它把那些细小的音节尽量压缩，听起来就像以两倍速度播放的鸟类歌曲的集锦磁带。”然而这种或许称得上世界上最复杂的歌曲，并不是为了交配而产生，“因为雌性沼泽林莺根据的是雄性林莺的领地大小而不是歌声的质量来选择配偶，它们对这种令人敬畏的繁复歌曲似乎并不感兴趣。”

作者在书中转述生物学家彼得·马勒对此的理解：“鸟类是受某种不能拒绝的驱使而歌唱的；这是一种遵从内心动力的行为。这种驱动力就像一种夹杂了主观意志的情感。我们倾向于假设鸟儿是快乐的，这一点可能正确，也可能并非如此，但这个谜一直令我感兴趣。”

作者展示了许许多多奇妙的例子，让我们感受到，“没有任何原理能够完全解释鸟类世界里的音乐”。一如克奇珀和斯拉特在《鸟类的歌声：主题与变奏》中所说：“试图为歌曲多样性的进化找到一个概括性的解释的做法是幼稚可笑的……我们注定要为进化创造出来的丰富多变迷惑不已。”作者最终相信，要想完全理解鸟类歌曲中的神秘，唯有借助诗歌——“鸟类歌曲的论文最后常常是没有答案的，只有更进一步的关于难以捉摸的原因的假设与猜想。科学家们处于概括总结阶段的工作常常会变成诗歌，这一点也不奇怪。”

当然，写诗的方式是多种多样的，诗人与农夫温德尔·贝里说：“我认为生物是不可解释的。我认为生命是不可解释的。我们对生物和生命的了解必须画出来、讲出来、唱出来或者舞出来。”我很喜欢的作曲家梅西安，就是用五线谱来书写关于鸟儿的诗歌的——

这位名片上印着“巴黎音乐学院作曲教授，巴黎圣三一教堂管风琴师，鸟类学者，节奏家”的音乐家这样描述自己：“我常常面临四个困难，这些困难在我的生涯里是不幸的，但是时间的经过或许多少解决了这些困难。第一个困难，我是作曲家，但同时也是节奏的探索者，而我的音乐语言的对象，却常将节奏和等量的时值与规则节拍相混同。第二个困难，我在聆听和阅读音乐时，同时能够理智地看见色彩，而我的学生们或听众却完全无法看见这种内在感知的色彩。第三个困难，我是个鸟类学者，我所从事的许多鸟鸣声的采谱，经常使用在我的作品里；然而音乐会的听众，大多数是不会仔细聆听鸟儿歌声的城市人。第四个困难，是最深刻并且最令人忧郁的，就是我是个信仰基督的天主教信徒，当我要宣述上主与基督的奥义时，听众如果不具备信仰和对于宗教与神学的知识，便不容易理解我的语言。”（连宪升《借着精神的眼睛——梅西安生平与音乐》）

除却第四个困难，前三者实际上都与他对大自然的热爱密切相关。在他看来，“节奏音乐，是一种足以藐视重复、一丝不苟和等分法的音乐”，而创造这种音乐的灵感来自于大自然的启迪：“他在日出日落里听见节奏，在鸟儿伟大的合唱中听见节奏，在奔涌的溪流快慢不均的奔流不息里听见节奏。当我们在酒吧里踩着同样的节拍齐声高唱或跳舞的时候，我们对节奏的理解与梅西安是很不一样的。”（《鸟儿为什么歌唱》）

对色彩的惊人直觉，则几乎是他的一种特异功能，我们普通人实在难以抵达：他能够在聆听和阅读音乐时，内在地看到各种色彩随着声音移动，同时在乐谱中精确地指示这种声音和色彩的对应。而所有这些对色彩的理解，都映照出他对自然的感应——他“觉得音乐是蓝天的光线，他说A大调是蓝色的，是地中海与天堂的那种蓝，而他最喜欢热情的F调，更被他说得很玄乎：‘完全半音阶的和音’之一是‘蔷薇色与淡黄色并带有发蓝的暗淡的月色’；‘在同一低音上转位移调的和音上的第四个音是Mi，它的基本位置是一条绿紫和深蓝色的垂直带子，它的第一转位是白色和金色的，第二转位是强烈的天蓝色带褶纹的屏幕，并由此反射出棕绿色的紫和查尔特酒似的带蓝的光线，它的第三转位，是在胭脂红的广阔背景上显出带有青和蔷薇色反射光的金色旋涡……’梅西安的神奇音色感几乎可以将音乐排成春天里绚丽的彩虹。”（田艺苗《春天的音符》）

在梅西安眼中，鸟儿的歌声对他的影响最为巨大而深刻：“真的，我是一个鸟类学家正如我是一位作曲家，或者更有甚于我是一位作曲家。”（连宪升译，《奥利维亚·梅西安与克洛德·萨姆尔的对话》）作为一个十几岁就开始记录鸟鸣的资深专家，他可以不假思索地凭耳朵辨别法国地区的五十多种鸟类；而在法国和欧洲其他地区的五百五十多种鸟类，也可以经过片刻的思索或借助一些工具辨别出来。（连宪升《借着精神的眼睛——梅西安生平与音乐》）

他将自己对鸟儿的入迷写进了音乐里，一生有许多专门以鸟儿为题材的作品，比如钢琴独奏《鸟类志》《园中之莺》《鸟儿的小小素描》，管弦乐作品《众鸟苏醒》《异域群鸟》《彩绘玻璃与鸟儿们》等。其中《鸟类志》是梅西安花了两年时间写出来的一组钢琴作品集，总共十三章，每一章都以一种鸟儿为中心展开，"每只鸟儿都被赋予唱出精确的和声、节拍和定位，随着晨昏日暮、环境变化和周围的声音——水声，晨曦，夜晚，蛙鸣，风声——融合在一起。"

梅西安并不是唯一一个在作品里体现鸟鸣的作曲家，然而按照罗森伯格的说法，大部分取材于鸟儿的作品，其实"更像是将鸟类的歌曲纳入时代的音乐语言，而不是通过更贴近地聆听大自然来对音乐规则作出灵活的修改"。而梅西安音乐里鸟的踪迹，绝非只是一种概念化的符号，而是真正呈现了鸟声的音质、节奏和旋律。他曾写过厚厚的七卷本音乐理论《节奏、色彩和鸟类学的论著》，其中第五卷专门探讨"鸟歌"（bird songs），那些对鸟儿鸣唱的详细记录，大部分都是在没有录音技术协助的旷野里完成的，梅西安对自然之声的倾听细致到了何种程度，由此也可见一斑。

梅西安的音乐，我听过很多，但作为一个外行，我不知该如何描述它们。我只能说说我的直觉：它们几乎称不上"好听""悦耳"，因为好听和悦耳的旋律，需要符合我们相对熟悉的某种规范，而梅西安的音乐恰恰破坏和超越规范，或者说他的规范跟我们习以为常的规范不是同一个东西——他倾听鸟鸣、山风、瀑布和激流，"在噪音和声音之间，我不做任何限制，对我来说，这所有的声音始终都呈现着音乐"——由此转换到他笔下的声音，青涩、杂乱、尖锐，但都很轻盈。也许，罗森伯格描述鸫鸟的一段话用来形容梅西安的音乐刚好合适："隐夜鸫歌声的优美，不是在人类音乐规则的约束下的优美，而是属于它自己的世界。这种鸟儿似乎在构筑音乐的每一个小节，它们有自己内在的逻辑和结构，随意盘旋，与我们的音乐概念完全不同。"（《鸟儿为什么歌唱》）

春天的记忆和愿景

月底去了位于明孝陵的梅花山。正是一树梅花开出四分之一的时候，我觉得刚刚好，开得太满就闹腾了。大致就是纯白、粉红、朱砂红、淡绿几种色调。当然每一种色调都有一些微妙的渐变，比如有些远远看去是白色，凑近了发现还带着一点浅黄，浅黄之色再重一点，就接近淡绿了。说到花瓣，我喜欢单瓣的，如今的园艺变种都倾向于弄得华丽繁复，心里稍有遗憾。

最高兴的事情，是在一棵红梅树下看到了两只七星瓢虫。在住家对面的山里，我经常看到瓢虫。出于特别的偏爱，每次遇见了，我都会弯下腰去仔细数数它们斑点的个数，竟然没有一次是刚好七个！于是在我心目中，七星瓢虫是一个珍稀玩意儿。我跪在草地上跟这两个珍稀玩意儿玩了很久，美滋滋地想，这个春天，我也许会交上好运。

春天总是让人特别期待，每一年它都带来源源不断的惊喜和希望，这些美好的记忆，会深深印在脑海里，久久不散。记得去年三月中旬来南京参加入学考试，教学楼一带

宫粉梅

江梅

郁香忍冬

李叶绣线菊

不时飘来某种陌生的花香，这香气很难找到合适的词语来形容，比“清新”多几分重量，又比“馥郁”更纯净一些；寻来找去，终于发现它们来自楼前休憩园里的那丛郁香忍冬。

考试一结束，我就去了玄武湖。记得那天特别晴朗，湖面干净开阔，反射的阳光使周遭一切加倍地明亮灿烂。远远看到几大丛李叶绣线菊开了满树的雪花，走近细看，大簇的花团在枝头开得你推我拥、毫无节制，早已辨不清个体的轮廓，甚至也没有叶片的容身之所。只有一些边边角角的地方，伸出旁逸的修长枝条，让花朵得以疏朗有致地开放：每一枚小而洁白的五瓣都精巧地展开，配上边缘有细致锯齿的翠绿叶子，完美得让人无话可说。

走了两步，看见一两枝重瓣棣棠从绣线菊花丛中冒了出来，雪白花海映衬下的黄色花朵简直给人金光闪烁的感觉。棣棠对面有一棵鸡爪槭，新叶翠嫩，细小的绯红色花朵正在开放。满地的野花有点数不过来，荠菜、繁缕、通泉草、活血丹、波斯婆婆纳，是我在家乡也常常见到的。老鸦瓣则是第一次看到：它们花茎矮小，几乎是贴着地面生长，要低低地凑下去才能看清尖细的花瓣正面纯白，背面有枣红色的斑纹。最美的

老鸦瓣

点地梅

垂枝江户彼岸樱

垂枝红八重

无疑是点地梅，白色的小花三五朵一束。它们仿佛从未牢牢扎在泥土里，总像是踮着脚尖，带着跃跃欲跳的神情。

玄武湖公园有个情侣园，在那里遇到了许多我喜欢的花树。开白色花的垂枝江户彼岸樱，令人百看不厌。垂枝红八重的枝条像弓箭一样从主干上呈辐射状倒垂下来，每一枝上都紧锣密鼓地开着淡粉色的小花。远远望去，整棵树像一朵撑开的巨大花伞；站在“伞”下，则被花枝团团笼罩，像走进了一个最美好的梦里。

垂丝海棠和西府海棠竞相开放。我以前没见过西府海棠，仅从花谱上不太看得出它跟垂丝海棠的区别。情侣园的两种海棠挨在一起，就很方便比对了：垂丝海棠紫红色的花梗细细长长，花朵一串串朝下垂挂着，西府海棠花梗短而直，花朵昂着头朝上生长；垂丝海棠的花色，介于水红和玫红之间，而西府海棠白底上洇出淡粉色，是正当最好年纪的少女脸颊上泛出的红晕。

在家乡只见过白色的丁香树，一直期待能见到紫丁香，那次终于实现了愿望。心形的叶子，淡紫色的花冠，还有那种既不热烈也不寡淡、略微有点剑走偏锋的香气，无一不是我喜爱的。还新认识了大花四照花。它们生着两对黄绿色的大型苞片，有花瓣一样优美的线条，而聚合在中间的青绿色小球才是它们的花苞；待到花朵开放时，四枚苞片会转成纯白色，据说所谓"四照花"，就是因这出挑的苞片光彩四照而得名。

又想起有一年四月去杭州，西湖畔的春天也令人难以忘怀。白色碧桃，玫红色碧桃，还有粉白相间的；当然也少不了依依杨柳的陪伴和衬托。眼前的碧波荡漾，让你想起"西湖春色归，春水绿与染"这样的句子。几只毛色黑白混杂的鸭子正在水中悠闲自在地游来游去；转过一个弯，又看见三只褐底黄斑的花鸭子在岸边一棵老树上东张西望。荷塘上新柳飘飘荡荡，小红鲫鱼在莲叶下快活地游蹿。还有我喜欢的木绣球，纯白或淡绿的花球仿佛是从树的最中心滚落而出的，那并不粗壮的枝条，是怎样将如此的繁

垂丝海棠

西府海棠

紫丁香

大花四照花

华饱满承受下来的呢？

……

不能再写下去了，因为春天的奥秘，是无穷无尽的，怎样也写不完。此刻我只盼着今年的春天早早到来，盼着这些记忆中的美妙场景再次降临，盼着再一次说出曾经说过无数次的话："春天真是好啊，好得没边儿了！"

图书在版编目（CIP）数据

采绿：追寻自然的灵光 / 涂昕著．—北京：中国华侨出版社，2014.5
ISBN 978-7-5113-4605-6

Ⅰ．①采… Ⅱ．①涂… Ⅲ．①随笔－作品集－中国－当代 Ⅳ．① I267.1

中国版本图书馆 CIP 数据核字 (2014) 第 094773 号

●采绿：追寻自然的灵光

著　　者：涂　昕
出 版 人：方　鸣
责任编辑：雨　寒
装帧设计：任凌云
经　　销：新华书店
开　　本：710mm×1000mm　1/16　印张：21.75　字数：348 千字
印　　刷：小森印刷（北京）有限公司
版　　次：2014 年 7 月第 1 版　2014 年 7 月第 1 次印刷
书　　号：ISBN 978-7-5113-4605-6
定　　价：58.00 元

中国华侨出版社　北京市朝阳区静安里 26 号通成达大厦三层　邮编：100028
法律顾问：陈鹰律师事务所
发行部：（010）82068999　传真：（010）82069000
网　址：www.oveaschin.com
E-mail：oveaschin@sina.com
如发现图书质量问题，可联系调换。质量投诉电话：010-82069336

《失落的优雅》 阮义忠 著

20 世纪七八十年代，摄影家阮义忠在台湾省各处行脚，拍下了无数百姓日常生活的动人瞬间。《失落的优雅》收录了其中 81 幅照片，首次讲述每一帧照片背后的故事，真实呈现了从乡村社会向工商社会转变时，一个变动中的台湾。影像深刻，文字雅洁，无论风景、民俗、人情，都是我们久已失落的朴素与优雅。

《都市速写簿》 阮义忠 著

1975 到 1988 年，是台湾走向开放、社会力爆发的年代。整个社会都在急遽的变动之中，高楼盖入农田，工厂挤进民宅之间。人心因物欲而躁动，放纵感官的同时，心灵的空虚却也一一显现。摄影家阮义忠从小在台湾乡村长大，成年以后，进入台北工作生活。他以敏锐的摄影触感与丰富的社会关怀，记录下台湾风起云涌的七八十年代，八十张照片及其背后文字，展现了一个时代的开始与结束，台北完成它的蜕变，阮义忠也在摄影中反躬自省，发现他的安身立命之所在。

《自由的老虎》 沈诞琦 著

这是一本普林斯顿校友的传记。作者留学于普林斯顿大学，她写作这本书的初衷，是向自己钟爱的作家、普林斯顿的著名校友菲茨杰拉德致敬，却发现原来他还曾深深影响过许多曾在普林斯顿就读的学生，其中有杰出的外交家乔治·凯南，知名传记作家斯科特·伯格，炙手可热的金融记者迈克尔·刘易斯，还有写作《江城》《寻路中国》的彼得·海斯勒。她联系、采访了这些人，写下他们的故事。她的笔触谨慎，同时饱含感情，通过对这些杰出人物的描写，让读者心生一种向往：渴望像他们一样追寻生命的意义，为他人的福祉、为世间美好的事物而活。

《世间的盐》 高 军 著

是高军出版的第一本书。他笔下的人与故事充满智趣。他有敏锐的触觉，观察细致入微，将日常的所闻所见，描摹得生动有趣。他俚俗掌故、吃喝玩乐、行走见识、家常咸淡、邻里小事，什么都可以拿来写，什么都可以拿来说；他似乎没有什么胆怯的东西，抓过来了就是十分有趣的见识；他兴味起落、挥笔飞白，都是文章，热闹里头自有真意趣在。

铁葫芦

铁肩担道义　葫芦藏好书